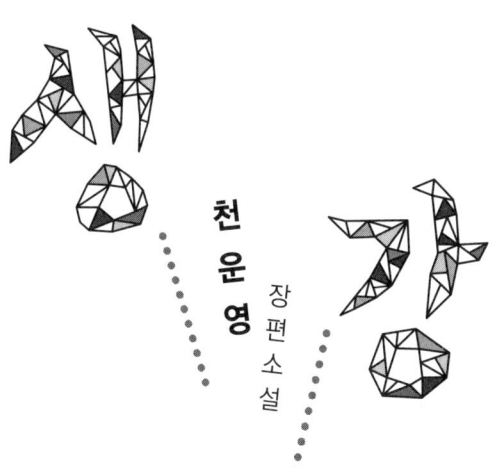

생강

천운영

장편소설

창비

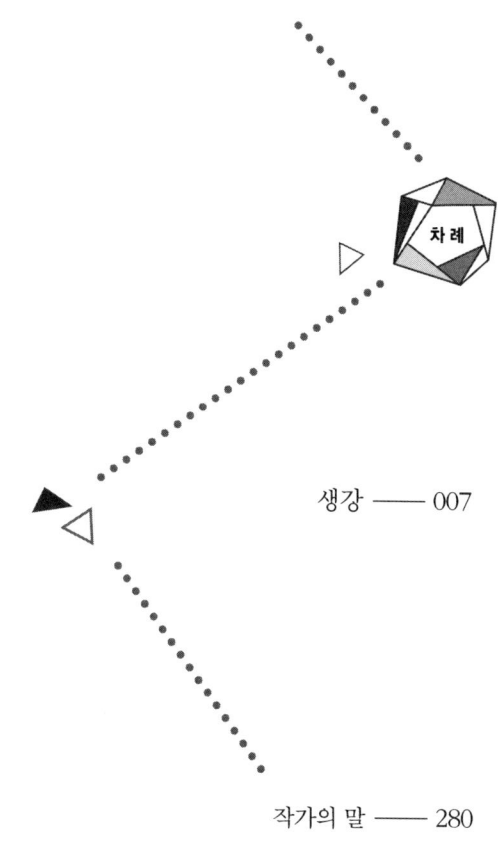

차 례

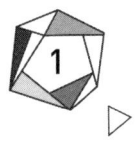

아름다워야 한다. 승리는 언제나 아름다움의 차지다. 완벽한 기술이야말로 진정 아름다운 것. 아름다운 기술. 완전한 굴복. 완벽한 승리.

그렇게 허둥대서야 되겠느냐. 행동 하나하나가 경제적이고 주도면밀해야 한다. 손짓 하나 눈짓 하나 그냥 흘러가는 법이 없어야 한다. 모든 것은 하나의 목적을 위해서 이루어져야 한다. 단 하나의 목적. 공포다. 공포의 근원을 끄집어내야 굴복을 얻어낼 수 있다. 무조건적인 폭력은 공포를 끌어낼 수 없다. 기술 없는 폭력은 증오와 반발을 일으킬 뿐이다. 공포를 끌어내는 데도 순서가 있고 원칙이 있다. 완벽한 기술을 구사한 다음에는 쇠몽둥이가 아니라 볼펜심 하나로도 굴복시킬 수 있다.

아름다운 기술이 무언지, 내가 가르쳐주마.

옷부터 벗겨라. 손은 대지 마라. 놈이 직접 벗게 해라. 실오라기 하나 허락해선 안된다. 옷을 다 벗겼으면 잠시 그대로 가만히 두어라. 알몸의 수치심을 충분히 맛보게 해라. 의지할 것은 그 무엇도 없음을 확실히 인식시켜주어라. 발개진 얼굴이 하얗게 질릴 때까지, 움츠린 어깨가 바르르 떨릴 때까지, 축 늘어진 불알이 오그라들 때까지, 그대로 가만히 두어라.

빛을 비추어라. 얼굴에 쏘아 눈을 감긴 다음 몸 전체로 이동시켜라. 빛의 농도를 눈이 아니라 피부로 느끼게 해라. 피부가 빛에 반응하면서 정맥의 푸른색이 선명해지고 숨구멍이 벌어지는 것을 확인해라. 너무 오래 끌어서도 안된다. 피부를 찌르던 빛줄기가 따뜻한 온기로 느껴지기 전에 빛을 차단해라. 어떤 온기도 허용해서는 안된다. 있던 온기마저 빼앗아야 한다.

온기를 없애는 데는 찬물만한 것이 없다. 물을 쏘아라. 얼음처럼 차가운 물의 채찍을 맛보게 해라. 살을 에는 공포가 무언지 확실히 깨닫게 될 것이다. 물이 불꽃처럼 번지리라. 빛은 어둠보다 더 어두우리라. 물인지 불인지 빛인지 어둠인지, 아무것도 의지할 수 없고 아무것도 짐작할 수 없는 상태. 그것이 공포의 시작이다. 공포의 각성 단계를 거친 육체만이 진정한 기술을 받아들일 준비가 된 것이다.

이제 그대로 반나절만 내버려두면 된다. 그다음은 시간이 알아서 할 것이다. 반나절이면 충분하다. 반나절이면 살아온 인생 전체가 한편의 드라마로 영사될 시간이다. 놈이 행한 죄와 미처 행하지 않은 죄까지 떠올릴 수 있는 시간이다. 놈이 맛보았던 행복과 맛보고 싶었던 희망까지 생각해낼 수 있는 시간이다. 그리고 마지막으로 먹었던 음식물이 모두 소화되어 사라질 시간이다. 토할 음식이 없으니 기도를 막을 조각도 없을 것이다.

그러니 놈은 함부로 죽지도 못할 것이다.

모든 준비를 마쳤으니 이제 본격적인 기술을 보여줄 시간이다. 지금이 바로 칠성판 위에 눕힐 때다. 칠성판이 뭔지 아느냐. 저승길에 지고 갈 하늘이시다. 북두칠성 고요하게 빛나는 하늘이시다. 아름답지 않으냐. 박달나무 널판으로 내가 직접 만든 것이다.

칠성판 위에 놈을 눕혀라. 발목을 고정시키고 목까지 받쳐주니 편하지 않겠느냐. 담요를 덮어 비굴한 육체를 감춰주어라. 피부에 상처가 남는 걸 막아줄 것이다. 뼛속부터 멍들게 하여 폭행의 흔적을 남기지 않을 것이다. 네 개의 띠로 단단히 고정시켜 내 아름다운 칠성판과 하나되는 영광을 누리게 해주어라.

사랑스럽지 않으냐. 칠성판 위에 누운 저놈은 포대기에 싸인 갓난아기처럼 온순하구나. 젖이라도 물고 싶은 얼굴 아니냐. 그렇다면 달콤한 젖을 물려줘야지 않겠느냐. 우선 물에 적신 거즈 수건으로 얼굴을 가려주어라. 공기가 들어가 기도를 막는 일이 없을 것이다.

물을 부어라. 천천히 조금씩 부어라. 목구멍과 콧구멍으로 동시에 들어가야 한다. 물이 목구멍으로 차오를 때까지 물줄기를 멈추지 마라. 입을 다물어도 소용없고 숨을 참는 것도 한순간이다. 입은 벌리게 되어 있고 물은 들어가게 되어 있다. 버티려 할수록 고통의 시간만 길어질 것을. 숨이 가빠지는 것이 들리느냐. 가슴이 둥글게 부풀어오르는 것이 보이느냐. 물의 양을 늘려라. 들어가는 것보다 밖으로 새는 것이 많지만 상관없다. 물이 눈구멍으로 새어나올 때까지 계속 부어야 한다. 빼끔대던 주둥이의 움직임이 멈출 때까지 그치지 마라.

주둥이가 멈추었느냐. 이제 북두칠성이 하늘로 향할 때로구나. 칠성판을 뒤집어라. 뒤집어서 북두칠성을 등지고 물을 토하게 해라. 토하고 나면 정신이 들 것이다. 정신이 돌아오면 다시 칠성판을 뒤집어라. 그리고 물을 부어라. 간단하지 않으냐. 이 얼마나 아름다운 물건이냐. 욕조에 머리를 쑤셔넣느라 힘을 주지 않아도 되고, 축 늘어진 몸을 일으켜세우느라 애쓰지 않아도 된다. 칠성판만 뒤집어주면 되는 일이다. 힘들이지 않아도 물은 쏟아져나오게 되어 있다.

놈의 몸은 구석구석 젖지 않은 곳이 없을 것이다. 구멍이란 구멍에서 온갖 진물이 새어나왔을 것이다. 오줌을 지렸을 것이다. 물똥을 쌌을 것이다. 침이든 땀이든 오줌이든 뭐든 다 쏟아내라고 해라. 그래야 더 많은 것이 들어갈 테니. 물을 부어라. 고춧가루를 넣어라. 칠성판을 들어라. 물을 부어라.

망설이지 마라. 돌이킬 수 없다. 놈을 사람이라 생각하지 마라. 놈은 돌멩이다. 나무다 풀이다 미친 당나귀다 개다 염소다. 저것은 그냥 돌멩이일 뿐이다. 돌멩이에서 눈물이 흐르게 해라. 통제력을 잃지 마라. 감정을 들키지 마라. 냉철해야 한다. 흥분하지 마라. 얼음 가면을 써라. 들끓는 피를 차갑게 식혀라. 숨소리조차 감추어라.

땀도 흘리지 마라. 신음소리도 내지 마라.

전쟁이다. 적을 제압하지 않으면 적에게 공격당하는 목숨을 건 싸움이다. 우리가 싸워야 할 적은 악의 세력이다. 거짓을 일삼고 기만적인 술책과 불법을 감행하는 악의 졸개들이다. 폭력과 투쟁과 전복을 꿈꾸는 악의 폭도들이다. 정돈된 이 세계를 죄악으로 물들일 악의 몸종들이다. 우리는 악의 세력과 싸우는 선의 전사들이다.

놈의 몸을 내려라. 매듭을 풀고 담요를 치워라. 살살 다루어라. 세상의 모든 감각을 받아들일 만반의 준비가 된 몸이다. 작은 숨결에도 소스라치고 여린 손길에도 전율할 어여쁜 몸이다. 정전기가 일어도 번개를 맞는 듯할 것이다. 놈의 몸에 별이 뜨고 태양이 솟을 것이다. 파도가 치고 해일이 일 것이다. 꽃이 피고 새가 울 것이다. 놈의 몸은 이제 놀라운 천지창조를 경험하게 될 것이다.

정신이 드느냐. 어디 보자. 아주 곤죽이 되었구나. 눈물을 흘렸느냐. 오줌을 지렸느냐. 걱정할 것 없다. 내가 곧 그 모든 물기를 없애주마. 무엇이 슬프고 무엇이 억울하냐. 어둠에 가담한 네 죄를 슬퍼하고 책망해라. 죄를 고하고 싶으냐. 아직은 때가 아니다. 내 완벽한 기술의 정수를 맛본 후에도 늦지 않다. 고통스러우냐. 천국이 멀지 않았다. 내가 천국을 보여주마. 천사들의 노랫소리를 들려주마. 모든 것이 끝나고 나면 나를 경배하게 될 것이다.

소금을 먹여라. 빠져나간 전해질을 보충해라. 탈진을 막고 몸의 농도를 조절해라. 새끼발가락에 전선을 연결해라. 오른쪽엔 음극을 왼쪽엔 양극을 넣어주어라. 그것이 하늘과 땅의 이치다. 전원을 올려라. 그리고 놈의 목소리를 들어라. 미친 당나귀처럼 질러대는 괴성을 들어라. 혀가 뒤틀리고 목젖이 부풀어오르는 것을 보아라. 입을 틀어막아라. 미친 당나귀에게 재갈을 채워라. 붉었던 입술이 자줏빛을 띠고 희었던 눈동자가 붉게 물드는 것을 보아라. 전류를 높여라. 몸의 모든 물기를 순식간에 거두어가는 전류의 강력한 힘을 보아라. 물기가 사라지면 다시 물을 뿌려라. 전류가 잘 전달되도록 소금물을 뿌려 몸을 적셔라. 물이 빠지고 드러난 맨몸에 소금기가 도는 순간을 확인해라. 하얀 소름이 돋았다가 가라앉으며 솜털을 일으키는 오묘한 순간을 목격해라.

전기 오른 저 짜릿한 솜털을 보아라. 한방향으로 결을 모은 솜털의 아름다운 자태를 감상해라. 숨이 멎을 정도로 아름답지 않으냐. 이것이 진정한 아름다움이다. 완벽한 기술의 완벽한 증거. 전기 오른 저 짜릿한 솜털.

"부장님."

누구냐. 누가 나를 방해하는 것이냐. 이 아름다운 순간에 누가 감히. 완전한 굴복을 얻어낼 이 짜릿한 순간에, 완벽한 승리의 순간이 눈앞에 있는데, 누가 감히.

"부장님!"

"뭐야!"

"그만하셔야겠는데요. 문제가 생긴 모양입니다."

"무슨 문제."

"죽었답니다."

"뭐가."

"201호요."

"3팀?"

"네."

"애송이 새끼들…… 그래서?"

"모든 심문을 중지하라는, 지시가 내려왔습니다."

"중지?"

고개를 돌려 놈의 상태를 확인한다. 놈은 입을 헤벌린 채 목을 뒤로 꺾고 있다. 허옇게 마른 입술이 움찔거린다. 모든 것을 실토할 입술인데. 다 되었는데. 이제 자술서 받을 일만 남았는데. 주먹을 쥔다. 손등에 파르르 경련이 인다.

*

왕의 목이 베어지고 개들의 세상이 왔다. 개들의 세상이 되자 꼬리를 감추고 있던 개들이 이빨을 드러내기 시작했다. 꼬리를 흔들며 비위를 맞추던 개들과 철창에 갇혀 있던 개들도 합세했다. 미친개들이 떼로 몰려다니며 날뛰고 있다.

모든 것이 빌어먹을 미친개들 때문이다. 미친개들에게 필요한 것은 몽둥이뿐이다. 개들이 미쳐 날뛰기 전에 모조리 잡아 씨를 말렸어야 했다. 그랬어야 했다. 그 개자식의 입을 아주 막아버렸어야 했다.

내가 이런 터무니없는 상황에 놓이게 된 것은 다 그 개자식 때문이다. 개들의 우두머리가 되고 싶어 안달이 난 그 개자식. 계집애처럼 눈물을 질질 흘리며 살려달라고 애원하던 놈이, 개처럼 바닥을 핥고 똥을 싸대던 그놈이 기어이. 개들의 조간신문에 내 사진을 신고, 내 아름다운 기술에 대해 함부로 지껄인 그 개자식.

아니다. 애송이들 때문이다. 애송이들이 일을 그따위로 하지 않았더라면 누군가 죽어나가는 일은 없었을 것이고, 성과도 없는 그 개죽음이 없었더라면 숨어 있던 개들이 날뛰지 않았을 것이고, 개들이 날뛰지 않았더라면 왕의 목이 베어지지 않았을 것이다. 왕의 목이 베어지지 않았더라면 내가 처넣은 그 자식이 특사로 나오지 않았을 것이고, 그 자식이 출소하지 않았더라면 내 얼굴이 만천하에 공개되는 일은 없었을 것이다. 애송이들. 항상 어설픈 기술이 문제를 일으킨다.

아니다. 모든 것이 눈빛 때문이다. 그들은 눈빛을 읽었어야 했다. 눈꺼풀을 벌려 눈빛을 확인했어야 했다. 동공에 감아도는 흐린 빛의 농도를 알아차렸어야 했다. 그리고 멈췄어야 했다. 관성을 받아 폭주하는 자신들의 손길에 제동을 걸었어야 했다. 잠이 드는 순간의 흐린 빛과 죽음에 드는 순간의 흐린 빛을, 구분했어야 했다. 그리고 멈췄어야 했다. 애송이 자식들.

눈빛을 읽어야 한다. 눈빛을 읽는 기술은 경계를 파악하는 기술이다. 지속과 중지 사이의 꼭짓점을 찾는 기술이다. 일별의 순간을 포착하는 기술이다. 저항의 의지가 무릎을 꺾으며 굴복을 결심하는 순간, 손을 툭 놓으면서 모든 억압에서 자유로워지는 순간, 불안과 안도가 자리를 바꾸는 순간, 적대감으로 들끓던 눈빛이 존경심으로 변하는 순간. 그리하여 진실에 다가선 순간. 그 정점을 포착하는 기술이다.

경계를 넘어서서는 안된다. 꽉 조인 줄이 끊어지듯 긴장으로 팽팽한 흰자위에 실핏줄이 팟, 하고 터지는 순간이 있다. 형광등이 나갈 때 환하게 밝아졌다가 순식간에 어두워지는 것처럼, 선명하게 빛나다가 불투명해지는 순간이 있다. 그 순간 각막은 수분을 잃고 연기에 휩싸인다. 물기와 연기가 서로 물러나고 차지하는 사이, 확장과 수축의 운동이 마지막으로 서로의 손을 잡았다 놓는 사이, 그 틈새가 바로 삶과 죽음의 꼭짓점이다. 그 지점에 이르기 전에 멈춰야 한다. 멈춰야 할 때를 아는 것이 진정한 기술이다.

그래, 모든 것이 눈빛 때문이다. 눈빛을 보면 진실이 보인다. 눈빛을 읽는 것은 사람의 전부를 읽는 것이다. 모든 것은 눈빛에서 판가름난다. 몸의 다른 부분은 믿을 것이 못된다. 혀는 거짓말을 일삼고 몸은 과장을 좋아한다. 눈빛은 정직하다. 눈빛은 거짓말을 못한다. 속이려고 해도 속여지지가 않는 것이 눈빛이다. 눈빛을 읽으면 진실과 가까워진다. 눈빛을 읽어야 한다.


총집에서 총을 꺼낸다. 스미스 웨슨 사의 38구경 리볼버. 이 고전적인 권총에는 단순함과 간결함의 아름다움이 있다. 회전식 탄창에 탄약을 한알 한알 꽂고 나서 씰린더를 돌릴 때의 설렘과, 다 쏘고 나서 탄피를 한번에 탁 털어내는 개운함이 제맛이다. 격자무늬를 낸 그립은 내 손엔 좀 작은 듯싶지만 손안에 폭 감기는 기분이 썩 괜찮다.

내가 가진 38구경에는 공포탄이 들어 있다. 씰린더를 돌려 공포탄을 털어낸다. 해머를 당긴다. 씰린더 돌아가는 소리가 경쾌하다.

방아쇠를 당긴다. 레버가 당겨지며 스프링을 튕겨내는 소리가 난다. 다시 해머 씰린더 방아쇠. 또다시 해머 씰린더 방아쇠. 정면 벽을 향해 총구를 겨누고서 방아쇠. 백열전구에 프런트싸이트를 맞추고서 방아쇠. 팔을 귀에 붙이고 천장을 향해 방아쇠. 그리고 내 관자놀이에 한방. 탕.

관자놀이에 전해오는 해머의 공허한 울림. 죽은 듯 가만있어본다. 무언가 뜨겁고 찐득한 액체가 볼을 타고 흘러내리는 기분이다. 총을 내려놓는다. 씰린더에 공포탄을 다시 넣는다. 총을 든다. 벽의 얼룩을 향해 총구를 조준한다. 지금 내가 겨눠야 할 것은 내 머리통의 관자놀이가 아니라 개들의 머리통이다. 해머를 당긴다. 미친 개새끼들쯤은 언제든지 대적해주마. 한쪽 눈을 감고 짐짓 방아쇠를 당겨본다. 파앙.

시간이 되었다. 리볼버를 다시 총집에 넣는다. 운동화를 벗어 책상 밑에 넣고 구두로 갈아신는다. 외투를 걸치고 문을 나선다. 긴 복도에 구두굽 소리가 나지막하다. 복도에서 마주친 사람들이 성급히 시선을 돌린다. 저 눈빛들. 존경과 부러움이 가득 차 있던 눈에는 이제 질타와 원망만 가득하다. 눈빛들이 내게 말하고 있다. 모든 것이 나 때문이라고. 놈을 죽인 것이 나라고.

이것은 스스로 무결해지고자 죄를 덮어씌우려는 공범자의 눈빛. 너희들도 같은 일을 하지 않았더냐. 놈을 죽인 건 애송이들이지 내가 아니다. 내가 죽인 것이 아니다. 내가 죽인 것이 아니란 말이다.

나는 고개를 쳐들고 당당히 걷는다. 계단을 내려와 건물을 빠져나온다. 마당을 가로질러 철문 앞에 선다. 뒤를 돌아 내가 나온 건물을 본다. 잿빛 건물은 깊은 침묵에 싸여 있다. 이곳이 이렇게 조용한 적이 있었던가. 낯선 침묵.

문이 열린다. 문을 나선다. 내가 나서는 것과 동시에 다시 문이 닫힌다. 날카로운 쇳소리가 어둠을 가른다. 천천히 고개를 돌려 주위를 살펴본다. 앞을 가로막은 것도 뒤에 선 것도 담이다. 담을 따라 이어진 길은 조용하고 냉랭하다. 담벼락에 등을 기대고 서서 담배를 피운다. 앞을 똑바로 쳐다보며 연기를 뱉는다. 푸른 연기가 어둠과 뒤섞인다.

검은색 승용차가 골목으로 접어드는 것이 보인다. 몸을 곧추세우고 담벼락에 담배를 비벼끈다. 차가 멈춰선다. 차문 손잡이에 손을 대려는 순간 차창이 내려간다. 딱 한 뼘만큼만 열린다.

"정리는 다 했나?"

박의 목소리는 낮고 위엄이 있다. 나는 뜨거운 것에 닿기라도 한 듯 얼른 손을 거둬들인다. 열린 창틈으로 얼굴을 바싹 들이댄다.

"어떻게 알아낸 걸까요?"

"집요한 놈들이잖은가."

"이제 어떻게 하죠?"

"일단 피해 있어. 좀 잠잠해질 때까지."

"어디로요?"

"어디든."

짧지만 명백한 어조다. 더이상 아무것도 묻지 말라는 태도. 박은 목소리로만 존재하려는 사람처럼 안쪽 깊숙이 몸을 감추고 있다.

"사방에 제 얼굴이 깔렸는데, 어디로 간단 말입니까?"

"일단 숨어. 뒷일은 우리가 알아서 하네. 연락할 때까지 기다려. 지금 자네가 잡히면 일이 너무 커져. 조직 자체가 무너질 수도 있다고. 잡혀선 안되네. 절대로."

창틈으로 서류봉투가 나온다. 차에서 몸을 떼고 서류봉투를 본다. 서류봉투는 비닐테이프로 단단히 봉해져 있다. 서류봉투를 사이에 두고 팽팽한 긴장감이 감돈다.

"받아. 자세한 건 여기 다 들었어."

박의 목소리에는 짜증이 묻어 있다. 어쩔 수 없이 서류봉투를 받아든다.

"기다리기만 하면 됩니까?"

"자네 자신도 찾을 수 없는 곳으로 가!"

차창이 올라가며 목소리의 끝자락을 감춘다.

"언제까지요?"

차창에 양손을 갖다대며 묻는다. 내 물음에 돌아오는 것은 침묵뿐이다. 다급하게 유리창을 두들긴다. 문 손잡이를 잡아당겨보지만 잠긴 차문은 완강하다.

그때 차가 움직였다. 예고도 없이 별안간에. 손잡이에 낀 손은 아랑곳하지 않고. 얼마간 차 손잡이에 끼인 채 딸려가다가 중심을 잃고 바닥에 나동그라진다. 차는 시커먼 연기만 남기고 어둠속으로 사라진다. 바닥에 주저앉은 채 어둠 저편만 쏘아본다. 골목에는 노란 서류봉투만 덩그마니 놓여 있을 뿐, 근원지를 알 수 없는 웅웅거림이 그 위를 배회하고 있다.

절대 잡혀선 안돼. 위험신호가 울린다. 자리를 박차고 일어난다.

서류봉투를 집는다. 주먹을 쥔다. 그리고 뛰기 시작한다. 표적을 발견한 사냥꾼처럼 앞만 보며 달린다.

나는 사냥꾼이 아니다. 우리에서 추방당한 짐승이다. 표적이다. 도망자다.


어두운 골목. 담벼락에 바싹 붙어서서 기차역 광장을 내다본다. 고양이 한마리가 휙, 골목을 가로지른다. 허리를 꼿꼿이 세우고 광장을 가로지른다. 너무 서둘러서는 안된다. 주위를 둘러보거나 불안해해서도 안된다. 갑작스러운 추방에 놀라기는 했지만 위엄을 잃어서도 안된다. 천천히 계단을 올라 대합실로 향한다.

막차가 떠난 대합실은 부랑자들의 거처가 되어 있다. 의자는 물론이고 바닥 여기저기 거적때기를 뒤집어쓴 덩어리들이다. 술병을 앞에 두고 혼잣말을 하는 노인을 제외하고는 다들 죽은 듯 잠들어 있다. 거적때기를 지나쳐 열차시각표 아래 선다.

나도 찾을 수 없는 곳.

첫차는 05시 10분 출발. 앞으로 네 시간. 거적때기들을 지나쳐 화장실로 들어간다. 바깥 출입문을 잠그고 일일이 문을 열어 아무도 없는 것을 확인한다. 가운데 칸으로 들어가 문을 잠근다. 변기 위에 앉아 숨을 고른다.

박의 서류봉투. 제법 두툼하고 묵직하다. 무언가 결정적이고 치명적인 것이 숨겨져 있을 것만 같다. 테이프를 뜯어내기가 쉽지 않다. 테이프가 감겨 있지 않은 종이 부분에 손가락을 쑤셔넣는다. 봉투가 뜯겨나가며 묵직한 상자 하나가 바닥으로 떨어진다. 실탄 박스. 잠적을 지시하면서 실탄을 왜?

진정한 무사는 언제 칼을 써야 할지 알고 있지. 박의 목소리가 울려퍼진다. 누군가의 목을 베는 순간과 자신의 배를 가르는 순간을 알아야 한다는 뜻이야. 칼을 쓸 때는 냉정하고 침착해야 해. 무사도의 정신, 그게 바로 우리가 가져야 할 정신이지. 박은 늘 경구처럼 무사의 정신을 읊조리곤 했다. 그럼 무사는 무엇 때문에 죽느냐…… 충의다. 무사는 충과 의를 위해서만 목숨을 바친다. 그것이 우리가 가져야 할 정신이다.

충의를 의심하는 건가? 일종의 시험인가? 언제 칼을 써야 할지 아는 사람. 무사들은 할복을 통해 무엇을 증명하고 싶은 것인가. 그것이 충의인가? 아니다. 제 머리에 총구를 겨누고 증명할 수 있는 것은 충의가 아니다. 그것은 비겁한 회피일 뿐이다. 나는 충의로운 자다. 그것은 의심의 여지가 없다. 어떤 종류의 시험이라도 내 충의를 넘어뜨릴 순 없다.

실탄 박스를 집어 호주머니에 넣는다. 종이끈으로 묶은 백만원짜리 지폐다발이 세 덩이. 연락방법이 표시된 신문 한 부. 지정된 날짜는 사흘 뒤다. 지폐다발과 신문을 외투 안주머니에 쑤셔넣는다. 이제 가야 할 때다. 숨을 고르고 문을 연다.

세면대 앞에 서서 거울을 본다. 낯선 짐승의 얼굴이다. 굶주린 듯 두려움에 질린 얼굴이다. 위엄을 유지하려 애를 쓰고 있지만 불안감과 두려움을 지우지 못한 궁핍한 얼굴이다. 나는 거울의 의미를 모르는 짐승처럼, 언제 자신을 공격할지 모르는 적을 바라보듯, 거울 속 낯선 남자를 본다. 저것은 내가 아니다. 코끝이 찡해지면서 콧물이 흐른다.

손에 물을 받아 얼굴을 적신다. 차가운 물이 현실감을 가져다준다. 앞으로 네 시간을 이 지린내나는 화장실에서 숨어 있을 수는 없다. 부랑자들과 함께 대합실에서 보낼 수도 없다. 화장실 문을 박차고 나온다.

거적때기가 발길을 막는다. 걸음을 멈추고 아래를 내려다본다. 발끝에 손 하나가 닿아 있다. 더럽고 주글주글한 노파의 손이다. 손을 제외한 나머지 몸은 거적때기에 가려 보이지 않는다. 한걸음 뒤로 물러서서 노파의 손 위에 발을 얹는다. 지그시 누르다가 힘을 준다. 쉬고 닳아빠진 노파의 비명소리가 침묵의 한가운데를 깨뜨린다. 거적때기가 들리고 머리를 산발한 노파가 모습을 드러낸다.

"어떤 씨발놈이……"

노파는 잠에서 막 깨어나 핏발 선 눈을 하고 있다. 나는 말없이 노파와 시선을 맞춘다. 그것으로 충분하다. 노파는 고개를 외로 꺾어 시선을 피한다. 그러곤 아무 일도 없던 것처럼 거적때기 속으로 몸을 숨긴다. 한 손은 여전히 구둣발 밑에 든 채다. 노인의 손을 밟고 서서 주위를 둘러본다. 노파의 고함소리에 잠시 술렁였던 역사에는 침묵만이 감돈다. 술을 마시고 있던 남자가 몽롱한 눈길로 슬쩍 한번 올려다보았을 뿐, 사람들은 불규칙하고 짓눌린 숨소리를 내며 몸을 숨기고 있다. 비굴함이 자신을 지키는 최소한의 무기라는 걸 알고 있는 자들.

노파의 손을 밟고 지나간다. 노파의 손이 놀란 더듬이처럼 거적때기 속으로 잽싸게 자취를 감춘다. 대합실은 다시 정적에 빠진다.

출입문을 열자 차가운 바람이 역사 안으로 몰아쳐들어온다. 계단 위에 서서 광장을 내려다본다. 앞으로 네 시간, 나도 찾을 수 없는 곳. 옷깃을 세우고 계단을 내려간다. 광장에 발을 막 내디뎠을 때, 위쪽에서 고함소리가 들렸다.

"야, 이 거지 발싸개 같은 새꺄!"

뒤를 돌아본다. 머리를 산발한 노파가 종주먹질을 하고 섰다. 한 손에는 병이 들려 있다. 노파 뒤에는 비슷한 몰골의 남자 셋이 포진한 상태다. 노파가 병을 던진다. 빈 병이 공명소리를 내며 계단으로 굴러떨어진다. 병은 바닥까지 오지도 못하고 계단참에 맥없이 멈춰선다. 노파는 그것으로 되었다는 듯 손을 털며 다시 역사 안으로 들어간다. 남자들 셋은 여전히 입구에 서서 빈 병을 내려다보고 섰다. 등을 돌려 길을 나선다.

광장을 가로질러 붉은 유리집 골목으로 들어선다. 단속반이 지나가기라도 했는지 골목이 휑하다. 골목 마지막 유리집. 창이 작고 조명도 어두워 유난히 궁색해 보이는 집. 출입문 옆에 웅크리고 앉아 난롯불을 쬐는 계집애가 보인다. 계집애가 눈을 맞추고 배시시 웃는다. 유리집 안으로 몸을 들인다. 계집애가 그림자처럼 따라붙는다. 좁은 통로를 지나 구석방에 다다른다.

정사각형의 방. 방을 들어서자마자 마주 보게 되는 벽면의 거울. 계집애가 구두를 집어들고 뒤따라 들어오는 것이 보인다. 붉은 조명을 받은 얼굴에는 지친 기색이 역력하다. 너무 왜소해서 초경도 치르지 못한 어린애 같은 몸. 방 한가운데 가만히 섰던 계집애가 문득 할일이 떠오른 사람처럼 부리나케 원피스를 벗는다. 옷을 벗자 거무튀튀하고 야윈 몸이 드러난다. 배 주변으로 허옇게 부스럼이 일어나 있다. 팔 안쪽과 목 주변에는 긁어서 생긴 딱정이가 선명하다. 계집애는 두 손을 허벅지 사이에 끼운 채 몸을 떨고 섰다.

"추우면 옷 입어! 떨지 말고."

계집애는 말없이 고개를 가로젓는다. 외투를 벗어 계집애에게 건넨다. 계집애는 얌전히 옷을 받아 옷걸이에 걸어놓는다. 총집을 풀어 건네준다. 계집애는 불경한 것에 손을 댄 듯 얼른 옷걸이로 옮겨놓는다. 허리띠를 풀어 바닥에 던지고 옷을 벗는다. 넥타이를 풀고 와이셔츠를 벗고 반팔 내의를 벗는다. 옷을 벗을 때마다 계집애는 조심스럽게 받아 차곡차곡 개어놓는다. 옷더미 위에 마지막으로 체크무늬 팬티가 놓인다.

계집애는 내 발등만 쏘아보고 있다. 바닥에 널브러진 허리띠를 집어든다. 계집애가 가만히 눈을 감는다. 폭력의 징후를 발견한 사람처럼, 그것을 감내할 준비가 된 사람처럼.

계집애의 손목을 잡아챈다. 계집애가 몸을 비틀며 신음소리를 낸다. 손에 힘을 푼다. 잠깐의 낚아챔에도 계집애 손목에는 붉은 자국이 선명히 남았다. 계집애는 제 손목을 주무르며 한발짝 물러선다. 계집애에게 한발짝 다가선다. 계집애는 더이상 물러서지 않고 내 눈을 똑바로 쳐다본다. 물기가 가득한 눈이다. 귀에 입을 바싹 대고 말한다.

"버클 잡고 한바퀴 감아. 잘못하면 네가 다쳐."

"그냥 제가 엎드리면 안돼요?"

계집애가 눈을 내리깔고 읊조린다. 나는 말없이 웃는다. 계집애는 어쩔 수 없다는 듯 시키는 대로 버클을 쥐고 한바퀴 감는다. 나는 계집애의 발밑에 무릎을 꿇는다. 계집애가 숨을 깊게 들이마시며 한발 물러난다. 나는 바닥에 손바닥을 대고 엎드린다. 계집애가 팔을 치켜든다. 나는 기도하는 소녀처럼 두 손을 모으고 눈을 감는다.

허공을 가른 허리띠가 허리에 감긴다.

"내 몸에서 피가 안 나면, 네 몸에서 피를 볼 줄 알아!"

나는 짐승처럼 으르렁거린다.

계집애가 있는 힘껏 허리띠를 휘두른다. 섬광처럼 붉은 줄. 창자 속에서부터 신음소리가 새어나온다. 계집애는 뭐에 홀린 사람처럼 정신없이 허리띠를 휘두른다. 나는 눈물을 흘린다. 계집애의 채찍질이 점점 속도를 높인다. 나는 바닥을 기며 울부짖는다. 계집애가 내 머리채를 감아쥐고 등에 올라탄다. 나는 비굴하면서도 황홀하다. 계집애와 나는 각자 맡겨진 역할에 최선을 다하는 배우들 같다.

허벅지에서 피가 배어나온다. 피를 보고서야 마음이 놓인다. 먼저 나가떨어진 것은 계집애다. 계집애는 더이상 숨쉴 기력도 없다는 듯 자리에 주저앉는다. 나도 사지를 벌리고 바닥에 엎어진다. 나른한 행복감이 스쳐지나간다. 계집애는 허리띠를 손에서 놓지 못하고 발작적으로 몸을 떤다. 연기가 끝난 후에도 감정의 기운이 남아 주체할 수 없는 배우처럼. 계집애의 거친 숨소리가 조금씩 잦아든다.

계집애가 등으로 기어올라온다. 겨드랑이 사이에 두 팔을 끼워넣고 등에 얼굴을 딱 붙인다. 계집애는 내 몸과 원래부터 한덩이였던 것처럼 그렇게 몸을 붙인 채 잠이 든다. 계집애의 숨소리에 맞춰 숨을 고른다. 거울 속으로 계집애의 여윈 몸이 보인다. 강물 위를 흐르는 배처럼 내 위에서 일렁이는 계집애의 몸.

"내가 누군 줄 아니?"

거울에 대고 조용히 묻는다. 계집애가 눈을 떴다가 도로 감는다. 계집애는 내 팔뚝을 더 세게 끌어당기며 얼굴을 부빈다.

"돌멩이에서 눈물을 흘리게 하는 사람이죠."

"그래."

"아저씨가 돌멩이라면 돌멩이고 눈물이라면 눈물인 거죠."

"그래."

"어둠을 꿰뚫어보는 사람이죠."

"그래."

"사람들은 아저씨를 뭐라고 불러요?"

"반달곰. 장의사집 둘째 주인. 안부장."

"반달곰이 마음에 들어요."

"지갑에서 원하는 만큼 꺼내가라. 당분간 못 올 거야."

"어디, 가세요?"

"나도 찾을 수 없는 곳."

*

차표에 기재된 좌석번호는 객실 정중앙 복도 쪽 자리다. 화장실 위치를 확인하고 승객들을 둘러본다. 앞쪽 정방향 좌석을 돌려 네 자리를 차지하고 앉은 등산객 무리. 중앙에 갓난아이와 엄마. 군복을 입은 남자 둘. 그리고 띄엄띄엄 창가 자리에 앉은 사람들. 특별히 신경쓰이는 사람은 없다.

지정된 좌석을 지나 맨 끝자리로 간다. 배낭을 복도 쪽 자리에 내려놓고 창가 자리에 깊숙이 몸을 넣는다. 사람들 시선이 가장 적게 미치는 곳. 여차하면 몸을 옮기기 쉬운 곳. 얼굴을 드러내지 않고 먼 길을 가기 좋은 자리다.

덜컹임과 함께 기차가 출발한다. 기차는 금세 도심을 빠져나가 들판을 가로지른다. 잔설이 가시지 않은 야산을 지나고 다시 들판을 지난다. 밖은 아직 어둠속이다. 나는 집요하게 창밖만 바라본다. 기차는 남쪽으로 가고 있다.

유리창에 이마를 댄다. 눈이 감긴다. 규칙적인 바퀴소리가 잠을 부른다. 긴장을 늦추어서는 안되는데 자꾸 졸음이 온다. 아이 울음소리가 들린다. 눈을 뜬다. 닫힌 공간에서의 아이 울음소리는 짜증을 유발한다. 보채는 아이의 등짝을 내려치는 여자의 매몰찬 손바닥이 아이의 울음소리를 더 키운다. 실내에는 젖비린내와 시큼한 술냄새와 쿰쿰한 살냄새가 뒤섞여 있다. 슬그머니 일어나 객차 연결통로로 나온다.

찬바람을 쐬니 숨통이 좀 트인다. 발판에 내려서서 담배를 피워 문다. 담배연기는 순식간에 사라진다. 다음 정착지를 알리는 안내방송이 흘러나온다. 담배를 내던지고 다시 객실로 들어온다. 기차가 멈춘다. 자리에 앉아 눈을 감는다. 눈을 감아도 위험에 대한 경계는 멈추지 않는다. 소리와 공기 속에 숨은 위험을 감지한다. 침묵과 술렁임을 분석한다. 고요하다. 기차가 다시 움직이기 시작한다. 속력이 붙는다.

눈을 뜬다. 웬 청년 둘이 나를 내려다보고 섰다. 삐딱하게 선 폼이 무언가 불만족스러운 자세다. 밤새도록 술을 마시기라도 했는지 술냄새가 진동한다.

"아저씨 여기 우리 자린데요, 차표 확인 좀 해보세요."

"자리도 많은데 그냥 다른 데 앉지 그러나."

"우리는 이 자리가 좋은데요?"

"비켜주시죠? 자리도 많은데."

애송이 자식들. 간을 보자는 것이냐, 힘을 과시해보자는 것이냐. 제법 위협적인 목소리구나, 꽤나 불량스럽기도 하구나. 턱을 치켜들고 노려보면 어쩌자는 거냐. 그 어이없는 표정은 뭐냐. 다리는 왜 떨고 있느냐, 손에 쥔 그 신문 뭉치로 뭘 할 수 있겠느냐. 그런다고 내가 이 자리에서 엉덩이를 뗄 것 같으냐. 내가 이미 차지한 자리다. 애송이 자식들.

눈을 지릅뜨고 녀석들을 쏘아본다. 한 녀석이 눈을 부라리며 나를 내려다보고, 겁먹은 듯 옆에 선 친구는 슬그머니 녀석의 옷깃을 끌어당긴다. 그냥 가자, 나지막한 목소리로 말한다.

"그냥 우리가 양보할게요, 거기 앉으세요."

"우리가 뭐, 잘못했어? 우리 자리 우리가 앉겠다는데, 뭐가 문제야! 안 그래, 아저씨? 미안하다는 말이라도 해얄 것 아냐. 쓰발, 나 잇살이나 먹어갖고 그렇게 노려보면 다야? 지금 해보자는 거야? 어디 한번 일어나봐, 어?"

지금 무얼 믿고 까부는 거냐. 둘이라는 숫자, 차표에 적힌 좌석번호, 젊음이라는 혈기, 옳고 옳지 않음에 대한 확신. 네가 믿는 것은 그것이냐. 숫자는 중요치 않다. 차표에 적힌 숫자 따위가 뭘 장담한단 말이냐. 혈기는 무모하고, 신념은 허망하다. 녀석은 아직 그걸 모른다. 느이 같은 애송이들은 상대하지 않는다.

"그냥 가라. 시끄럽게 굴지 말고."

"이 씨발아, 니가 그렇게 무게 잡으면 내가 죄송하다고 갈 거 같어?"

"그냥 가자니까."

가만히 섰던 친구가 신경질적으로 녀석의 몸을 잡아당긴다.

"에이 씨발, 진짜."

짜증스럽지만 위협적인 목소리는 아니다. 녀석은 휘청이며 통로를 걸어가 서너 칸 앞쪽 자리에 주저앉는다. 나지막이 내뱉는 욕설이 들린다. 눈을 감는다. 상황은 끝났다. 상황이랄 것도 없는 상황이었다. 기껏 애송이 녀석들일 뿐이었다.

고요하다. 아이 울음소리도 없다. 숨죽인 침묵들. 규칙적인 기차 바퀴 소리만 이어진다. 기차가 멈춰선다. 급행열차가 지나갈 때까지 잠시 정차중이라는 안내방송이 나온다. 녀석은 신문에 고개를 처박고 있다. 가끔 신경질적으로 신문지를 넘기며 분을 삭인다. 기차가 멈추자 실내는 더욱더 고요해진다. 녀석의 신문지 넘기는 소리만 간간이 이어진다.

기차가 다시 출발한다. 잠시 눈을 붙여도 되겠다고 생각한 순간, 녀석이 고개를 휙 돌려 내 쪽을 쳐다본다. 무언가 확인하고 싶은 눈빛. 위험하다. 다시 한번 짧게 휙. 녀석의 몸이 아래로 처지는가 싶더니 옆에 앉은 녀석에게 신문지를 민다. 숨죽인 신호가 오간다. 위험하다.

녀석이 슬그머니 일어선다. 등을 보인 채 통로를 걸어간다. 무언가 비밀스레 일을 처리하려는 사람처럼 어색하고 경직된 움직임이다. 문을 열고 나간다. 문이 닫힌다. 녀석이 시야에서 사라진다. 화장실 표시등은 초록색이다. 위험신호다. 조심스럽게 배낭을 끌어당긴다. 바스락거리는 소리에 신경이 곤두선다. 자리에 남은 녀석이 신문을 접어 슬그머니 주머니에 넣는다.

나는 지금 달리는 열차 안에 있다. 내가 있는 곳은 열차의 후미. 앞으로 가면 승무원실과 기관실이 있을 것이다. 화장실 표시등은 여전히 초록색이다. 자네가 잡히면 조직이 위험해져. 박의 목소리가 울린다. 조직이 위험해지면 내가 빠져나갈 구멍도 아주 사라져 버린다.

개자식, 거머리 같은 자식, 개자식, 기껏 신사적으로 대해줬더니, 결국 내 신상을 만천하에 공개한 그 개자식. 냉정해져야 한다. 자리에서 일어나 녀석이 있는 쪽으로 간다. 두 팔을 벌려 앞뒤 등받이를 잡고 선다.

"그 신문 다 봤으면 내가 좀 봐도 될까?"

나는 녀석과 눈을 맞추며 조용히 말한다. 녀석은 홀린 듯 신문을 꺼내 건네준다. 녀석에게서 시선을 떼지 않은 채 신문을 받아 호주머니에 넣는다. 녀석의 목덜미를 잡고 머리통을 끌어당긴다. 목을 지그시 눌렀다 놓는다. 녀석은 손에서 벗어난 후에도 머리통을 내 허리께에서 떼지 못한다. 아버지 어깨에 기대 잘못을 고백하는 어린애처럼.

그래, 어린애들은 그렇게 허튼짓을 하곤 하지, 앞뒤 분간 못하고 나대기도 하지, 그러니까 어린애인 거지. 녀석의 머리통을 쓰다듬어준다. 그러고 나서 슬그머니 몸을 떼고 자리로 돌아온다. 녀석은 꼼짝도 않고 앉아 있다. 어깨를 부르르 떠는 것이 눈물이라도 쏟아낼 태세다.

배낭을 메고 객차 연결통로로 나온다. 출입문 닫히는 소리가 묵직하다. 방향을 틀어 출입문 유리창에 얼굴을 대고 선다. 녀석이 슬쩍 뒤를 돌아본다. 그래, 돌아봐야지, 확인해야지, 유리창 너머에 여전히 너를 지켜보는 눈이 있다는 걸 알아야지.

선너편 객차 출입문이 열리고 승무원이 들어선다. 사라졌던 녀석이 그 뒤를 잇는다. 고개를 옆으로 빼고 내가 앉았던 좌석 쪽을 확인하는 것이 보인다. 개를 앞세우고 추적에 나선 자의 득의만만한 표정. 그래봐야 승무원일 뿐이다. 달리는 기차 안에서 뭘 할 수 있겠느냐. 뭘 할 수 없는 건 나도 마찬가지. 뒤로 남은 객차는 두량. 기차가 언제 멈춰설지는 알 수 없다. 다시 앞을 본다. 개들이 점점 가까워진다. 일단 몸을 피해야 한다.

서둘러 연결통로를 지나 다음 객차 문을 연다. 등에 멘 배낭이 자꾸 좌석 등받이에 걸린다. 다음 출입문을 향해 걸음을 서두른다. 앞만 보며 간다. 다시 출입문. 홍익회 카트가 앞을 막아선다. 벽에 몸을 바싹 붙이고 카트를 지나친다. 문을 연다. 마지막 객차. 통로를 지나 문을 열면 끝이다. 더이상 문은 없다. 한걸음 뗄 때마다 최

악의 상황으로 치달아가는 느낌이다. 마지막 문 손잡이를 돌린다. 바람이 몰아친다.

날것의 바람. 더이상 물러설 수 없는 바람. 기댈 곳도 숨을 곳도 없다. 선로를 감아도는 기차바퀴 소리가 귓전을 때린다. 어둠 저편으로 뻗어나가는 빈 선로만 보인다. 결단을 내려야 할 때다. 기차가 때마침 속력을 줄이기 시작한다. 기차는 거친 쇳소리를 내며 굽이를 돌고 있다.

다시 통로 쪽으로 들어온다. 오른편은 잘린 산자락의 암벽. 공간이 부족하다. 왼편은 야트막한 구릉. 공간은 충분하나 굽이를 도는 바깥쪽 힘을 받으니 충격도 그만큼 더할 것이다. 굽이를 벗어나기 전에 선택을 해야 한다. 왼편 출입문을 연다. 주머니에서 신문을 꺼내 내던진다. 신문지가 날개를 펴듯 화락 펼쳐지며 어둠속으로 흩날린다. 숨을 들이마신다. 눈이 충격을 완화해주겠지만, 눈 밑에 무엇이 도사리고 있을지도 미지수다. 저기다, 밭으로 이어지는 구릉. 위험의 순간이 바로 기회다. 배낭을 던지고 몸을 날린다.

회전낙법이다! 머리나 다리가 먼저 닿아서는 안된다. 턱을 당겨 상체를 둥글게 말고, 왼쪽으로 기울면서 등으로 착지. 왼쪽 등짝에 충격이 턱까지 후려친다. 오른팔로 바닥을 쳐 충격을 완화시키면서 잽싸게 몸을 굴린다. 부러진 나뭇가지가 눈두덩을 찌른다. 얼어붙은 눈 알갱이가 옷 속으로 쳐들어온다. 날선 돌멩이들이 등에 박힌다. 구릉에 얼굴을 부딪치며 튕겨나온다. 옷 안쪽으로 들어온 눈이 선뜩하게 녹아내린다. 참았던 숨이 한꺼번에 새어나온다. 팔을 움직여본다. 통증이 있기는 하지만 크게 이상은 없는 듯하다. 엉치

뼈가 뻐근하다. 철로에서 매캐한 기름 냄새가 난다.

귓가에 울리던 기차바퀴 소리가 조금씩 멀어지고 있다. 구르면서 벗겨진 신발 한짝이 저만치 떨어져 있다. 몸을 일으켜세운다. 절뚝거리며 걸어가 신발을 주워 신는다. 선로를 따라 뛰듯이 걷는다. 쓰으쓰으 쇳소리가 꿈결처럼 아득하다.

드디어 귀를 뚫는다. 합격하면 제일 먼저 하고 싶었던 일. 망설이고 되돌리고 다시 다짐하기를 여러 차례. 점원 언니 얼굴에 슬슬 짜증이 밀려들 무렵, 더이상 물릴 수도 되돌릴 수도 없을 때, 느닷없이 총알이 발사된다. 탕. 진저리를 치듯 몸이 바르르 떨린다.

진이의 말대로 아무것도 아니었다. 한쪽 귀를 뚫고 나니 다른 한쪽은 더 아무것도 아니다. 거울에 귀를 비춰본다. 꽤나 요란스러운 의식을 치르고서야 귓불에 박힌 것은 콩알보다도 작은 큐빅 한 알이다. 그래도 자랑처럼 반짝 빛나는 빨강. 이제 나는 대학생이다.

아름답다. 햇빛은 눈부시게 찬란하고 바람은 상큼하게 싱싱하다. 기상관측 이래 가장 낮은 온도를 기록한 날이라지만, 내 몸에 새겨지는 기록은 한여름 축제의 밤. 폭죽이 터지고 음악소리가 퍼진다. 두 볼이 발그레한 것은 매서운 바람 때문이 아니다. 설렘과 흥분이 내 볼을 달군 것이다. 지나가는 어린애의 털모자를 툭 건드려본다. 괜히 장난을 걸고 싶고 우쭐거리고 싶은 마음.

나는 막무가내로 쏘다니며 상점들을 들락거린다. 대학생이 들 만한 가방요. 여대생들이 즐겨 하는 목도리요. 상점에 들어갈 때마다 나는 가슴을 당당하게 내밀며 말한다. 양손에는 이미 쇼핑백이 가득하지만 뭐라도 더 사고 싶은 기분이다. 그렇다면 마지막으로.

처음이다. 탈의실이 갖춰진 속옷전문점에서 직접 싸이즈를 재고 속옷을 고르는 일. 신체검사 때처럼 다들 지켜보는 앞에서 옴츠리며 치수를 줄이려 애쓰지 않아도 되고, 당당하게 가슴을 내밀고 팔을 들면 전문가가 세심한 손길로 정확한 치수를 잰다. 이젠 엄마가 사다준 M 싸이즈 키티 속옷은 안녕이다. 85B 싸이즈 핑크 레이스 속옷이 여대생 선이의 속옷이다.

정말 예쁘다.


엄마는 생크림케이크를 준비해놓았다. 예상된 파티긴 하지만 생크림케이크는 좀 특별하다. 나는 엄마가 파티를 준비해놓으리라는 걸 알고 있었다. 내가 초경을 치른 날처럼, 백일장에서 장원을 한 날처럼, 다른 모든 기념일들처럼. 촛불을 켜는 엄마의 두 볼이 발갛게 상기되어 있다. 엄마가 생각났다는 듯 봉투 하나를 슬그머니 내민다.

"아빠가 예쁜 옷 사 입으란다. 오늘 같이 못해서 미안하다고."

"전화할까? 목소리라도 듣게."

"나중에 해. 당분간 비상근무라 전화 받기 힘드실 거야. 네가 이해해."

물론 이해한다. 한 달에 한 번 얼굴 보기도 힘든 분이니까. 아빠가 누구보다도 기뻐했으리라는 것을 알고 있으니까. 진로를 결정한 것은 아빠였으니까. 아빠의 결정에 나도 전적으로 동감했으니까. 우리는 그렇게 같은 생각을 가지고 있으니까. 그래도 파티를 함께 못하는 건 좀 서운하긴 하다. 엄마에게 귓불을 보여준다. 엄마는 손가락으로 귓불을 살짝 건드리며 묻는다.

"안 아팠어?"

"아프다기보다는 좀 시끄러웠어. 누가 귀에 대고 꽥 하고 소리지른 것 같았어. 진이는 유치원 때 즈이 엄마가 직접 뚫어줬대. 바늘로 쿡 찔러서."

"걘 뭐가 그리 독하다니?"

"씩씩해서 그래. 오늘밤에 다락방에서 진이랑 파티할 거야. 엄마가 걔네 엄마한테 전화해줘야 해."

"다락방에서 촛불은 안돼. 괜히 저번처럼 수선 피우지 말고, 알았지?"

케이크에 꽂힌 두 개의 촛불이 가볍게 흔들린다. 엄마의 입에서 허밍소리가 흘러나와야 할 타이밍이지만, 어쩐 일인지 엄마는 말없이 촛불만 바라보고 있다. 아빠가 없는 파티는 그래서 불완전하다. 이럴 땐 엄마의 사랑 이야기를 들어줘야 한다. 생크림케이크와 딱 어울리는 이야기.

"그 얘기 해줘. 엄마 처녓적 얘기."

"미장원 얘기?"

"응, 아빠 처음 만났을 때 얘기."

엄마 볼이 금세 발그레해진다. 쑥스러운 듯 자랑스러운 듯 꿈을 꾸는 듯 노래를 부르는 듯. 그땐 참 예뻤는데. 그 말은 엄마가 추억 속으로 들어가기 위한 주문과도 같다. 그리고 나는 그 주문을 완성 시킨다. 지금도 참 예뻐.

"시내에 하나뿐인 미용실이었어. 처음엔 시다로 들어갔는데 두 달 만에 가위를 맡기는 거야. 입소문이 얼마나 빠르던지. 멀리 큰 도시에서도 내 불고데 받으려고 오는 사람들이 한둘이 아니었잖 어. 불고데 하나는 누구도 못 따라왔다니까."

"엄마 불고데 솜씨는 지금도 최고거든. 불고데만 인기있었던 건 아닐 텐데요."

"물론이지. 동네 총각들이 얼마나 얼쩡거리던지. 미용실 주변만 뱅뱅 도는 얼간이 녀석들. 난 눈길 한번 안 줬다, 그런 녀석들한텐. 하나같이 말도 못 붙이고. 그러던 어느날이었어."

엄마는 여기서 꼭 말을 멈춘다. 아빠가 등장하는 중요한 순간이 니까.

"느이 아빠가 미장원에 들어선 거야. 덩치는 산만한 사람이 얼굴 이 벌게져서는, 뒤통수를 벅벅 긁으면서 말야."

난데없이 등장한 청년 때문에 들뜬 정적이 감돌았다지. 말하지 않아도 그 청년이 엄마 때문에 왔다는 건 다들 눈치채고 있었다지. 한동안 머리만 긁적이고 섰던 청년이 우레와 같은 소리로 외쳤다 지. 나도 머리 좀 잘라주쇼! 머리통은 잘라서 뭐하려고? 짓궂은 아줌마의 대답으로 미용실은 순식간에 웃음바다가 되었다지. 청년은 웃을 수도 없고 되돌아나갈 수도 없었다지. 그냥 그렇게 서서 엄마만 뚫어지게 쳐다보고 있었다지. 홍옥처럼 빨개진 청년의 볼이 엄마는 마음에 꼭 들었다지. 우렁찬 청년의 목소리를 다시 들어보고 싶었다지. 봄날 나른한 오후였다지. 머리에 보자기를 둘러쓴 여자들이 라디오드라마나 흘려들으며 깜빡깜빡 졸고 앉은, 찰칵찰칵 가위질 소리가 자장가처럼 들리던 오후였다지.

엄마 어깨에 머리를 기댄다. 엄마 목소리는 봄날 오후 미용실에서 들려오는 가위질 소리처럼 나를 가만가만 쓰다듬는다. 그 속에 아빠 목소리도 숨어 있다. 그렇게 아빠는 우리와 함께 파티를 즐기고, 우리는 아빠와 함께 한가족으로 견고해진다. 찰칵찰칵 가위질 소리가 들린다. 우리의 축하파티는 가위질 소리와 함께 무르익어간다. 찰칵찰칵.


천장에 매달린 백열전구 스위치를 돌린다. 코끝에 싸한 냉기가 돈다. 냉기가 머금고 있는 이 매캐한 먼지 냄새. 내 다락방의 향기. 나만의 궁전, 나만의 은신처.

나는 다락방의 모든 것을 사랑한다. 미용실에 딸린 곁방, 그 위에 비밀처럼 숨겨진 내 다락방. 찰칵찰칵 리듬을 타고 들려오는 엄마의 불고데 소리. 조심성도 경계심도 없이 터져나오는 여편네들의 웃음소리들. 그 자잘한 소리를 들으며 즐기는 은밀한 독서. 중학교 때부터 버리지 않고 모아둔 하이틴 로맨스와 순정만화들. 어렴풋이 맡아지는 알싸한 파마약 냄새. 어린시절 추억이 담긴 잡다한 물건들과 그것들을 넣어둔 상자들, 상자 속에 숨은 상자들.

상자들 사이에 숨겨둔 보석상자를 꺼내온다. 뚜껑을 연다. 오르
골 소리가 들린다. 발레하는 인형은 잃어버리고 없지만 맑은 오르
골 소리는 여전하다. 붉은 벨벳 위에 놓인 송곳니 하나. 내가 보관
하고 있는 유일한 유치다. 흔들거리기는 하는데 손만 살짝 대도 통
증이 느껴져 뺄 엄두도 못 내던 이다. 송곳니를 보면 모나미 볼펜
의 버튼소리가 들린다. 딸깍 톡 딸깍 톡. 스프링을 퉁겨올리며 내는
경쾌한 버튼소리.

아빠는 모나미 볼펜을 눈앞에 들이대고 버튼을 눌렀다가 퉁겨
올리기를 반복했다. 딸깍 톡 딸깍 톡. 나는 입을 헤벌린 채 그 경쾌
한 소리에 빠져 있었다. 어느 순간 볼펜 버튼이 톡 소리를 내며 송
곳니를 건드렸다. 그리고 혀 위에 송곳니가 떨어졌다. 기짓말처럼
순식간에, 아무 통증도 없이. 마술이었다. 아빠는 모나미 볼펜으로
무엇이든 할 수 있다고 말했다. 볼펜 한 자루로 무얼 더 할 수 있는
지는 얘기해주지 않았지만, 고통 없이 송곳니를 뺄 수 있는 것만은
확실했다.

머리 좀 잘라주쇼! 나는 짐짓 더벅머리 총각의 말투를 흉내내본
다. 그리고 사랑에 빠진 처녀의 발그레한 볼을 떠올린다. 나도 엄마
처럼 단박에 사랑에 빠지고 말 것이다. 괜히 주변만 뱅뱅 도는 얼
간이들에게는 눈길도 주지 말아야지. 더벅머리 총각처럼 씩씩한
남자를 사랑해야지. 손이 고운 남자였으면 좋겠다. 그 더벅머리 총
각처럼 크고 두꺼운 손은 싫다. 아름다운 손을 만나면 곧장 손깍지
를 껴야지. 깍지낀 두 손을 한주머니에 넣어야지. 식은땀이 돌면 도

는 대로 꼼지락거리면 꼼지락거리는 대로 주머니 속의 은밀한 움직임을 즐겨야지.

다락 바닥과 벽 사이의 작은 구멍을 통해 전선을 내린다. 세면실로 내려가 순간온수기 전원을 빼고 스탠드 플러그를 꽂는다. 팬시점에서 산 작은 스탠드지만 제법 운치가 있다. 이것으로 파티 준비 끝.


진이는 맥주와 주전부리들을 사가지고 왔다. 우리는 스탠드를 가운데 두고 맥주를 홀짝인다. 이불을 뒤집어쓰고 킬킬거린다. 이마를 맞대고 웃다가 눈물을 찔끔 흘린다. 상자들을 밀쳐내며 발을 동동 구르다가 만세를 부른다.

우리는 같은 기쁨을 누림으로써 기꺼이 서로를 축하한다. 어떤 불순물도 끼어들지 않는 순수한 기쁨과 축하. 기쁨을 감춘 채 슬픔을 위로하느라 쩔쩔매지 않아도 되고, 위안의 가면을 쓰고 슬픔에 동조하지 않아도 된다. 그리하여 우리는 순정함을 유지한다. 순정하므로 우리는 또한 아름답다.

"선아, 넌 대학 가서 뭐 하고 싶어?"

"글쎄, 아직 생각 안해봤는데? 넌?"

"난 언론사에 들어갈 생각이야. 신문사나 방송반 같은."

"방송반이 어울려. 목소리 카랑카랑해서 웅변대회 나가면 사람들이 다 감동받고 그랬잖아."

"중학교 때 얘긴 뭐하러 해. 창피하게."

"그게 왜 창피한 거야? 상도 많이 받았으면서."

"꼭두각시잖아. 내 목소리도 아니고. 누가 써준 원고 들고 나가
서 소리나 지르고. 그래서 넌 뭐 하고 싶은데. 말해봐."

"난……"

홍보는 건 아니겠지? 그래도 솔직한 편이 낫겠지.

"난 씨씨가 되고 싶어."

"씨씨? 혹시, 캠퍼스, 커플의 그 씨씨?"

"왜, 실망했어?"

"아니. 뭐 좋아. 미팅도 하고, 엠티도 가고. 씨씨? 좋지, 좋아."

진이가 턱을 치켜들며 눈을 감는다. 맘에 안 드는 일이 있거나
하고 싶은 말이 있을 때 나타나는 진이의 행동. 진이가 나를 비난
하지는 말았으면 좋겠다. 비난은 언제나 공정하지 않다. 솔직함은
그것만으로도 손중받아야 한다. 내가 진이에게 말라깽이 안경집이
라서 씨씨 되기 힘들 거라고 비난한 건 아니니까.

"그런데 말야…… 대학생이면 뭔가 좀 달라야 하지 않을까?"

"뭐가?"

"의미있는 일을 해야 할 것 같아."

"의미있는 일?"

"응, 심장 뛰는 일. 대학생이니까 할 수 있는 일. 청년들이 해야만
하는 일. 뭐 그런 거."

뭔가 비난 같기도 하고 다짐 같기도 하다. 사랑하면 심장이 뛰지
않아? 나는 진이에게 그렇게 말해주고 싶다. 청년들이니까 할 수
있는 일이잖아. 어떻게든 심장 뛰는 일을 하면서 살면 되잖아. 내
생각은 입에서만 맴돈다. 내 생각을 입밖으로 내뱉는 대신, 진이가

한 말을 입안으로 끌어들인다. 그리고 그 말을 심장에 새겨둔다. 심장 뛰는 일, 청년들이 해야 할 일, 의미있는 일.

나는 내 어깨를 진이의 어깨에 부딪치며 배시시 웃는다. 툭툭. 진이가 기다렸다는 듯 박자를 맞춰 어깨를 갖다댄다. 그렇게 서로의 몸을 부딪치고 나면 어색함 대신 애틋함이 생겨나는 것이다. 진이가 웃는다. 나도 웃는다. 진이가 내 손을 꼭 잡는다. 내 손을 진이손 위에 얹는다.

"어쨌든 이제 새로운 사람이 되는 거야."

진이가 말한다. 그리고 내가 그 말을 잇는다.

"어쨌든 심장 뛰는 일을 하면서 사는 거야."

이제 나는 대학생이다. 하고 싶었으나 할 수 없었던 모든 일을 할 것이다. 몸과 마음의 빗장을 활짝활짝 열고 마음껏 즐길 테다. 심장 뛰는 일을 할 거다. 사랑을 할 거다.


*


눈썹은 결을 따라 한올 한올 털을 심는 느낌으로. 삼분의 이 지점에서 살짝 아래로 꺾어 마무리. 눈썹선의 길이는 얼굴 모양에 맞춰 적당히. 색조화장은 하지 말고 아이라인으로 눈매만 또렷하게 강조해주고. 볼은 워낙 발그레하니까 볼터치는 하지 말자. 입술은 발랄한 다홍색으로. 립글로스로 생기를 더해주면 끝. 그냥 립글로스만 하는 게 더 나을까? 이러다가 늦겠어 엄마. 잠깐만 기다려봐, 색깔 좀 바꾸고.

나는 다시 입술을 맡긴다. 시간은 충분하다. 화사해진 얼굴을 빨리 확인하고 싶을 뿐이다. 기대감으로 몸이 근질거린다. 엄마 손에서 레몬 냄새가 난다. 볼을 스치는 촉촉한 손의 느낌이 좋다. 엄마가 붓을 내려놓고 내 얼굴을 본다.

"다 끝난 거야? 어디 거울 좀 줘봐."

나는 여전히 입을 에, 한 채로 우물우물 말한다. 표정을 보니 뭔가 미진한 게 있는 모양이다. 그렇다고 그렇게 우울해할 건 없잖아. 엄마가 거울을 내민다. 내가 원한 건 화장품회사 언니들이 시연해 보인 것 같은 잿빛 눈매와 자줏빛 입술이었는데. 조금 더 어른스럽길 바랐는데. 엄마는 자연스러운 게 좋은 거라고 말한다. 엄마가 장에서 무언가를 꺼내온다. 구두 상자다.

상자 뚜껑을 연다. 구두는 기름종이에 덮여 보이지 않는다. 기름종이를 조심스럽게 들추어낸다. 바스락거리는 느낌이 은밀하고 고급스럽다. 몇겹의 기름종이를 거두고 나서야 매끈한 구두가 그 모습을 드러낸다. 손가락 끝으로 구두의 곡선을 따라가본다. 짜릿하다. 굽도 아찔하게 잘 빠졌다. 조심스럽게 발을 집어넣는다. 발등을 움켜잡는 이 간곡한 존재감. 발을 살짝 들어올린 것뿐인데 절로 가슴이 내밀어지고 허리가 꼿꼿해지는 느낌. 자연스럽게 턱이 들리면서 당당한 자세가 되는 신비한 마술.

"걸어봐. 처음부터 너무 높은 걸 샀나? 감당할 수 있겠어?"

감당하고 말고가 어딨어요. 이렇게 아찔한 구두를 두고. 가슴을 쭉 내밀며 첫발을 내디딘다. 또각. 발이 좀 죄는 듯하지만 걷는 데 무리는 없다. 또각. 구두굽 소리는 어쩐지 사람을 우쭐하게 만드는 힘이 있다. 또각. 한걸음 내디딜 때마다 그만큼 자신감이 자라고 허리가 잘록해진다. 아름답고 당당하게 또각또각.

전신거울에 내 모습을 비춰본다. 무릎 위로 올라오는 짧은 치마도 치마와 어울리는 터틀넥 스웨터도 모두 엄마가 고른 것이다. 스카프를 둘렀다가 풀고, 손뜨개 목도리를 대보았다가 던져버리고, 거울 근처는 온통 엄마와 내가 어질러놓은 옷가지들로 어수선하다.

나 괜찮아? 너무 튀는 거 아니겠지? 진짜 대학생 같아? 앞코가 너무 뾰족한 거 아닌가? 기다란 게 악어 주둥이 같지 않아? 대답이 들리질 않네. 엄마? 뒤를 돌아 엄마를 본다. 엄마는 나를 보고 있지 않다. 두 팔을 늘어뜨린 자세로 망연히 앉아 창밖을 보고 있다. 창으로 들어온 빛이 엄마 얼굴에 그늘을 드리운다. 그늘진 눈밑에 그늘보다 더 어두운 그림자가 스친다. 엄마는 불현듯 고개를 돌려 내쪽을 보며 환하게 웃는다.

웃음과 그늘 사이의 간극이 빛과 어둠처럼 극명하게 느껴진다. 빛이 만들어낸 그늘과 미소가 만들어낸 그림자 중에 어느 것이 엄마 것인지 모르겠다. 무언가 석연치 않은 구석이 있긴 하지만 크게 신경쓸 일은 아닌 것 같다. 처음이라 떨려서 그래. 옷매무새를 가다듬는다. 잘하고 와, 엄마 목소리를 뒤로하고 문을 나선다.

구두에 신경쓰느라 우편함 앞에 선 남자를 미처 보지 못했다. 계단을 뛰어내려오다 낯선 남자의 등짝에 몸을 부딪힌다. 발목이 살짝 꺾인 것도 같다. 남자가 놓친 우편물들이 발밑에 착 퍼진다. 남자는 우편물들을 주워 주머니에 넣고는 성급히 현관문을 빠져나간다. 우편함을 본다. 똑같은 전단지 몇장만 있을 뿐 새로 온 우편물은 없다. 아침부터 좀 불쾌한 일이긴 하지만 오늘은 중요한 날이니까 봐준다.

가슴을 쭉 내밀고 걷는다. 또각또각 구두굽 소리가 경쾌하다. 또각또각. 바람도 상쾌하다. 또각또각. 어떤 애들과 생활하게 될까? 진이 같은 애를 만나야 할 텐데. 새로운 친구들이 생긴다고 너무 멀어져선 안되는데.

걸음을 멈추고 숨을 고른다. 발 전체가 짓눌리고 뒤틀리는 느낌이다. 짓눌린 발 때문에 가슴까지 답답하다. 아직 길이 들지 않은 탓도 있겠지만, 아무래도 현관에서 남자와 부딪칠 때 발목을 삐끗한 모양이다. 구두가 좀 작은 건가. 엄지발가락이 구두를 찢고 나올 태세다.

다시 걸음을 뗀다. 한번 발에 신경이 쓰이자 온 신경이 발로 향한다. 걸음을 내디딜 때마다 커지는 것은 자신감이 아니라 통증이다. 죄고 짓누르고 후벼파고. 잠깐 한눈이라도 팔라치면 중심을 잃게 만드는 이 무서운 독점력.

전철역까지는 도착했지만 갈 길이 까마득하다. 역사로 향하는 계단은 높기만 하다. 학교까지 전철을 한 번 갈아타야 하고, 전철역에서 교문까지, 거기서 언덕을 올라 건물까지. 아무래도 하이힐은 무리였어. 누군가 내 옆을 스치며 계단을 뛰어올라간다. 탁탁탁탁. 계단을 따라 울리는 구두굽 소리가 맑고 투명하다. 내 것보다 굽이 훨씬 높고 가는, 진짜 하이힐이다. 머리칼을 날리며 뛰어가는 여자의 뒷모습에서 불편함은 느껴지지 않는다. 나도 저 여자처럼 하이힐이 내 몸의 일부처럼 되는 날이 있겠지. 이 정도 고통쯤이야. 나는 다시 턱을 세우고 당당하게 계단을 오른다. 또각또각. 당당하고 우아하게 또각또각.

원 한가운데 우뚝 솟은 과 깃발. 선홍색은 마음에 들지만 글귀는 정말 꽝이다. 촌스러운데다 과격하기까지. 노천극장 잔디밭. 깃발을 중심으로 원을 그리고 앉은 사람들. 원 안쪽으로 신문지가 깔리고 그 위에 되는대로 늘어놓은 술과 안주들. 내가 상상한 신입생환영회 모습이 아니다. 그리고 나만 너무 차려입었나? 다리를 오므릴 수도 벌릴 수도 없다. 바싹 마른 잔디줄기가 종아리를 찌른다. 무릎을 세우고 앉자니 짧은 치마가 문제다. 누군가 신문지를 깔아준다. 신문지에 엉덩이를 대고 앉는다. 누군가 재킷을 벗어 건네준다. 재킷을 무릎 위에 덮으니 겨우 자세가 나온다.

앉아 있을 때도 허리를 꼿꼿이 세워야 목선이 예뻐 보인다고 그랬는데. 엉덩이에 힘을 딱 주고 허리를 펴고 도도한 표정으로. 아그럼 가슴을 너무 내밀게 되나. 그런데 재킷 사이로 살짝 나온 구두 앞코는 아무리 봐도 예쁘다.

학생회장이라는 사람이 한가운데 서서 인사를 한다. 작지만 옴팡지게 생긴 여자다. 카랑카랑하고 호소력있는 목소리. 스타카토처럼 톡톡 끊어지는 말투. 인사를 마치자 박수와 환호가 터져나온다. 학생회 간부들의 소개가 이어진다. 말투가 비슷비슷하다. 진이처럼 웅변대회 수상자들이 모인 것 같다. 이게 대학생 말툰가? 속으로 그 말투를 따라해본다. 뭔가 자신감이 생겨나는 것도 같다.

신입생들의 자기소개가 시작된다. 옷차림에 신경쓰느라 미처 준

비 못한 일이다. 개성있고 독특하게 하라는데 어떻게 해야 하나. 첫
번째 여자가 일어난다. 커다란 잠자리테 안경을 쓴 여자다. 부산에
서 올라왔다는데 억양만으로도 분명히 기억되겠다. 그 옆에 파마
머리를 한 여자는 삼수를 했다는 말만 하고 자리에 앉는다. 이름도
안 밝힌다. 사람들의 반응이 싸하다. 웨이브로 봐서는 파마한 지 반
년도 더 된 머리다. 촌스러운 삼수생이 뭐 자랑이라고.

내 차례가 가까워올수록 마음이 급해진다. 앞으로 다섯 명. 어차
피 같은 과를 지망했으니 관심사는 비슷할 테고, 네 명. 위성도시
같은 걸로는 기억되지 않을 테고, 세 명. 씨씨가 되고 싶다고 말할
수도 없는 노릇이고, 두 명. 비쩍 마른 남자애가 일어나 다짜고짜
노래를 부른다. 가만히 들어보니 가사가 좀 음란하고 지저분하다.
이제 마지막 한 명.

무고한 청년들이 죽어가는 이 땅의 현실…… 고개를 든다. 옆에
앉아 있던 남자다. 얼굴은 보이지 않는다. 뒷짐을 진 채 무언가 열
심히 떠들고 있는 남자의 꼿꼿한 턱이 눈에 들어온다.

"지난여름 거리에서 들끓는 피를 봤습니다. 그곳에서 함께할 수
는 없었지만, 숨죽여 기다렸습니다. 선배님들과 뜨거운 심장, 뜨거
운 피를 나누고 싶습니다. 이 땅의 청년들이 해야만 하는 일, 많이
가르쳐주십시오. 열심히 배우고 부지런히 뛰겠습니다."

이 땅의 청년, 뜨거운 심장, 심장 뛰는 일. 뭐야, 대학생이 되면
해야 할 일을 가르치는 학원이라도 있는 거야? 그게 정답인 거야?
왜 다들 그렇게 얘기하는 거야?

말을 마친 남자가 제자리에 앉는다. 남자의 무릎이 내 무릎을

살짝 스치고 지나간다. 고개를 숙인 채 남자의 바짓자락을 쏘아본다. 낡고 지저분한 청바지 주제에. 다 해져서 나달거리는 바짓단 좀 보라지. 남자는 양반다리를 하고 무릎에 두 손을 가만히 올려놓는다.

그때였다. 내 심장소리가 들린 것은.

아름다운 손이었다. 강인하면서도 고운 손. 길고 여린 손가락, 짧게 깎은 손톱, 마디 사이에 결을 세운 가느다란 솜털, 분홍빛이 감도는 손끝. 그 손이 내 몸에 닿았다. 만진 것도 아니고 얹힌 것도 아니고 잠깐 스쳐지나간 것뿐이다. 바람에 머리카락이 날리듯. 그 손이 내게 말을 걸었다. 톡톡. 내 무릎을 치며 말을 했다. 네 차례야.

네 차례. 내 차례. 고개를 든다. 내게로 향한 무수한 시선들. 자기소개를 하고 있었지. 만만하게 보여서는 안되는데. 재킷을 한쪽으로 밀쳐두고 일어선다.

"그러니까……"

조용하다. 바람에 펄럭이는 깃발소리만 귓가에 쟁쟁거린다.

"그러니까, 저는……"

내 입을 퍼뜩 스치고 지나가는 것이 있다.

"의미있는 일을 하며 살고 싶어요."

당당하게 어깨를 펴며 운을 뗀다. 일단 말문이 터지자 내 혀가 혼자 살아 움직이기 시작했다. 내 생각과는 상관없이. 무슨 말을 하고 있는지 인식할 겨를도 없이. 내 말을 경청하고 있는 눈빛들이 입속의 혀를 더 부추긴다.

"대학생이 되면 뭔가 좀 달라야 하니까. 청년들이니까. 심장 뛰는 일을 하며 살고 싶어요."

이것은 내 목소리가 아니다. 이것은 웅변대회 원고를 외우는 진이의 외침. 내 심장이 아니라 진이의 심장이 내는 박동소리. 꼭두각시, 앵무새, 좀도둑. 부끄러운가? 부끄럽지 않다. 거짓말을 한 건 아니니까 괜찮다. 어차피 나와 진이는 많은 생각을 공유하고 지내왔으므로 진이의 생각은 내 생각이기도 하다. 어차피 사랑을 해도 심장은 뛰는 거니까. 나도 진이처럼 심장 뛰는 일을 하며 살 생각이었으니까 같은 거다. 언론사에 들어가겠다고 한 건 아니니까 도둑질해온 것도 아니다. 나는 좀 잘 보이고 싶었을 뿐이다. 내가 그런 게 아니라 뜨거운 심장이 그렇게 만들었다. 나는 정답을 알아낸 것이다. 나를 바라보는 저 눈빛들이 그렇게 말하고 있잖아. 그래, 정답을 말한 거다. 잘한 거다. 정말 잘한 거다.


무슨 정신으로 왔는지 모르겠다. 전철을 갈아타고 전철역에서 집앞 골목까지. 온통 신입생환영회 생각뿐이었다. 내 몸을 톡톡 건드리던 그 어여쁜 손이 자꾸만 생각났다. 골목 입구에 서서 심호흡을 한다. 등뒤에서 누군가 내 이름을 부르며 다가올 것만 같다고 생각한 순간, 무언가 내 앞을 가로막는다. 검은 휘장이 드리우듯 획, 급작스러운 등장이다.

낯선 남자. 너무 가까이 서 있다. 불규칙한 숨소리가 다 들릴 정도로 가깝다. 나도 모르게 한발 물러서며 남자의 얼굴을 본다. 침울함과 통증이 피부에 그대로 드러나는 얼굴. 쳐다보는 것만으로도 고통이 전염될 것 같은 불길한 얼굴.

남자가 한발짝 앞으로 다가오며 묻는다.

"너 이 집 사냐?"

나는 한발짝 뒤로 물러서며 대답한다.

"왜,요?"

"네 아버지가 안이냐?"

"누구,세요?"

"네 아버지가 안 맞아?"

나는 물러서지도 비켜서지도 못한 채 남자를 본다. 아는 얼굴인 것도 같고 전혀 모르는 얼굴인 것도 같다. 남자는 입을 꾹 다물고 있다. 앙다문 입술이 파르르 떨린다. 남자에게서 물비린내가 난다. 오래된 어항이나 걸레통에서 나는 썩은내와도 같은 매큼하면서도 지릿한 냄새.

남자가 내 어깨에 손을 올린다. 남자의 숨결이 거칠어지는 것이 느껴진다. 남자가 이를 악문 채 낮은 목소리로 말한다.

"네 아버지 어딨어!"

이를 가는 듯한 섬뜩한 음성. 낮고 조용하지만 그 속에 번득이는 살기. 몸을 뒤로 뺀다. 내가 움직이자 어깨를 짓누르는 악력은 더욱 억세진다.

"왜 이래요? 이거 놔요!"

"네 아버지 어디로 갔어! 어디로 숨겼어! 어디로! 숨긴다고 우리가 못 찾을 거 같아? 어디로 잠적했어? 말해, 어서 말해!"

남자는 내 어깨를 앞뒤로 흔들며 소리를 지른다. 남자가 무슨 말을 하는지 알아들을 수가 없다. 어깨가 아프다.

"아파요! 이거 놔요. 아프단 말야! 아프다고옷!"

발악하듯 소리를 지른다. 어느 순간 남자의 손에 힘이 빠지는 것이 느껴진다. 그와 동시에 나는 땅바닥에 주저앉고 만다. 무언가가 남자에게서 모든 기력을 빼앗아간 듯, 두 팔이 맥없이 툭 떨어진다. 그러고는 충동적인 살인을 저지른 사람처럼 자신의 두 손을 낯설게 내려다본다. 남자가 등을 돌려 걸어간다. 나는 남자의 뒷모습만 멍하니 쳐다본다. 풍경도 지워지고 소리도 사라진다. 주머니에 손을 넣은 채 비척이며 걸어가는 한 남자의 왜소한 등만 보인다. 남자의 등이 점점 희미해지더니 어둠속으로 완전히 스며든다. 그러고 나자 비로소 소리가 들렸다.

네 아버지 어디로 잠적했어!

아버지가 사라졌다. 정확히 말하자면 사라진 것이 아니라 잠적이다. 잠적이라는 말은 아버지와 어울리지 않는다. 그것은 공금횡령자나 탈옥수나 연쇄살인범 같은 범죄자들에게나 따라붙는 말이다. 아버지는 경찰이다.

잠적. 아버지는 음모에 빠진 것이 분명하다. 누명을 썼거나 모함을 받아 위험에 처한 것이다. 잘못이 있다면 죗값을 치렀을 것이다. 아버지는 그런 사람이다. 정의롭고 용감한 사람. 길을 가다가 맨손으로 강도를 잡을 만큼. 그때 받은 상장과 메달도 다락방 상자 어딘가에 있을 텐데.

손을 짚으며 몸을 일으켜세운다. 그리고 집을 향해 천천히 걸음을 뗀다. 내 몸은 누군가에게 조종당하는 인형처럼 기계적으로 움직인다. 빌라 문을 열고 계단을 오르고 열쇠를 꺼내 현관문을 열고.

자율학습을 끝내고 돌아온 학생처럼, 일상적이고 습관적인 몸놀림으로 문을 닫고, 뒤를 돌아 잠금장치를 잠근다. 다녀왔습니다.

집 안은 어둠에 잠겨 있다. 냉장고 돌아가는 소리가 비현실적이게 느껴진다. 음산하고 불길한 기운. 벽을 더듬어 스위치를 올린다. 불이 들어오고 내 발이 보인다. 맨발. 내 아름다운 구두는 어디 간 거지? 고개를 든다. 거실 한복판에 엄마가 서 있다.

"엄마?"

조용히 엄마를 부른다. 엄마는 미동도 하지 않는다.

"학교 다녀왔어."

엄마를 향해 천천히 다가간다. 내가 눈앞에 바싹 다가섰는데도 여전히 반응이 없다. 엄마는 뭔가 호된 일을 겪고 나서 공황상태에 빠진 사람처럼 표정이 없다. 엄마 팔을 붙든다. 흠칫 뒤로 물러선다. 왔어? 엄마 목소리가 들릴락말락한다.

"엄마…… 아빠가 잠적했다는 게 무슨 말이야?"

"누구한테 들었어!"

"사실,이야? 아빠가 왜 잠적을……"

"사람들 말 믿지 마. 다 거짓말이야."

"뭐가 거짓말인데?"

엄마는 내 손을 팽개치고 등을 돌린다. 돌아선 등이 완강하다. 더이상 아무것도 묻지 말라는 태도. 그것이 나를 더 안달나게 만든다. 등을 돌려세워 마주 보게 만든다.

"웬 남자가 나한테 아빠 어디로 잠적했느냐고 소리를 질러댔어. 어디로 숨겼느냐고. 아빠, 지금 어딨어? 비상근무, 맞아?"

"그인 아무 잘못 없어! 다 그 빨갱이 새끼 때문이야!"

빨갱이 새끼. 이물스럽고 섬찟한 느낌. 엄마의 고운 입에서 나왔으리라고는 차마 믿기지 않는 단어. 빨갱이, 새끼.

"선아, 아빠 믿지?"

이번엔 엄마가 내 손을 꼭 쥐며 애절하게 묻는다.

"그놈이야. 그놈이 그런 거야."

"누가, 뭘, 그랬는데?"

"그이는 뺨 몇대 때린 것뿐이라고 그랬어. 그래, 그런 얘기 들은 적 있어. 그런데 하필이면 고막이 터져버렸다고. 선아, 그놈이, 그놈이 진짜 나쁜 놈이라니까. 감옥에도 갔다 왔잖아. 죄가 없으면 왜 감옥에 갔겠어? 안 그래? 그놈이 아빠한테 앙심을 품고 일을 낸 거야. 선아, 아빠는 아무 잘못 없어. 아빠가 어떤 사람인지 네가 더 잘 알잖아. 그렇지? 아빠 믿지? 그 빌어먹을 놈 때문에 애꿎은 우리 그이가……"

엄마는 필사적이다. 어떤 말을 하지 않으면 당장 숨이 넘어갈 사람처럼. 죽기 직전에 꼭 해야 할 말이 있어서 안간힘을 쓰는 사람처럼. 믿어, 믿는다구. 나는 몇번이고 그렇게 말한다. 그렇게 말하지 않으면 엄마의 신들린 듯한 웅얼거림이 영원히 멈출 것 같지가 않았다. 엄마가 갑자기 내 양볼을 두 손으로 거칠게 감싸안는다. 볼을 찢어발길 것처럼 우악스러운 손길이다.

"선아, 엄마 말 잘 들어. 일을 하다보면 실수할 때도 있는 거야. 그래, 그런 실수는 누구나 해. 좀 시끄러워서 머리 식히러 간 거야. 위에서 그러라고 시킨 거야. 그러니까 넌 아빠만 믿어. 아빠만 믿으면 돼. 곧 진실이 밝혀질 거니까 넌 걱정하지 말고 공부만 열심히 하면 돼. 무슨 말인지 알지? 다른 사람 말은 아무것도 믿지 마. 다 거짓말이니까. 알겠지? 응? 대답해. 알았다고 대답해!"

"알았어. 믿어, 믿는다구. 알았다구."

내가 몇번이나 고개를 끄덕이고 나서야 엄마는 내 볼에서 손을 거두어간다. 엄마의 눈에 물기가 돈다.

"아빠는 괜찮은 거야?"

"응, 괜찮아. 괜찮구말구."

엄마가 고개를 끄덕이며 대답한다. 숨을 들이마신다. 실컷 울고 난 다음 숨을 고르는 사람처럼 가볍게 몸을 떤다. 나는 엄마 품에 가만히 안긴다. 그러고 나서 내 등을 쓰다듬듯 엄마 등을 쓰다듬는다. 그것 말고는 달리 할 수 있는 일이 없었다.

*

진이의 전화를 끊으며 신입생환영회 때 일을 얘기했어야 한다는 생각을 잠깐 했다. 목구멍에 딱딱한 덩어리가 걸린 듯 말이 자꾸 안으로 삼켜졌다. 일부러 숨기려던 것이 아니라 진이의 얘기를 듣느라 내 얘기를 할 틈이 없기도 했다. 진이는 합격 소식을 들었을 때보다 더 흥분한 목소리로 신입생환영회와 오리엔테이션 얘기를 들려주었다.

준비물들을 방에 늘어놓고 한동안 멍하니 앉아 있었다. 이박삼일의 오리엔테이션. 뭐가 필요하고 뭐가 쓸데없는지 가늠이 안된다. 진이에게 그거라도 확인해볼걸. 세면도구랑 운동복은 챙겼고, 양말과 화장품을 담아갈 조그만 파우치를 사야겠다. 두 밤이나 자야 하는데 잠옷을 가져가야 하나?

외투를 걸치고 방을 나선다. 미용실 문을 밀고 나간다. 나는 얼어붙듯 멈춰선다.

그 남자다. 레코드점 앞에 선 저 남자. 그 사람이 분명하다. 두 손을 찔러넣은 채 고개를 숙이고 있지만, 알 수 있다. 머리보다 몸이 먼저 그 남자를 기억해낸다. 어깨가 짓눌리고 귀가 왕왕거린다.

다시 문을 잡아당기며 미용실 안으로 몸을 들인다. 문을 잠그고 블라인드를 모두 내린다. 엄마에게 전화를 건다. 엄마는 한참 만에 전화를 받는다. 남자가 미용실 앞에 와 있다는 것을 알린다. 수화기 저편에서 긴 한숨 소리가 들린다. 거기 꼼짝 말고 있어. 밖에 나오지 말고. 엄마는? 엄마가 알아서 할 테니까 걱정 마. 미용실 문은 어떻게…… 전화가 끊긴다. 엄마? 공허하게 이어지는 신호음. 고아가 된 거 같아, 엄마.

블라인드를 조금만 젖혀 밖을 내다본다. 남자가 주위를 한번 휙 둘러보더니 길을 건너온다. 흠칫 뒤로 물러선다. 다시 블라인드 틈으로 밖을 본다. 남자는 미용실 앞까지 거의 다 왔다. 벽에 몸을 붙인다. 문이 덜컹인다. 눈을 감는다. 안 보일 거야. 어두워서 안 보여. 블라인드도 다 쳤잖아. 갔을까? 문은 제대로 잠갔을까? 나를 봤을까? 언제부터 미용실 앞에 서 있는 거지? 내 뒤를 미행한 거야? 그런데 내가 왜 숨어야 하는 거지? 엄마 말대로라면 잘못은 아빠가 아니라 남자가 했는데, 내가 왜?

벽에서 몸을 뗀다. 볼 테면 봐. 들어올 테면 어디 들어와봐. 이번에 엔 그냥 당하고만 있지 않을 거야. 문앞에 선다. 조용하다. 서성이는 그림자도 없다. 다시 블라인드를 살짝 올려 밖을 본다. 남자는 레코드점 앞으로 돌아가 있다. 벽에 기대서서 남자를 훔쳐본다.

남자는 주머니에 손을 넣은 채로 발을 동동 구른다. 담배를 피워 문다. 미용실 쪽을 쳐다보며 길게 연기를 내뿜는다. 담배를 땅바닥에 집어던진다. 구둣발로 담배꽁초를 짓이긴다. 미용실 쪽으로 시선을 고정한다. 길 하나를 사이에 두고 남자와 나는 서로를 훔쳐보고 감시하는 중이다. 덧없는 시간이 흘러가고 있다.

모든 것이 순조로웠다. 남자가 나타나기 전까지는 아무 문제도 없었다. 나는 대학생이 되었고, 수많은 로맨스와 심장 뛰는 일들이 눈앞에 펼쳐져 있었다. 그런데 지금 미용실에 숨어 오도 가도 못하고 있는 것이다.

나는 침을 뱉듯 뇌까린다. 빨갱이, 새끼. 그 말을 내뱉고 나자 뭔가 후련해지는 기분이다. 한결 용기가 나고 보다 정의로워진 것 같다. 이대로는 안돼. 잠금장치를 푼다. 문을 열고 남자에게 성큼성큼 걸어간다.

"아저씨 뭐예요? 뭔데 자꾸 여기서 얼쩡거려요! 네?"

남자가 주머니에서 담배를 꺼내 입에 문다. 내게서 눈을 떼지 않은 채 손가늠으로 라이터를 켜 불을 붙인다. 남자가 내 쪽을 향해 길게 연기를 내뿜는다. 담배연기가 얼굴에 휘감긴다. 눈을 감지도 기침을 하지도 않을 거야. 겁먹지 않을 거야. 주저앉지도 않을 거야. 도망가지도 숨지도 않을 거야. 어디 소리를 지를 테면 질러봐.

내가 더 크게 소리쳐서 망신을 줄 거야. 망신을 줘서 다시는 여기 못 오게 만들 거야.

"네 아버지 어딨는지 그것만 알면 돼."

"안다고 내가 아저씨 같은 사람한테 알려줄 거 같아요? 나 아저씨 어떤 사람인 줄 다 알아. 우리 아빠한테 귀싸대기 맞은 그 사람 맞죠? 엄마한테 다 들었어. 저번에 우리집 우편물도 아저씨가 훔쳐 갔죠, 그죠?"

"귀싸대기?"

"감옥도 갔다 왔다면서요. 우리 아빠 훈장도 세 개나 있는 사람이야. 당신이 이런다고 우리가 굴복할 거 같아요? 잘못을 저질렀으면 깨끗하게 인정하고 살아야지, 왜 여기 와서 사람을 괴롭혀요?"

"너 모르는 거냐? 정말 몰라서 이러는 거냐, 아니면 모른 척하는 거냐."

"몰라요. 몰라서 뭐요, 우리 아빠가 뭘요."

"알고 싶어? 그 훈장, 어떻게 받았는지?"

"어떻게 받았는데요!"

어디 한번 말해봐, 뻔뻔한 빨갱이 새끼. 나는 호기롭게 가슴을 내밀며 남자를 노려본다. 남자가 갑자기 손을 치켜든다. 순간적으로 눈을 감으며 팔로 얼굴을 가린다. 나는 남자가 나를 때리려는 줄 알았다. 그런데 남자는 내 손목을 감아쥐고 번쩍 치켜올렸다.

"놔요, 왜 이래요."

"네 아버지가 누군지 알려줄 테니까, 자, 따라와봐."

나는 남자에게 손목을 붙들린 채 질질 끌려간다. 흘끔거리는 주변의 시선이 느껴지기는 하지만 누구 하나 말리는 사람은 없다. 남자는 거친 숨을 내쉬며 뛰듯이 걸어간다. 남자가 멈춰선 곳은 신문 가판대다. 남자는 한 손으로는 내 팔목을 움켜쥔 채 다른 한 손으로는 주머니를 뒤진다. 남자는 지폐 한 장을 꺼내 가판대에 올려놓고는 신문 한 부를 집어든다.

"자, 봐. 여기!"

남자가 한 손은 내 손목을 붙든 채 한 손으로 거칠게 신문을 넘긴다.

"없어. 이상하다, 오늘도 실렸을 텐데. 어젠 분명히 있었는데. 그저께, 그래, 그저께 황씨 아저씨 사진. 아저씨, 그제 신문 좀 줘봐요!"

"그제 신문을 여기서 찾으면 어쩌나. 보급소 가서 알아보든가, 도서관을 가든가."

"여기 보급소 가까운 데가 어디예요, 네?"

남자의 목소리가 다급하면서도 짜증스럽다. 남자가 잠시 방심한 사이, 손의 힘이 느슨해진 틈을 타 잽싸게 손목을 빼고 냅다 도망친다. 앞만 보고 달린다. 빨갱이 새끼 빨갱이 새끼 그 생각만 하며 달음질을 친다. 섣부른 도전이었다. 아무 준비도 없이. 겁도 없이. 금방이라도 남자가 나를 따라잡을 것만 같다. 숨이 턱까지 차오른다. 혀가 바싹 마른다. 앞만 보며 달린다. 모퉁이를 돌고 돌고, 좁은 골목에서 너른 도로로, 차도에서 인도로, 차들의 경적소리를 뚫고, 무조건 달린다. 입에서 단내가 난다.

모래바람이라도 분 듯 눈이 씀벅씀벅하다. 햇살이 눈을 찌른다.

혈관 하나 세포 하나가 다 타버릴 것만 같다. 내 몸에 꽂히는 햇살까지도 무섭다. 빛을 피해 건물 사이 좁은 골목으로 들어간다. 쓰레기봉투가 쌓여 있는 틈바구니. 채 녹지 않은 얼음덩어리와 함께 숨을 죽인다.

쪼그리고 앉아 전단지를 끼워넣는 사람들. 춤을 추듯 박자를 맞추듯 익숙한 손놀림. 새로운 덩어리들이 내려지고 합쳐지고 분배되는 내일의 신문들. 저거야. 저기 노란 끈으로 묶인 덩어리. 아까 보급소 아저씨가 사가려면 몽땅 사가라고 했던 덩어리. 저게 분명해. 지금은 다들 바빠서 나 같은 계집애는 보이지도 않을 거야.

나는 고양이처럼 은밀하게 움직인다. 슬금슬금. 상가 옆으로 돌아 덩어리들 앞에 선다. 그리고 점찍어둔 덩어리를 번쩍 든다. 들긴 들었는데 너무 무겁다. 덩어리가 크고 무거우니 자세는 엉거주춤하고 발이 꼬인다. 그래도 이젠 어쩔 수가 없다. 무조건 달리는 수밖에. 죄송해요 잠깐 보고 돌려드릴게요. 지금은 돈이 없어서 그래요. 집에 가서 돈 가져다드릴게요. 나는 뒤뚱거리며 기를 쓰고 달린다. 손가락이 끊어질 것 같다.

가로등 아래 멈춰선다. 신문덩어리 위에 앉아 숨을 고른다. 이마에서 땀이 흐른다. 손가락 마디마디 끈자국이 선명하게 남았다. 막혔던 피가 통하면서 손바닥이 저릿저릿하다. 주위를 둘러본다. 따라오는 사람은 없었다. 슬그머니 일어나 덩어리를 내려다본다. 도대체 이게 뭐길래. 끈을 잡고 살짝 들었다 놓아본다. 끈이 너무 단단하게 묶여 있어 쉽게 끊어지질 않겠다. 땅바닥에서 구부러진 못을 찾아낸다. 못을 찔러넣고 또 찔러넣고, 툭, 봉인이 풀리는 소리.

날짜를 확인하며 신문을 넘긴다. 신문지가 팔뚝을 스치고 지나가며 가느다란 생채기를 낸다. 쓰리다. 손을 멈춘다. 날짜를 확인하기도 전에 아버지 사진이 나타난다. 신문의 일면, 반으로 접힌 부분 바로 위쪽, 아버지 사진이다. 정말 아버지다. 신문을 펼친다.

고문기술자 안 잠적. 아버지의 이름. 잠적.

이것은 아버지의 얼굴. 분명 아버지의 얼굴. 주민등록증에 붙어 있던 것과 똑같은 사진. 통통하게 살이 오른 볼과 살짝 올라간 입매. 나처럼 숱이 많고 짙은 눈썹. 틀림없는 내 아버지. 틀림없는 아버지의 이름. 고문기술자 안. 물고문 전기고문 관절꺾기의 명수. 잠적. 고문 피해자들 현상금 걸고 자체 추적.

네 아버지 어디로 잠적했어! 어디선가 들려오는 목소리. 네 아버지 어디로 숨겼어. 어디로. 점점 더 커지는 목소리. 내 어깨를 흔들어대던 무서운 목소리. 네 아버지 어디로 잠적했어! 고문기술자 네 아버지!

영혼이 얼어붙는 느낌. 피가 얼고 혀가 굳고 심장이 멈춘다.

쩍. 얼음 갈라지는 소리가 들렸다.

"죄송합니다, 이것밖에 못했습니다. 상황이 좀 그렇습니다. 조금만 참고 계시면⋯⋯"

"자네가 죄송할 건 없지. 그래, 언제까지라던가?"

"당분간요. 윗선에서도 뭔가 계획이 있으실 겁니다."

"박은 아나?"

"직접 하신 겁니다."

"그래, 그렇겠지. 박이 모를 리가 없지. 공판은 언젠가?"

"이르면 이달 말부터 시작될 것 같습니다. 워낙 심하게 몰아붙여서요. 박의 손해배상 건하고 맞물려서 복잡합니다. 분석팀까지 위험한 모양이에요. 아무래도 우리 구역이 아닌 사건에 개입한 거라. 그래서 부장님 안전이 더 절실합니다. 저희는 걱정 안하셔도 됩니다."

백이 주먹을 쥐고 결의에 찬 눈빛으로 쳐다본다. 뭔가 불안하거나 자신이 없을 때면 나타나는 태도다. 백이 보이는 자신감은 태생적인 허약함과 투쟁해서 가까스로 만들어낸 것이다. 그런 백을 볼 때마다 결함있는 장남을 보는 기분이 든다. 백은 자신의 결함이 무엇인지 정확히 알고 있다. 또한 결함있는 아들이 아버지의 인정을 받기 위해서는 절대적인 복종이 필요하다는 것도 안다. 백이 과장된 행동을 보이거나 거칠고 억세지면 그래서 서글퍼지고, 그래서 인정하게 되고, 그래서 백은 절대적인 복종을 약속한다. 내가 지금 절대적으로 믿을 수 있는 자식은 백뿐이다. 내 손으로 직접 키운 내 아들.

"집은, 어찌하고 있나."

"잘 계십니다."

"이곳은 알려줬나?"

"아뇨, 모르시는 편이 나을 것 같아서."

"그래 잘했네."

"합격했다고, 사모님이 꼭 전해달라고 하셨습니다."

"뭐 하나 사서 보내주겠나?"

되는대로 주머니에 있는 돈을 꺼내 백에게 건넨다. 백은 손사래를 치며 뒤로 물러선다.

"아닙니다. 제가 알아서 하겠습니다."

"그래도 마음이 그게 아니네."

백이 어쩔 수 없다는 듯 돈을 받아넣는다. 잠시 내려놨던 가방을 들고 앞서 걸어간다. 나는 뒷짐을 진 채 백의 뒤를 따른다.

　조직이 마련했다는 곳이 기껏 갱생원인가. 말이 갱생원이지 쓰레기하치장이나 다름없는 곳이다. 그야말로 인간쓰레기들의 집합소. 노숙자들과 행려들 금치산자들의 갱생은 명목일 뿐이다. 이곳은 원래 교육대 후처리를 위해 만들어진 곳이다. 교육대에서 제대로 정화되지 못한 놈들이나 교육을 못 견디고 망가진 놈들이 마지막으로 오는 쓰레기하치장.

　팻말도 없다. 녹슨 철문과 낮게 이어진 담장 안쪽으로 허접한 컨테이너 건물들이 보인다. 제법 너른 마당이 있는데도 억눌린 듯 답답한 느낌이다. 갱생원 뒤편으로는 잡목이 빽빽하게 뒤엉킨 숲이 육중하게 둘러쳐져 있다. 굳이 감추려고 하지도 않고 완전히 드러내지도 않는, 존재하는 것만으로도 스스로 위협을 발산하며 고립되는 공간.

　삼년이다. 삼년만 버티면 된다. 삼년이면 공소시효도 만료된다. 그때까지만 잡히지 말고 버텨라. 그것이 조직이 내린 지시사항이다. 아무리 조직의 지시라지만, 이곳에서 삼년이라니.

　철문을 열고 들어서자마자 개 두 마리가 맹렬하게 짖는다. 줄에 묶인 것이 분하기라도 하다는 듯, 이를 드러내고 침을 질질 흘리며 짖는다. 백이 손에 든 가방으로 위협을 해보지만 그럴수록 위협의 몸짓은 더 거세진다. 건물 안쪽에서 경찰 곤봉을 든 사내가 나온다. 사내가 곤봉을 공중에 휘두르는 것만으로 개들의 울부짖음은 순식간에 잦아든다. 곤봉을 든 사내가 길을 터준다.

　개들은 주인을 향해서가 아니라 이방인을 향해서 짖는다. 낯선

자는 안전을 확신할 수 없으므로 일단 위협을 해보려는 것이다. 공격할 의도가 있는지, 공격한다면 전력은 얼마나 되는지 가늠해보려는 것이다. 공격 의사가 없음을 확인했을 때, 상대가 월등히 강하다는 걸 깨달았을 때, 개들은 비로소 짖기를 멈추고 태도를 결정한다. 꼬리를 흔들지 감출지는 전적으로 상대의 힘에 달려 있다. 지금 저 개들에게는 사내의 곤봉이 절대적이다.

사무실은 건물 가장 안쪽에 위치해 있다. 원장이란 놈은 우리가 들어온 걸 알면서도 한번 슬쩍 올려보고는 책상에 놓인 서류에서 눈을 떼지 않는다. 몸에 밴 거만함과 업신여기는 태도. 여차하면 잽싸게 도망칠 준비가 되어 있는 쥐새끼상. 신경질적인 팔자주름과 입가의 잔주름이 비굴하면서도 얄팍한 인상이다. 함부로 믿을 수 없는 놈이다.

"교육대다 청문회다 해서 불똥이 여기까지 떨어지고 있잖아요. 그지 같은 놈들 데려다가 먹여주고 재워주고, 상은 못 줄망정 아주 보따리를 내놓으라네. 젠장할, 보조금은 얼마나 줬다고."

원장이 서류를 책상에 툭 던지며 일어선다. 앉아 있을 때보다 체구가 더 작아 보인다. 뒤뚱거리며 걸어와 쏘파에 쓰러지듯 몸을 던진다.

"지시는 받으셨죠?"

"받았지요. 물론 받았지요. 그동안 그쪽 물건 처리하느라 애 많이 먹었습니다. 골칫거리만 보내시지 않았습니까. 그런데 이제는 이렇게 유명하신 인사까지 모시게 되었으니…… 일단 방은 하나 비워놨습니다. 제일 넓은 방이죠. 사인실인데 특별히 내드리는 겁니다. 보조금이 나오는 것도 아니고……"

놈의 목소리에서 쓰레기 냄새가 난다. 백이 검은 비닐봉투에 둘둘 말린 것을 원장을 향해 던진다. 이를 악문 채 낮은 음성으로 말한다.

"몇달 보조금은 될 겁니다. 괜한 욕심 부리지 마십시오. 시설이고 뭐고 하루아침에 사라질 테니까."

"욕심이라니요, 저는 다만……"

"따님이 바이올린을 하신다구요? 거기가 베를린이던가요? 빨갱이 되기 딱 좋은 곳에 가 계십니다?"

그래 너는 내 자식이다. 내가 직접 키운 내 새끼다. 숟가락 들고 나대며 간 좀 보자는 놈에겐 진짜 매운맛을 보여줘야지. 빈정거리며 얕보려는 놈에게는 누가 강자인지 확실히 각인시켜줘야지. 똥인지 오줌인지 구분 못하고 날뛰는 놈은 똥물부터 지리게 만들어줘야지. 얄팍한 수작에는 뼛속 깊은 후회가 뒤따른다는 걸 알려줘야지. 가장 치명적인 약점을 찾아 단도를 찔러넣을 줄 알아야지. 그래, 그래야지. 그래야 내 자식이라 할 수 있지.

"무슨 그런…… 전 다만, 그러니까, 시국이 시국이니만큼 서로 조심을 해야 한다는 생각으로, 은닉죄라는 것도 있고, 그만큼 서로가 위험해지는 일이니까, 조심을 해야겠다는……"

"그래, 내가 머물 곳이 어디요?"

거드름 피우는 꼴보다도 비굴하게 둘러대는 꼴은 더 못 봐주겠다. 나는 놈의 말을 매몰차게 끊어버리며 자리에서 일어난다. 서서 내려다본 놈은 그야말로 궁지에 몰린 쥐새끼상이다. 놈은 눈동자를 이리저리 굴리며 앞으로 일어날 재앙을 가늠하는 중이다. 놈이 두 손을 가지런히 모으고 웃는다. 천연덕스럽게 얼굴을 바꾸는 놈. 믿을 수 없는 놈이다. 조심해야 한다. 몸속에서 위험신호가 울린다.

"아 그럼 일어나볼까요? 준비를 시킨다고 시켰는데……"

놈은 허둥거리며 사무실을 나선다. 그 와중에도 돈가방을 서랍에 넣은 다음 열쇠까지 채운다. 놈은 사무실을 나서자마자 신경질적으로 누군가를 불러대고 지시를 하느라 정신이 없다. 그러면서도 뒤를 돌아 자신의 고함이 우리를 향한 것이 아님을 확인시키기 위해 굽실거리기를 잊지 않는다.

"이쪽 다섯 동은 거동이 좀 괜찮은 사람들이 들어 있구요. 대부분 연고지 없는 행려병자들입니다. 버려진 노인네들도 있고, 어떻게 알고 자식들이 직접 찾아와서 맡기고 가는 경우도 있어요. 세상이 어찌 되려는지. 저쪽 다섯 동은 특별관리동입니다. 알코올중독자에 정신병자에 아주 골칫거리들이죠. 그래도 꾸준한 교육과 치료로 우리가……"

놈의 옹색한 변명이 이어진다. 별것 없어 보이는 편의시설들과 의료진이나 자원봉사 따위의 제 배 채우는 데나 쓰일 서류상의 것들을 들먹이느라 진땀을 뺀다.

정당성을 찾고 싶은 것이다. 쉬파리가 아니라 꿀벌이라도 되는 것처럼 포장하고 싶은 것이다. 그래봐야 태생부터가 쓰레기인 쉬파리일 뿐이다. 놈은 원생 수를 부풀려서 나랏돈을 파먹는 것도 모자라, 뒷돈이 나오는 구멍이라면 어디든지 주둥이를 처박을 놈이다. 타인의 약점을 기가 막히게 찾아내서 알을 까고 세를 넓히는 쉬파리 새끼. 이런 곳이 존재한다는 건 알았지만 저런 쓰레기 같은 놈이 맡고 있을 줄은 몰랐다. 쓰레기가 모이는 곳에 쉬파리가 끓는 것은 당연한 일인지도 모른다.

놈이 한자리에 우뚝 멈춰선다. 뭔가 목표물을 발견한 듯 득의만만한 표정이다.

"혹시 아시는 물건인지 모르겠습니다. 그쪽에서 맡기신 물건인데……"

놈이 턱을 추켜올리며 문에서 비켜선다. 백이 창문 안쪽을 슬쩍 보곤 인상을 찌푸린다.

"정신줄 놓고 실려온 걸 어렵게 살려내긴 했습니다만. 한번 보시죠?"

놈이 이를 보이고 웃는다. 약점을 거머쥔 것 같은 비열하고 거만한 웃음. 문 안쪽을 들여다본다. 썩은내가 훅 끼쳐온다. 욕창에서 흐르는 고름 냄새, 살아 있는 육체에서 나는 시취. 썩어문드러지고 질척거리고 흐물거리는 산송장 냄새.

한 사내가 벌거벗은 채 벽에 등을 기대고 앉아 있다. 갈비뼈의 굴곡이 드러나 보일 정도로 비쩍 마른 몸이다. 사내는 힘겹게 손을 놀리며 몸 여기저기를 긁어대고 있다. 사타구니께를 긁어대다가 불알을 잡아뜯다가 목을 긁는다. 그러다간 문득 손을 멈추고 멍한 시선으로 제 몸을 들여다본다. 이미 딱지가 앉은 살에서 피가 배어 나오고 있다. 사내가 고개를 든다. 중력이 다른 공간에 있는 듯 더딘 움직임이다. 천천히 고개를 돌려 내 쪽으로 시선을 고정한다. 사내는 나를 보고 있지 않다. 사내의 시선은 나를 지나 아주 먼 곳을 향해 있는 듯하다.

"아는 물건 아닙니까?"

아는 물건. 놈의 말대로 남자는 물건이다. 고장난 물건. 살과 거죽과 비계로 이루어진 고깃덩어리. 한데 모아 버려야 할 쓰레기.

아는 물건. 그래 물건이지. 물건의 효용을 높이려면 다루는 기술이 필요한 법이다. 아무리 강해 보이는 물건이라도 함부로 쥐고 흔들면 부서지기 십상이다. 기스를 내서도 안된다. 속을 다 비워내도 겉은 멀쩡하게 남아 있어야 한다. 부서지고 조각난 물건들은 꼭 화를 불러오게 마련이다. 기술이 없는 녀석들이 함부로 날뛰다가 물건을 망가뜨릴 때가 있다. 그런 물건들을 조용히 처리하고 소각하는 곳이 바로 이곳이다. 나는 그런 물건을 만들지 않는다.

저것은 아는 물건이 아니다. 절대로.

＊

갱생원은 조립식 컨테이너를 잇댄 열 동의 수용소와 한 동의 관리건물로 이루어져 있다. 관리건물에는 사무실을 비롯해 의료실과 식당 교육실 등이 있지만 식당을 제외하고는 제대로 사용되는 공간은 없는 듯하다. 원생들이 기거하는 각각의 방은 모두 외부에 잠금장치가 되어 있다. 잠금장치가 풀리는 때에도 원생들은 멀리 나가지 못하고 갱생원 담장 안쪽에서만 뱅글뱅글 돈다.

갱생원의 낮은 지극히 평온하다. 하지만 그것은 억압적인 규율과 처벌에 의해 만들어진 짓눌린 평화다. 사람들이 모이면 생기기

마련인 사소한 언쟁이나 부딪침조차 보이지 않는다. 시설의 수용자들은 서로 눈을 마주치지 않는다. 각자 망연히 먼 곳을 바라보며 각자의 세계에서 조용히 지낸다. 모두가 한자리에 모이는 식사시간에조차 식기 부딪치는 소리만 들린다. 수용자들 사이에 존재하는 고집스러운 침묵. 무료하고 평화로운 일상이 오히려 기괴하게 느껴질 정도다.

밤이 되면 상황이 조금 달라진다. 침묵으로 일관하던 갱생원은 어둠이 내리면 소음으로 가득 찬다. 병든 자의 고통스러운 신음소리, 발작적으로 튀어나오는 누더기 같은 웃음소리, 몸속 깊은 곳에서부터 끓어올라오는 비명소리. 짐승의 울음소리 같은 울부짖음이 밤늦도록 이어진다. 그 소음들이 잦아들 무렵이면 어김없이 숨죽인 울음소리가 들려온다. 그 소리가 들리면 나는 벌거벗은 사내를 생각하게 된다. 피가 나도록 온몸을 긁어대는 사내의 굼뜬 손놀림이 떠오른다. 도드라진 갈비뼈와 여윈 팔뚝이 스쳐지나간다. 초점 없이 텅 빈 눈과 헤벌어진 입이 그려진다. 날이 밝아올 때까지 흐느낌은 멈추지 않는다.

단 며칠을 보냈을 뿐인데 아주 오랜 시간을 갇혀 지낸 기분이다. 내 방문에는 잠금장치가 없다. 혼자 지내기에는 지나칠 정도로 넓은 방이다. 새로 꺼낸 장미꽃 무늬의 밍크이불은 청결하고 포근하다. 나를 제어하는 사람이 있는 것도 아니고 갇힌 것도 아닌데 이상하게 숨이 막히고 불편하다.

실내의 불이 꺼진다. 일제소등 시간이다. 한동안 거친 울부짖음이 들리고 나면 곧 소름끼치는 사내의 흐느낌이 들려올 것이다. 눈을 감고 잠을 청한다.

작살난 권투선수마냥 망가진 어떤 얼굴이 스쳐지나간다. 피를 철철 흘리며 움찔거리던 어떤 손도 함께 떠오른다. 찢어지고 부풀어올라 눈도 뜨지 못하면서 끝끝내 마우스피스를 뱉지 않고 항복의 수건도 던지지 않던 고집스러운 얼굴. 내가 단 한번 이성을 잃고 날뛰어서 만들어놓았던 치욕의 얼굴.

문득 벌거벗은 사내의 손이 궁금해진다. 온몸을 긁어대던 사내의 손이 어쩐지 불편해 보였던 것도 같다. 그 더러운 손이 예전에는 아주 곱고 보드라운 손이었을지도 모른다는 생각이 들기도 한다. 그 생각은 아주 잠깐 스쳐지나가는 생각일 뿐이다. 바람처럼.

울음소리가 들린다. 처연한 울음소리. 몸을 말아 벽에 붙인다. 고함도 아니고 비명도 아닌 울음소리. 한 서린 흐느낌처럼 처연하고도 섬뜩한 저 울음소리. 사내가 손톱을 세워 몸을 긁겠다. 사내 몸에서 피가 흐르겠다. 그러다 살점이 다 떨어져나가겠다.

갑자기 한곳으로 몰려가는 거친 발걸음 소리. 둘 혹은 셋. 벽을 긁고 철문을 두들기는 경찰봉 소리. 철문 열리는 소리. 야 이 썹새까 잠 좀 자자, 엉? 엉? 아주 미치겠다 새벽마다, 괭이새끼냐, 밤마다 귀신소리 내게? 잠 좀 자자, 썹새꺄. 발길질 소리. 발정난 개들의 헐떡임. 개들이 사냥을 나섰구나. 그러다 애 잡겠다. 발길질이 멈추자 흐느낌도 멎는다. 잠깐의 정적에 이어지는 물 끼얹는 소리. 쇠양동이 나뒹구는 소리. 철문이 닫히고 자물쇠가 채워진다. 돌아가는 발걸음 소리가 의기양양하다.

볕이 잘 드는 곳에 의자를 내놓고 앉는다. 바람은 차지만 햇살은 제법 따사롭다. 원장이란 놈은 일주일 만에 모습을 보였다. 놈이 없어도 시설이 굴러가는 데는 지장이 없다. 원래 시설이란 게 잘 훈련된 개들만 있으면 주인이 없어도 유지가 되는 법이니까. 실제로 갱생원의 일상을 책임지는 건 수용자들 중에서 선택된 몇몇이다. 그들은 완장을 차고 충성을 다하며 수용자들을 감시하고 제어한다. 어떤 도전이나 반항도 보이지 않는 수용자들에게 불현듯 고함을 지르고 억압적인 자세를 취하는 것도 그들이다.

나에 대한 개들의 태도는 뭐라 확정지을 수가 없다. 꼬리를 흔드는 것도 아니고 이빨을 드러내는 것도 아니다. 조금 멀찍이 떨어져서 빙글빙글 돌며 관찰만 한다. 나도 굳이 그들과 섞일 생각은 없다.

충성스러운 개 한 마리가 경찰봉을 흔들며 걸어가고 있다. 경찰봉으로 문을 툭툭 치며 걷는 폼이 딱 완장 찬 앞잡이다. 점심 먹고 사무실 쏘파에서 졸고 앉았더니 어느새 나와 어슬렁거리고 있다. 원생들 잡도리를 못해 좀이 쑤신 표정이다.

신문을 펼친다. 오늘도 어김없이 기사가 실렸다. 징계해임 결정이 났다. 근무지 이탈과 무단결근으로 인한 해임. 해임사유치고는 궁색하기 그지없다. 상황이 좋지 않은 것만은 확실하다. 은과 백은 물론이고 현까지 기소한 걸 보면 적들의 압박이 그리 녹록하지 않은 듯하다. 수사팀이 대검 중수부 4과라니 그나마 안심이다.

"뭐 재밌는 기사라도 났습니까?"

그늘이 진다 했더니 원장놈이 앞에 버티고 서 있다. 얄팍한 입술이 움찔거리는 것이 뭔가 참견을 하고 싶은 모양이다. 놈을 슬쩍 올려다보고는 소리나게 신문을 넘긴다.

"그런데 그 학생은 어쩌다가 죽었답니까?"

툭 던지는 듯한 무례한 말투.

"턱 하니 억, 그게 말이 됩니까? 우린 피똥 싸게 패도 안 죽더만. 사람 목숨이 질긴 건데."

"내가 한 게 아니오."

신문을 소리나게 접으며 일어난다. 놈이 내가 앉았던 의자에 앉으며 중얼거린다. 씨발놈. 백정 새끼가 거드름은. 불쾌한 충격이 뒤통수를 친다. 손등에 파르르 경련이 인다. 주먹을 꽉 쥐어 들끓는 마음을 오그린다.

마당을 지나 수용동에 발을 들인다. 퀴퀴한 냄새가 난다. 걸음을 멈춘다. 벌거벗은 사내의 방. 창문을 들여다본다. 사내는 벽 쪽으로 몸을 웅크린 자세로 누워 있다. 뼈가 드러난 등에는 여기저기 검푸른 멍이 앉았다. 슬그머니 문을 당겨본다. 쇠자물쇠가 채워져 있다. 시끄러운 쇳소리에도 방 안의 사내는 움직임을 보이지 않는다.

"어떠십니까, 직접 망가뜨린 물건을 보는 기분이?"

사내를 들여다보는 사이 원장놈이 기척도 없이 뒤따라와 등에 바싹 붙어섰다. 놈은 제 어깨로 내 어깨를 툭툭 치며 비열한 웃음을 흘린다.

"우린 이런 물건 만들지 않소."

놈을 쳐다보지도 않고 차갑게 말한다. 사내는 여전히 움직임이 없다. 잠이 들었다고 하기에는 너무나 딱딱하게 굳은 몸이다. 한번쯤 손을 뻗어 몸을 긁을 때도 되었는데.

"저 물건 좀 마저 치워주시죠? 밤마다 시끄러워서 못살겠답니다. 다른 원생들이 아주 난리예요."

주머니에 손을 집어넣고 다시 걸음을 옮긴다. 귓가에서 앵앵거리는 쉬파리 새끼처럼 놈이 바싹 따라붙는다.

"기술이 대단하시다면서요. 장의사집 둘째 주인이라…… 별명도 참 근사하십니다. 원래 첫째 주인보다 더 무서운 게 둘째 주인인 법이죠. 그 뭣이냐, 칠성판도 직접 만드셨다구요. 눈만 부릅떠도 애송이들은 오줌을 질질 싼다고. 언제 그 기술 좀 우리 애들한테 전수해주시죠. 저 꼴통들 좀 없애버리게. 아, 어떻게 사람 관절을 그렇게 뽑았다 넣었다……"

"어디 네놈 먼저 보내주랴? 둘째 주인 기술이 그리 보고 싶으냐?"

이런 비아냥 깐죽거림 저열함은 참을 수가 없다. 내 아름다운 기술을 두고 어찌 너 같은 놈이. 감히 누구의 어깨를 툭툭 치는 것이냐. 몸을 돌려 놈의 멱살을 움켜쥔다. 무릎을 올려 사타구니에 박아넣으며 벽에 밀어붙인다. 컨테이너가 뭉뚝한 쇳소리를 낸다. 놈의 손목을 잽싸게 낚아챈다. 어깨관절쯤이야 일도 아니다.

"장의사집이 왜 있는 줄 아느냐. 너 같은 쓰레기 치우려고 있는 거다."

버러지 같은 놈들 기생충 같은 놈들 박멸하라고 있는 거다. 불순하고 불결하고 불온한 모든 악의 싹들을 잘라버리라고 있는 거다. 장의업을 하는 데도 윤리와 정의가 있듯이 쓰레기 처리에도 투철한 직업의식이 있어야 하는 법이다. 너 같은 놈들이 사라져야 세상이 깨끗해진다.

놈은 혀를 빼고 팔을 버둥거린다. 놈의 얼굴이 벌겋게 달아오른다. 곧 숨이 넘어갈 것처럼 몸을 비틀며 억눌린 신음소리를 낸다. 당장의 통증을 모면해보고 싶으냐, 어떻게든 빠져나가 공격할 기회를 마련해보고 싶은 것이냐. 완전한 굴복이 필요하다. 팔을 지그시 눌러준다. 신음소리가 단말마 비명으로 바뀌고, 핏발 선 눈동자에서 진물 같은 눈물이 새어나온다. 다시 관절을 제자리에 돌려놓고 바닥에 내동댕이친다.

"버러지 같은 놈!"

놈은 목을 감아쥐고 캑캑거린다. 경찰봉을 든 개 한 마리가 뒤늦게 달려와 원장놈을 일으켜세운다. 놈은 신경질적으로 개의 손을 떨쳐내고 바닥에 침을 뱉는다. 눈물 그득한 눈으로 나를 올려다본다. 두려움 속에 숨은 증오의 칼날. 놈은 콧구멍을 벌렁거리며 분을 삭이는 중이다.

승리의 시간이 지나자 모멸의 시간이 찾아온다. 지독한 모멸이다. 지독한 추락이다. 기껏 쉬파리 한 마리를 상대해놓고는 승리라니. 짜증이 밀려온다. 이곳은 놈의 영역이다. 비열한 술수가 몸에 밴 놈이다. 당분간은 놈에게 의지할 수밖에 없다. 내가 무모했다.


무언가 공기가 바뀌는 느낌이었다. 미적지근하고 텁텁한 공기가 사라지고 신선한 공기가 밀려들어오는 느낌. 내가 느낀 것은 그뿐이었다. 나는 아무것도 감지하지 못했다. 문이 열리고 걸음소리를 죽여가며 나를 향해 다가오는 숨결을 미처 느끼지 못했다. 내 몸을 짓누르는 힘을 느끼는 순간 이미 때는 늦어버렸다.

기름 냄새 나는 더러운 자루가 내 얼굴을 덮어씌웠다. 팔다리는 이미 누군가에게 제압당해 꼼짝을 할 수가 없었다. 그리고 이어지는 몽둥이질, 발길질, 고함소리, 쇠사슬 소리…… 개들이 왔다. 비열한 주인의 충직한 개들이 왔다. 더러운 개들이 침을 질질 흘리며 이빨을 들이댄다. 살을 뜯고 내장을 물고 머리털을 뽑는다. 나는 꼼짝할 수가 없다. 누군가 구둣발로 손등을 짓이긴다. 이 씨발놈아, 씨발놈, 씨발놈. 구둣발이 내 몸을 후려칠 때마다 후렴구처럼 이어지는 놈의 목소리. 비열하고 야비한 놈의 흥분된 숨소리. 얼굴에 연이어 주먹이 날아든다.

여기가 어딘 줄 알고 까불어? 엉? 어디 와서 네가 주인 노릇이야? 얻다 대고 왕 노릇이야? 진짜 왕이 누군지 알려줘? 여기선 내가 왕이야, 알아? 조직에서 널 괜히 이쪽으로 보낸 줄 아냐, 엉? 너 하나 사라지면 그만이야, 엉? 소리없이 사라져주면 누가 젤로 좋아할 것 같냐, 이 새꺄. 뭘 믿고 까불어 이 씨벌놈아. 인간 백정 새끼가 누굴 가르치려 들어, 엉? 사체해부용으로 보내줄까? 산송장으로 땅에 묻어주랴? 살고 싶으면 조용히 지내라, 엉? 조용히이, 엉? 이 백정 새끼야.

지금 누구를 향해 발길질을 하고 있는 것이냐. 나를 향한 것이냐. 나의 무엇을 향한 것이냐. 내가 두려운 것이냐. 너희가 싸우고 있는 것은 너희 속에 숨은 공포가 아니겠느냐. 너희는 지금 스스로에게 발길질을 하고 있는 것이다. 발길질을 할수록 힘을 잃게 될 것이다. 그렇게 허둥대고 나대서야 어디 굴복을 받아낼 수 있겠느냐. 무너지는 것은 내가 아니라 너희들이다. 너희가 가져갈 것은 굴복이 아니라 비웃음이다.

이것은 추잡하기 그지없는 폭행이다. 추잡하고 저열하고 형편없다. 마음껏 두들겨라. 내가 누구인가. 나는 악의 세력과 맞서는 전사가 아닌가. 너희들이야말로 악의 세력이다. 악은 제거되어야 한다. 굴복해서는 안된다. 신음소리도 내서는 안된다. 신음소리가 놈들의 발길질을 더 북돋울 것이다. 이깟 추잡한 발길질에 무릎을 꿇을 내가 아니다.

무언가 묵직한 것이 머리통을 후려친다. 머리통에서 매미소리가 난다. 입안에 피맛이 돈다. 귀가 풍선처럼 부풀어오르는 듯하다. 이것이 고통인가. 고통에서 크레졸 냄새가 난다. 어렴풋이 쇠냄새도 풍긴다. 뼛속에서부터 비명소리가 들려온다. 끈적한 액체가 귓구멍을 막는다. 갈비뼈가 저릿저릿하다. 이빨 부러지는 소리가 들린다. 정신이 몽롱하다.


숲속에서 휘파람 소리가 들린다. 아침식사 시간을 알리는 음악소리가 들린다. 구호에 맞춰 걷는 규칙적인 발걸음 소리가 들린다. 음악소리도 없이 점심시간이 지나간다. 누군가 창문을 들여다보는 기척이 느껴진다. 창으로 들어오는 빛의 농도가 희미해지다가 어둠이 내린다. 일제소등 시간이 지났다. 정신은 명료하지만 몸이 움직여지지 않는다. 쌀밥 냄새가 난다. 막 지은 쌀밥 냄새. 배고프다.


눈을 뜬다. 시간이 가늠되질 않는다. 갱생원은 침묵에 싸여 있다.

늘 들려오던 비명소리나 고함소리도 들리지 않는다. 노인네 기침 소리조차 들리지 않는다. 몸을 일으킨다. 두 손바닥으로 얼굴을 쓸어내린다. 입술이 쩍 갈라지며 피가 새어나온다. 피 딱정이가 툭툭 떨어져내린다. 마른 수건으로 대충 얼굴을 닦아낸다. 가래를 끌어올려 바닥에 뱉는다. 피와 함께 깨진 잇조각이 섞여 있다.

갱생원에는 기이한 정적이 흐르고 있다. 들키지 않으려고 조심하는 숨죽인 발걸음. 철문 열리는 소리. 조심스럽게 멈추었다 다시 움직인다. 목소리를 낮춘 채 신호를 보내는 웅성임. 문에 귀를 대지 않아도 분명히 느낄 수 있다. 무언가 묵직한 것이 바닥을 끌며 지나간다. 질질 끄는 운동화 소리도 그 뒤를 따른다.

조용히 방을 나온다. 걸음을 뗄 때마다 온몸이 욱신거리며 비명이 새어나온다. 날은 청명하고 달빛은 환하다. 무언가 끔찍한 일이 일어나기 좋은 날이다. 관리동 건물에 몸을 숨기고 주위를 살핀다. 리어카 한 대가 운동장을 가로질러 산 쪽으로 가고 있다. 사방이 조용하다.

뒤늦게 뒤를 밟는다. 빈 리어카가 마당 가장자리에 조용히 놓여 있다. 야산으로 통하는 쪽문은 부주의하게 열린 채다. 나무가 빽빽이 둘러쳐져 있어 길이 가늠되지 않는다. 달빛에 의지해 나무들을 헤치고 나간다. 발을 내디딜 때마다 잡목 부러지는 소리가 난다. 가만히 서서 귀를 기울인다. 어디선가 삽질소리가 들리는 것도 같다. 굳이 확인하지 않아도 된다. 언 땅에 삽질을 해야 할 만큼 급히 묻어야 할 것이 뭐가 있겠는가. 길을 되돌아 마당으로 내려온다. 리어카 옆에 앉아 담배를 피운다. 일을 마친 개들이 삽을 들고 내려온다. 철문을 열고 마당으로 내려서다가 흠칫 뒤로 물러선다. 담배를 내던지고 조용히 읊조린다.

"개라도 잡으셨나? 개를 잡았으면 끄슬러야지. 묻어주기까지. 수고롭게."

낮은 욕설을 뒤로하고 마당을 가로질러 방으로 들어온다. 건물 모퉁이를 돌 때 얼핏 본 놈들은 리어카 옆에서 꼼짝도 못하고 서 있다. 배낭에서 38구경을 꺼내 베개 밑에 넣어놓는다. 어디 덤벼볼 테면 덤벼봐라. 개새끼들이 떼로 몰려와도 다 상대해줄 테니.


"불미스러운 일이 있으셨다구요. 애들이 방을 잘못 찾은 모양입니다. 환영인사라고 생각하시고."

"버르장머리없는 인사, 아주 자알 받았소."

"그러니까 애들 앞에서 그리하시면 안되지요. 지 아비 건드리는 객을 가만두면, 그게 어디 제대로 된 가정교육이랍디까. 조직생활 해보신 분이 잘 아시면서. 다 한식구 되자고 한 일이라 생각하시고. 이렇게 인사치레는 서로 잘했으니 된 거 아닙니까. 어이구, 연고라도 사오라 그래야겠습니다. 얼굴이 영."

"개 묻은 구덩이가 한둘이 아니던데. 아무리 쓰레기들이 모이는 곳이라지만, 그렇게 함부로……"

"그렇게 함부로 지껄이실 처지가 아닌 것 같은데요. 뭐 대단한 비밀이라도 움켜쥐신 것 같겠지만, 구덩이 파봐야 입장 곤란한 건 이쪽이나 저쪽이나 마찬가지 아닙니까?"

"………"

"구덩이 얘기는 그만하시고, 말이 나온 김에 개 한 마리 잡았습니다. 좀 드셔보시죠."

원장놈이 탁자 위에 신문지를 깔며 뒤에 선 개들에게 신호를 보낸다. 원장 뒤에는 충성스러운 개 세 마리가 포진하고 섰다. 가스버너에 큼지막한 전골냄비가 올려진다. 미리 준비를 다 해온 양인지, 불을 댕기자마자 금세 벌건 기름국물이 끓어오른다.

"이 개가 그냥 개가 아닙니다. 투견, 투견 중에서도 챔피언. 그렇다고 싸우다 디진 놈이 아니라, 최고 자리에 있을 때 잡은 놈입니다. 살이 아주 쫄깃쫄깃한 게, 어디 가서 이런 맛 못 보십니다. 원래 사내들이란 말이죠, 개 한 마리 잡아 도란도란 나눠먹고, 홀딱 벗고 싸우나도 해주고, 또 오입질도 같이 하러 가고, 그래야 뭔가 민망한 것도 가시고, 한팀이 됐다, 하는 건데. 뭐 오입질은커녕 어디 가서 깨벗을 수도 없는 상황이시니. 뭐 이 개로 다 했다 치십시다."

원장놈이 국그릇을 내 앞에 놓아주며 수선을 피운다. 그래 당분간이다. 조직이 새 은신처를 구할 때까지만 버티자. 비린 냄새를 맡으니 회가 돈다. 숟가락을 들다 손을 멈춘다. 벌건 국물이 튄 자리, 내 얼굴이 보인다. 고문기술자 안 잠적. 경찰 안 잡나 못 잡나. 피해자들 현상금 걸고 자체 추적. 이것은 우연이 아니다. 내 눈에 띄는 곳에 일부러 깔아놓은 것이다. 고개를 든다. 비열한 웃음을 흘리고 앉은 원장놈의 얼굴이 보인다. 쉬파리 새끼. 썩은 고기에 알을 까듯 일침을 놓는다.

"그새 현상금이 또 오르신 모양입니다."

갱생원에 불이 켜진 곳은 사무실뿐이다. 비쩍 마른 남자 하나가 책상에 다리를 얹은 채 졸고 있다. 문 옆에 놓인 접이식 의자를 들고 조용히 다가간다. 남자가 눈을 뜬다. 미처 몸을 일으키기도 전에 의자로 머리통을 후려친다. 입에서 뿜어져나온 피가 벽으로 튀는 것을 본다. 남자는 그대로 바닥에 나동그라진다.

놈을 끌어올려 의자에 앉히고 재갈을 물린다. 팔은 뒤로 꺾어 의자에 단단히 고정한다. 놈의 머리에서 피가 흐른다. 옷에서 차 열쇠를 찾아 주머니에 넣는다. 담 옆에 세워진 더블캡 트럭을 확인한다. 시간이 없다. 원장의 책상을 발로 차 서랍을 연다. 조직에서 받은 돈다발은 없다. 서류 몇가지를 챙겨 배낭에 넣는다.

갱생원 안은 무서울 정도로 고요하다. 룸미러와 싸이드미러를 조정하고 실내등을 켠다. 거울에 내 얼굴이 비친다. 이것은 사람의 얼굴이 아니다. 피딱지가 앉은 얼굴은 두꺼비 등짝처럼 흉측하게 일그러져 있다. 손을 들여다본다. 빵빵하게 부풀어오른 손가락과 피멍으로 울긋불긋한 손등. 이것은 사람의 손이 아니다.

시동을 건다. 낡은 엔진소리가 어둠을 가른다. 가자, 나도 찾을 수 없는 곳으로.

해가 지고 나서야 문을 나선다. 길 가장자리로 몸을 숨기고 걷는다. 신발가게를 지나 정육점을 지나 시장 한귀퉁이 죽집. 팥죽 한그릇을 사러 가는 길이 한참이나 멀다. 새알 많이 넣어주세요, 엄마가 좋아하셔서요, 기어들어가는 목소리로, 소심한 주문을 한다. 노인은 좋다 싫다 말도 없이 커다란 국자로 죽을 담는다. 녹두전 한장도 싸서 슬그머니 봉투에 넣어준다. 고맙습니다, 나는 또 소심한인사를 하고 죽집을 나선다.

팔뚝을 쓰다듬으며 뒤를 돌아본다. 휙. 그림자 하나가 골목 안쪽으로 숨어드는 듯하다. 고양이 따위의 길짐승은 아니다. 사람이 분명하다. 어둠과 뒤섞여 분간이 잘 되지는 않지만 급하게 몸을 감추는 움직임만은 분명히 느껴진다. 골목 안쪽 어두운 그림자가 슬그머니 발을 내민다. 몸을 숨기기는 했지만 존재를 아주 감추지는 않겠다는 의도. 천천히 걸음을 뗀다. 돌아보지 말자. 그냥 아까처럼 걷는 거다. 평상시처럼 한발 한발. 자꾸만 걸음이 빨라지려고 한다. 저 골목만 돌면 된다. 저 골목만 돌면 냅다 뛰어 집으로 들어가는 거다. 집으로 들어가 문을 잠그면 끝이다. 아무도 날 못 건드린다. 단걸음에 올라가 현관문을 연다. 문 안으로 몸을 들이고 얼른 되돌아서서 문을 잠근다. 현관문에 이마를 대고 숨을 고른다. 아무것도 아니었는지도 몰라. 한숨이 새어나온다. 이마가 서늘하다.

"팥죽 사왔어. 새알심도 넉넉히…… 할머니가 녹두전도……"

노랗게 질린 엄마 얼굴. 엄마를 둘러싸고 있는 낯선 사내들. 당혹감을 감추지 못하는 사내들과 엄마. 집 안을 배회하고 있는 억눌린 듯 낯선 공기. 이 어색하고 불편한 공기라니. 당신들은 또 뭐야, 도대체.

정체를 알 수 없는 네 명의 남자들. 둘은 쏘파에 앉았고 하나는 현관 신발장 옆에, 하나는 거실 벽에 등을 기대고 섰다. 엄마는 두 손을 모은 채 다소곳이 앉아 있다. 엄마가 내 쪽을 쳐다보며 턱을 두 번 끌어당겨 오라는 신호를 보낸다. 엄마에게로 천천히 걸음을 옮긴다. 사내들의 시선이 내 움직임을 따라 이동하는 것이 느껴진다. 엄마가 엉덩이를 들어 자리를 내어준다. 팥죽 봉투를 내려놓고 두 손으로 엄마 팔을 감싸고 앉는다. 엄마가 한 손을 내 무릎에 얹는다.

"따님이신가? 대학생?"

쏘파에 앉은 사내가 내 쪽을 쳐다보며 묻는다. 거드름 피우는 무례한 말투다. 나는 턱을 꼿꼿이 세우고 사내의 얼굴을 쏘아본다. 자비심 따위는 갖고 있지 않을 것 같은 강한 턱선. 마음에 안 들어. 대답 안할 거야. 당신들이 누군지 모르겠지만 난 아무 말도 안할 거야. 난 아빠가 어디로 잠적했는지 몰라. 찾으려면 당신들이 직접 찾아.

"이번에 들어갔어요. H대 국문과."

엄마! 반사적으로 고개를 돌려 엄마를 노려본다. 뭐하러 그런 것까지! 도대체 누군데 이렇게 다소곳하게 구는 거야. 엄마가 얼굴을 내 쪽으로 가까이 대고 조용히 속삭인다.

우리 편이야. 뱀 혓바닥이 스쳐지나가는 느낌. 우리…… 편. 아빠, 엄마, 그리고 이 낯선 사내들이, 같은 편. 순간적으로 소름이 돋았다가 사라진다. 몸이 식는다. 피가 언다. 살이 굳는다. 얼어붙은 피가 내 속에 남은 아빠를 밀어낸다. 내가 밀어낸 것이 아니라 내가 밀려난 것이다. 엄마가 우리 편이라고 말하는 순간 비로소 깨달았다. 내가 누구 편인지, 누가 내 편인지. 나는 누구의 편도 아니다. 그리고 내 편은 아무도 없다. 엄마도, 아빠도, 이 낯선 사람들도, 그리고 저 밖에 서성이는 그림자들도.

"오늘 수색은 한 걸로 하고. 됐지?"

쏘파에 앉은 사내가 현관 입구에 선 사내를 향해 말한다. 사내가 마지못해 고개를 끄덕인다.

"전담반이 꾸려지고 나면 우리도 어떻게 못해요. 이사를 고려해보시는 게 어때요? 이 집, 기자들까지 다 알아냈잖아요. 아무래도 다른 곳으로……"

"우리가 뭘 잘못했다고 이사를 해요?"

엄마가 허리를 꼿꼿이 세우고 사내들을 하나하나 쏘아보더니 이를 악물고 말한다.

"안 가요. 어떻게 마련한 집인데. 싫어. 여기서 한발짝도 안 움직일 거야. 귀찮은 건 당신들이지. 당신 관할에 우리가 있는 게 불편한 거잖아. 가려거든 당신네들이나 가. 난 여기서 꼼짝도 안할 테니까."

엄마는 거의 울 것 같은 표정이다. 현관 입구에 선 사내의 시선이 먼 데로 향한다. 귀찮게 달라붙는 거렁뱅이를 떼어낼 때처럼 난감함과 짜증스러움이 묻어나는 태도. 엄마가 말한 우리 편이 이런 거야?

"안 그래요? 애 아빠가 뭐 잘못했어요? 애국한 죄밖에 더 있어요? 빨갱이 잡는다고…… 그놈의 빨갱이 잡는다고 반평생을 바친 사람이야. 그건 당신들이 더 잘 알잖아. 일년에 서너 번이나 얼굴 보면 감사하다고 그랬어. 내가 맹장염으로 병원에 실려갔다고 얘가 전화했을 때, 그이가 뭐라 그런 줄 알아? 자기는 빨갱이 잡느라고 바쁘니까 죽으면 그때 연락하라고."

엄마가 쏘파에 앉은 사내 쪽으로 몸을 바싹 들이대며 말한다. 그러고는 증거물이라도 내밀듯 내 등을 거칠게 민다. 엄마의 손끝이 맵다. 엄마 손에 떠밀려 사내 쪽으로 몸이 쏠리며 무릎이 꺾인다. 나는 사내에게 더 가까워지지 않기 위해 탁자에 손을 대고 버틴다. 내 등을 미는 매서운 손길은 여간해선 멈출 것 같지 않다.

등을 떠밀린 것도 떠밀린 거지만 엄마의 낯선 모습이 더 당황스럽다. 엄마를 떠올리면 단정하게 올린 머리와 가녀린 목선이 먼저 생각나는, 빗과 가위를 들고 하늘하늘 움직이는 것이 전부인, 나긋 나긋하고 부드러운 목소리로 노래나 부를 줄 아는, 그런 엄마가 지금 내 등을 떠다밀며 원한 서린 목소리로 으르렁거리고 있는 것이다. 엄마는 저주를 내리듯 이를 악물고 말한다.

"이용할 대로 이용해먹고 나서, 이제 세상이 바뀌었으니까 버리 겠다고? 그이가 잡히면 당신들은 안전할 거 같아? 내가 모를 거 같 아? 다 당신네들이 시켜서 한 거잖아. 그런 거잖아!"

숨죽인 정적. 기침소리조차 없다. 누구 하나 움직이지 못한다. 집 안에는 엄마의 규칙적인 숨소리만 이어진다. 이윽고 쏘파에 앉은 사내가 끙, 소리를 내며 자리에서 일어난다. 그 뒤를 따라 나머지 사내들도 하나씩 자리를 뜬다.

"선아! 가서 문 잠가라."

사내들이 문을 채 나서기도 전에 엄마가 소리친다. 나는 탁자를 부여잡고 버틴다.

"뭐 해, 문 안 잠그고!"

엄마는 단호하다. 어쩔 수 없이 일어나 사내들의 뒤를 따라간다. 마지막으로 문을 나선 사내가 뒤를 돌아 눈을 마주친다. 문을 닫아 사내의 시선을 차단한다. 잠금장치를 돌린다. 뒤를 돌아 엄마를 본 다. 엄마는 신경질적으로 손톱을 깨물며 안절부절못하고 있다.

"다락방 좀 치워야겠다."

엄마는 나를 보지도 않은 채 혼자 중얼거린다.

"책들 쌓아놓은 거 다 치우고, 잡동사니들도 다 치워. 상자들도

다 버리고. 상자들은 뭐하러 그렇게 모아둔 거야. 번잡스럽게. 그리고……"

"다락방은 왜! 상자들이 번잡스럽긴 뭐가 번잡스러워. 여태 그런 말 없었으면서, 왜 갑자기."

"하라는 대로 해. 그리고 선이 너, 학교 안 가는 거 다 알아. 왜 안 가. 어떻게 붙은 대학인데. 기를 쓰고 가야지."

"싫어. 안 치워. 안 가."

"너까지 왜 이래!"

"엄마야말로 나한테 왜 이래! 아빠는 죄짓고 도망가고, 엄마는 방에서만 숨어 지내고, 다들 숨어 살잖아! 그런데 왜 나더러만 숨지 말라고 해? 언제까지 이렇게 지내야 하는데? 따귀 몇대 때린 거라면서. 실수한 거라면서. 그런데 물고문은 뭐고 전기고문은 뭐야. 내가 모를 줄 알아? 지금이 일제시대야? 아빠가 일제시대 앞잡이야? 잘못 없다면서. 잘못 없으면 왜 숨어. 죄를 지었으면 죗값을 치러야지. 그렇게 가르친 건 아빠잖아."

"네 아빠야!"

"………"

"네 아버지라구."

"………"

"우린 가족이잖아. 가족은, 서로 지켜야 하는 거야. 무슨 죄를 지었든, 어디 떨어져 있든. 그게, 가족인 거야."

"나…… 무서워."

엄마의 눈동자에 검은 그림자가 스친다. 그 눈이 긴 한숨을 쉬고 있는 것처럼 보인다. 긴 한숨 끝에 따라오는 떨림처럼 눈꺼풀이 살짝 흔들린다.

"나도 그래."

\*

여기가 내 자리다. 꿈에도 그리던 대학. 자유롭고 활기 넘치는 교정. 이삼백명은 족히 들어갈 계단식 대형강의실. 암호 같은 단어들이 빼곡히 적힌 책상. 안장을 내려서 앉는 접이식 의자. 여기가 내가 앉아 있어야 할 자리다. 계단 끝 가장 구석진 자리. 모두를 내려다볼 수 있고, 모두가 등을 돌린 자리. 내 뒤통수조차 들키지 않는 최후의 자리. 여기가 바로 내 자리다.

나는 오리엔테이션에 가지 못했다. 입학식에도 참석하지 못했다. 학교는 너무 멀었다. 하루는 아버지가 내 발목을 붙들었고, 하루는 내가 걸음을 되돌렸다. 아버지를 찾는 목소리들이 나를 다락방으로 밀어넣었다. 어떤 날은 집에서 전철역까지 오가기를 반복했고, 또 어떤 날은 학교 근처 시장이나 병원 같은 곳을 배회했다. 아무 일도 일어나지 않을 거라는 최면을 걸고, 돌처럼 굳은 마음으로 완전무장을 하고 나와도 교문 앞에만 서면 무너졌다.

남자는 다시 나타나지 않았지만 매일 다른 사람들이 나타났다. 창문을 열고 방 안을 들여다보는 기자들과 무전기를 차고 주변을 배회하는 경찰들이 우리의 일거수일투족을 감시했다. 정체를 알 수 없는 사람들이 으슥한 골목에 숨어 오래도록 서 있다 돌아가기도 했다. 꽃소식이 코앞이었지만 내 몸은 여전히 한겨울이었다. 감시와 염탐과 원한이 뒤섞인 기분나쁜 냉기가 내 몸에서 떨어지질 않았다. 모든 기척들이 의심스러웠다.

웅웅거리는 교수의 목소리가 자장가처럼 나른하게 들린다. 머리를 맞대고 무언가를 도모하는 머리통들, 깜빡깜빡 졸고 앉은 머리통들, 머리끈을 풀었다 다시 묶기를 반복하며 지루함을 달래는 머리통들. 노트에는 내가 끼적거린 뒤통수들이 빼곡하게 들어차 있다. 뒤통수들에도 표정이 있다. 지루하고 달뜨고 우렁차고 자신있고 소심하고. 그리고 유일하게 뒤통수가 아니라 앞통수를 보인 늙은 교수. 교수의 머리통을 노트 맨 위에 그려넣는다. 안경을 코끝에 걸치고 누런 원고뭉치를 읽고 앉은 고루한 머리통. 교수의 벗어진 머리통 위에 파리를 한 마리 앉힌다. 그 주변으로 파리 한 마리가 윙윙 날아들고, 또 한 마리, 또 한 마리. 고저도 강약도 없는 나른한 교수의 음성처럼 윙윙윙윙.

이제 끝날 시간이 다 되어간다. 강의가 끝나고 내 앞의 머리통들이 강의실을 다 빠져나갈 때까지 나는 허리를 굽힌 채 되도록 천천히 가방을 챙길 것이다. 강의실에 소란이 잦아들고 조용해지면 그제야 시선을 발끝에 고정한 채 계단을 내려가겠지. 다음 강의가 시작될 때까지 나는 어느 구석진 자리에 홀로 앉아 있겠지.

머리통들이 일제히 움직이기 시작한다. 고개를 숙이고 소음을 통해 사람들의 움직임을 파악한다. 안장이 올라가며 내는 시끄러운 소리들, 누군가를 부르고 소리치고 웃고 떠드는 소리들. 소란이 잦아들고 드디어 찾아온 텅 빈 정적. 다음 강의까지는 두 시간 남았다. 가장 분주하고 소란스러운 점심시간. 나는 그냥 여기서 한가로운 낮잠이나 즐길 테다.

봄날 오후의 텅 빈 강의실. 무료한 정적 속에 스며드는 창밖의 아득한 소음들. 몸이 노곤해지며 스르르 눈이 감긴다. 누군가 내 어깨를 건드리는 느낌이 든다. 문을 두드리듯이 조심스럽게 톡톡. 그 작은 신호에도 정신이 바짝 든다.

햇살을 등지고 선 남자. 눈이 부시다. 손을 이마에 대고 머리카락을 늘어뜨려 얼굴을 가린다. 남자가 옆자리에 엉덩이를 걸치고 앉는다.

"네 이름이 선, 맞지? 출석은 부르는데 사람은 도통 보이질 않고. 대답을 안하니까 꼭 두 번씩 부르게 되고. 그다음은 내 차례고. 그러니 기억을 안할래야 안할 수가 있어야지. 오늘은 갑자기 대답을 하는 바람에 내가 놓쳐버렸잖아."

남자가 책상에 팔꿈치를 대고 손으로 턱을 괸 채 삐딱하게 앉아 내 쪽을 쳐다본다. 손가락 끝으로 피아노를 치듯 책상을 두드린다. 도로록 도로록. 규칙적으로 이어지는 책상 두드리는 소리.

"이거 네가 그린 거냐? 야, 만화가 해도 되겠다."

노트를 슬그머니 빼서 가방에 넣는다. 가방을 메고 자리에서 일어난다. 안장이 올라가 등받이를 치며 요란스러운 소리를 낸다.

"수업 들으러 가야 돼요."

남자가 내 손목을 움켜쥔다. 따뜻하고 촉촉한 손이다. 너무 세지도 너무 약하지도 않은, 쉽게 뿌리칠 수 없을 정도의 악력.

"수업 없잖아. 수강신청 그거 내가 해준 거야. 조교실에서 어쩌

나 하고 있길래, 일단 내 거랑 똑같이 신청했어. 그리고 오후 수업
은 휴강이야. 강사가 씸포지엄 있으시단다. 허탕칠 뻔한 거, 알려줘
서 고맙지? 고마우면 점심 사."

"왜 이래요, 이거 놔요."

"그렇게 말하면 내가 꼭 치한이라도 된 것 같잖아. 내가 과대표
거든. 동기들은 내가 책임져야 되거든. 그리고, 내가 나이가 좀 많
긴 하지만 오빠라고 안 그래도 돼. 요 자는 빼고. 기념으로 밥은 내
가 살게."

남자가 내 손목을 붙든 채로 자리에서 일어난다. 성큼성큼 계단
을 내려간다. 말도 많은데다 무례하고 불편하기까지 한데, 굳이 손
목을 빼고 싶지는 않다. 나는 반걸음쯤 뒤처져 걸으면서도 너무 멀
어지지 않기 위해 부지런히 걷는다. 남자는 이리저리 이동하는 사
람들 틈을 비집고 능숙하게 움직인다. 걸음을 멈추고 누군가를 향
해 멀리 손을 흔들기도 한다.

"어디 가는 건데요?"

"요 자는 빼라니까. 내가 요 동네에서만 이십년을 살았거든. 진
짜 맛있는 만두가게가 있어. 나만 믿어."

남자가 웃는다. 온화하고 사려깊은 미소다. 그 미소가 내 속의 의
심을 거두어간다. 남자가 어깨에 힘을 주고 걷는다. 그 힘찬 어깨가
내 속의 경계심을 지운다. 그리고 내 손목을 거머쥔 고운 손. 나를
설레게 했던 그 손. 그 손이 내 속의 겁쟁이를 몰아낸다.


뚜껑이 열리며 김이 확 몰아친다. 따뜻하고 촉촉한 훈기. 찝찌레

한 만두 냄새와 달짝지근한 팥 냄새. 이 온화한 습기. 몸이 녹는다. 얼었던 피가 돌고 굳었던 살이 부드러워지는 느낌. 훈기가 사라지자 체온이 떨어지면서 몸이 사르르 떨린다. 기분좋은 떨림이다. 오소소한 느낌이 좋다. 나도 모르게 눈을 감으며 몸을 살짝 떤다. 눈을 뜬다. 남자가 내 쪽을 보며 웃고 있다. 아줌마, 여기 천원어치 더요. 다시 뚜껑이 열린다. 다시 촉촉해졌다가 바르르. 만두요, 찐빵요. 그렇게 내 몸은 천천히 조금씩 말랑말랑해진다.

"이러다가 거덜나겠다. 잠깐만."

남자는 내 손을 붙들고 만두가게에서 한발짝 떨어진다. 그러고는 새 손님이 올 때까지 기다린다. 손님이 왔다. 솥뚜껑이 열린다. 솥 쪽으로 얼른 몸을 옮긴다. 뚜껑이 닫히면 다시 한발짝 떨어진다. 솥이 열리면 김을 쐬고 돌아오고, 솥이 열리고 닫히고 열리고 닫히고. 우리는 만두가게 주인보다 더 간절히 손님을 기다린다. 만두가게 주인도 얼른 뚜껑을 닫아버리던 손길을 조금씩 늦추어준다. 따뜻하다.

어쩌다보니 양손에 봉투가 가득이다. 남자가 앞서 걷는다. 만두봉투를 양손에 쥐고 뒤를 따르려니 어쩐지 손목이 허전하다. 이대로 걸음을 멈춰서면 다시 손목을 잡아주려나?

"어디로 가, 요?"

"우리 둘이 먹기엔 좀 많잖아?"

남자가 눈을 찡긋거리고는 앞서 걸어간다. 왔던 길을 되돌아 다시 학교로 온다. 학생회관 건물, 아직 한번도 들어와보지 못한 곳이다. 계단을 오르고 복도를 지난다. 바닥에 엎드려 플래카드를 쓰는 여자, 전지 두루마리를 옆에 끼고 뛰어가는 남자. 누군가를 부르고 뛰어가고 머리를 맞대었다가 흩어지는 사람들.

문을 연다. 뿌연 담배연기. 깊게 밴 담뱃진 냄새에 어렴풋이 풍겨오는 페인트 냄새. 책상 위에 어수선하게 널려 있는 종이더미들과 색색의 천들. 눈짓을 주고받고, 하던 일을 멈추고, 숨죽인 정적 속에 숨은, 은밀하면서 부산한 움직임들. 이렇게 많은 사람들이 모여 있을 줄은 몰랐어. 슬금슬금 뒷걸음질을 치다가 입구에 버티고 선 남자에게 등을 부딪힌다. 물러설 곳이 없다. 남자가 양팔을 벌리고 문기둥을 붙들고 서 있어서 돌아나갈 수도 없다.

"내가 진짜 죽이는 만두 맛 보여준다고 했지? 만두는 선이가 샀어. 아, 여기 국문과 신입생, 선이. 집안일로 결석을 좀 많이 해서 잘 모를 거야. 이쪽은 학술부장님이시고 이쪽은……"

남자가 책상 위를 정리하고 만두를 풀어놓으며 사람들을 하나하나 소개한다. 사람들의 시선이 한꺼번에 내게로 쏠렸다가 흩어진다. 작업은 다 끝냈어? 남자가 개량한복을 입은 여자에게 묻는다. 그림이 아직이야. 여자는 만두 하나를 통째로 입에 넣고 오물거리며 대답한다. 작년 학보에 실린 그림 오려 써야겠봐, 그냥 그래프로 그려, 다른 학교에서도 볼 텐데, 만화 동아리한테 맡기지그래, 걔네들이 해주겠냐, 지네들 바쁘다고 거들떠도 안 봐, 개강총회들 하고 수업거부 투표할 건데, 사람들 좀 모여야 할 거 아냐, 그림 없다고 모일 사람이 안 모이냐?

병풍처럼 오가는 대화. 내가 끼어들 틈이 없다. 나는 간장봉지 매듭을 푸는 데만 열중한다. 종이컵에 간장을 붓는다. 누군가 만두를 집느라 어깨를 치는 바람에 손에 간장이 튄다. 탁자 위의 붉은 천 자락을 슬쩍 끌어와 간장을 닦아낸다. 사람들은 다시 프린트물을 들여다보고 만두를 집어먹고 수다를 떠느라 나 같은 건 안중에도 없다. 대학이 부모들 등골 빼먹는 곳이라니까. 재단에서 충주에 호텔 지은 거 알아? 등록금 가져다가 학교에는 안 쓰고 이사장 식구들 배만 불리고 있다니까. 남자마저 누군가의 부름에 밖으로 나가버리고, 북적거리는 사람들 틈에 혼자 남았다. 나 혼자.

그 많던 만두가 다 없어졌다. 탁자 위에 너저분하게 널린 만두 잔해들을 챙겨 봉지에 한데 넣고 아물린다. 흰 전지에는 간장 자국이 어지럽게 나 있다. 손으로 턱을 괴고 간장 무늬를 본다. 톡톡톡 세 방울. 퉁퉁한 삼각형. 펜을 들고 삼각형의 간장 자국에 살이 오른 사내의 얼굴을 그린다. 볼살은 축 늘어뜨리고, 두꺼운 입술에는 기름이 질질. 간장에 든 고춧가루 때문에 사내 얼굴이 꼭 독오른 두꺼비 같다.

옛날엔 소 한 마리 팔면 대학 보낸다 그랬는데, 이젠 한 학기에 소 한 마리씩이야, 내년엔 한 마리가 아니라 두 마리가 되겠지, 그럼 졸업하려면 대체 몇마리가 있어야 하는 거냐, 닭으로 하면 몇마리가 되겠냐, 그걸 그래프로 만들면 명확하고, 눈에 띄고, 간편하고, 좋잖아.

사람들 말을 흘려들으며 낙서를 한다. 탐욕스러운 이사장. 허리띠를 풀고 다리를 쩍 벌리고, 양복을 입긴 했지만 추접하게 속옷이 삐져나와 있고, 벌린 다리와 배를 이어서 문을 그려넣는다. 열린 문. 문을 향해 걸어들어가는 소 한 마리. 남자는 날 여기 데려다놓고 어디로 간 거지? 기다려야 하나, 그냥 나가야 하나. 소 한 마리만 더 그리고 가자. 꼬리를 흔들고 뒤따라가는 송아지 궁뎅이, 송아지 꼬리를 붙잡고 끌려가는 농부까지 줄줄이 줄줄이. 주름진 얼굴과 흰 허리, 벗겨진 신발 한짝은 저 멀리, 그래서 맨발. 이제 그만 돌아가야 하나. 인사를 하고 가야 하나, 아니면 슬그머니 일어나야 하나. 이 사람들, 내가 나가도 모르겠지. 조금만 더 기다렸다 가자. 농부의 맨발에서부터 풀과 꽃을 채워넣는다. 멀리 풀밭에서 묵묵히 풀을 뜯는 소 한 마리 더 그려볼까. 아 여기도 간장 자국이 있네. 언제 끌려갈지도 모르고 풀을 맛나게도 먹는……

문득 공기가 가벼워진 듯한 느낌. 고개를 든다. 숨죽인 동요와 일렁임. 사람들의 시선이 모두 내 손끝을 향해 있다. 손으로 얼른 그림을 가린다.

"미안해요. 난 그냥…… 못 쓰는 종이 같아서……"

누군가 내 손을 치우며 종이를 들어올린다. 그림을 중심으로 사람들이 머리를 모은다. 이거 진짜 이사장 같지 않냐? 나비넥타이 좀 봐, 성악가 출신인 거 만날 자랑하잖아, 이번 입학식 때 지가 애국가 부른 거 알아? 소 꼬랑지 잡고 끌려가는 농부 표정 좀 봐라, 진짜 우리 아버지 생각나네, 내가 농부의 자식으로 태어나서 말야…… 민아, 이리 좀 들어와봐, 빨리, 이거 봐봐, 진짜 괜찮지 않냐? 아까 이름이 뭐라고 그랬더라? 이 그림 좀 쓰면 안되겠냐? 민아 네가 좀 물어봐봐.

무슨 일이 일어난 건지 좀 어리둥절하다. 두 손을 무릎에 얹고 가만히 주위를 둘러본다. 사람들이 나를 보고 있다. 내 이름을 물어

보고 동의를 구하고 있다.

“선아, 우리, 이거 써도 괜찮지?”

남자가 묻는다. 조용하다. 침이 꼴깍 넘어간다. 나는 거만해 보이지 않도록 조심스럽게 고개를 끄덕여준다.

앗싸, 민아, 어디서 이런 보물을 데리고 왔냐. 누군가 그림을 들고 가고, 누군가는 다시 프린트물을 정리하고, 학생회실은 부산한 움직임으로 술렁인다. 남자가 내 옆에 앉는다. 남자의 이름은 민이다. 입속으로 남자의 이름을 불러본다. 민. 민과 선, 선과 민. 어쩐지 잘 어울리는 이름이야.

탁자 아래에서 무언가 내 손가락을 건드린다. 민의 손가락. 두 개의 손가락이 내 엄지손톱을 살그머니 어루만진다. 벌에 쏘인 것처럼 엄지손톱이 따끔하다. 손끝이 얼얼해지더니 이내 손가락 마디마디가 저릿저릿해진다. 한줄기 전류가 손금을 타고 손바닥 구석구석으로 전해진다. 민의 손가락이 내 손가락 사이 골을 지나 손등 위를 조심스럽게 쓰다듬는다. 손목까지 찌릿한 전류가 올라오더니 순식간에 온몸으로 퍼진다. 몸이 얼어붙은 것처럼 꼼짝할 수가 없다. 민이 손가락을 쫙 벌려 내 손가락 사이에 끼워넣는다.

하아, 옅은 숨이 새어나온다. 그리고 이어지는 감미로운 떨림. 귀를 뚫었던 날처럼. 만두 김을 쐴 때처럼. 한숨과 함께 새어나오는 몸의 떨림. 젖을 물고 힘차게 입을 놀리던 아이가 어느 순간 잠에 곯아떨어질 때의 감미로운 경련 같은 것. 바르르 떨리는 몸의 휘파람 소리. 미세한 떨림을 동반한 그 옅은 숨소리. 내 몸에서 나온 소리. 그리고 쿵쿵쿵쿵. 심장 뛰는 소리.

심장이, 이렇게나 빨리, 뛴다. 고개를 돌려 민을 본다. 민은 강의실에서 그랬던 것처럼 한 손으로 턱을 괸 채 고개를 삐딱하게 하고 나를 본다. 탁자 아래에서는 민의 손가락이 내 손등 위에서 부드럽게 움직이고 있다.

갑자기 배꼽이 찌릿찌릿하며 가슴이 뭉클 움직이는 느낌이 든다. 그리고 내 몸의 어느 부분이 움찔움찔 움직이는 것이 느껴졌다. 울음을 터뜨리기 직전 턱의 움직임처럼 그냥 저절로 움직인 것이다. 눈밑이 파르르 떨리는 것처럼, 남들은 눈치채지 못하지만 나는 확실히 감지할 수 있는 몸의 떨림.

"이번 주말에 엠티 가는데, 우리 같이 가자. 어때? 다들 좋지?"

나를 향한 시선은 거두지 않은 채 민이 사람들에게 큰 소리로 묻는다. 물론 대환영이지. 우리 같이 가자. 여기저기서 대답소리가 이어진다. 민이 미간에 주름을 잡았다 펴며 웃는다. 주위를 둘러본다. 모두의 눈빛이 내가 함께하기를 간절히 바라고 있다. 탁자 아래에선 민의 손가락들이 내 손가락들을 움켜쥐었다 놓으며 대답을 재촉한다. 나도 손가락을 살짝 접었다 펴며 화답한다.

"같이 가요, 우리."

우리. 친밀감을 느끼는 우리. 서로의 살을 맞대고 체온을 느끼며 호흡을 함께하는 우리. 같은 이야기를 하고 같은 곳을 바라보는 우리. 서로를 북돋아주고 환대해주고 밀어주는 우리. 나를 바라보는 이 따뜻한 시선. 그리고 우리의 맞잡은 두 손.


발이 살짝 들린 듯 폭폭 빠져드는 듯. 보드라운 모래밭을 걷는 기분. 귀를 기울이지 않아도 내 몸이 살아 움직이는 소리가 들린다. 피가 돌고 심장이 뛰고 살이 떨린다. 나는 살아 있다.

어느 순간부터 어떤 소리도 귀에 들어오지 않고 어떤 움직임도 눈에 들어오지 않았다. 내 감각의 모든 촉수들은 단 한 곳만을 향해 있었다. 민의 손. 그 손을 따라 내 몸이 움직였다. 그 손이 움직이면 내 손이 움찔거렸다. 그 손이 가만있으면 침이 넘어갔다. 그 손이 깍지를 끼면 발바닥이 간지러웠다. 그 손이 깍지를 풀면 귀울음이 들렸다. 그 손이 멀어지면 숨이 막혔다.

입술을 달싹여 민의 이름을 불러본다. 따스하다. 이름을 끌어안는 것만으로도 살을 맞댄 듯 온기가 전해진다. 가만히 가만히 서로의 체온을 나누고 들숨과 날숨을 고르고 심장의 박동을 맞추고. 부드럽다. 요람을 흔드는 감미로운 손길에 슬그머니 빠져드는 기분 좋은 잠처럼. 경이로운 눈길에 화답하는 꿈결의 미소. 아련한 허밍으로 새어나오는 나지막한 신음소리.

민의 손가락이 내 손가락을 벌리고 손샅으로 밀고 들어오던 그 첫 순간. 쌈빡하게 감아오르던 전류. 저절로 새어나오던 그 옅은 한숨. 풀무질 소리 같기도 하고, 빙긋 웃을 때 새어나오는 웃음소리 같기도 하고, 언 손을 비비며 내뿜는 입김소리 같기도 한 옅은 숨소리. 생각만으로도 배꼽이 저릿하며 몸에 전기가 오른다. 그리고 어김없이 움찔거리는 내 몸의 가장 깊숙한 그곳.

다락방에 누워 그곳에 슬그머니 손가락을 살짝 대본다. 정말 움직이고 있다. 움찔움찔. 규칙적으로 움직였다가 멈추기를 반복한다. 조금 더 안쪽으로 손끝을 넣어본다. 촉촉하고 보드랍고 몽롱하다. 나는 내 몸속에 이렇게 신비로운 곳이 존재한다는 사실을 처음 알았다. 이곳은, 새벽 숲 같다. 새들이 깃을 털고 꽃봉오리가 터지고 이슬방울이 맺히는 새벽 숲. 끝없이 펼쳐진 갯벌인지도 모른다. 여기 깊숙한 곳에 제 배를 밀고 빨판을 옴츠리고 살을 벌리며 움직이는 생물들이 산다. 이곳은, 우주다. 하나의 세계가 폭발하며 빛을 내고, 또 하나의 세계가 그 빛을 끌어당긴다.

내 몸에 축제가 벌어진 것 같아. 생크림처럼 몽롱하고, 불고데처럼 뜨겁고, 홍옥처럼 쌔끈한 내 몸의 축제. 내 몸의 가장 깊숙한 곳에서 시작된 떨림은 배꼽을 지나 명치뼈를 짓누르고 목구멍까지 단번에 치올라온다. 아…… 이런 느낌.

소스라치게 놀라 몸을 일으킨다. 몸이 바르르 떨리며 웃음이 새어나온다. 이힛.

진이에게 전화를 걸어야지. 사랑하는 사람이 생겼다고 당당하게 말해야지. 씨씨도 되고 의미있는 일도 하게 되었다고 말해야지. 나도 심장 뛰는 청년이 되었다고 자랑해야지.

부리나케 다락방에서 내려온다. 한동안 진이와 통화를 못했다. 전화를 걸 때마다 아직 안 들어왔다는 진이 엄마의 냉랭한 목소리만 들었다. 수화기를 든다. 우리집 전화번호보다 더 익숙한 번호. 연결음이 들린다. 진이가 받아야 할 텐데. 진이 엄마가 받으면 얼른 끊어야지. 여보세요. 진이 목소리다. 다행이다.

진아 나야, 뭐가 그렇게 바빠, 전화도 안하구, 전화할 때마다 없구, 진아 나 있잖아, 오늘 학교에서 그림을 그렸는데, 등록금 투쟁, 암튼 내 그림이 전교에 다 뿌려지게 됐다, 내 그림이 좋대, 여보세요? 듣고 있어? 그니까 그게 처음에 어떻게 된 거냐면, 강의실에 내가 이렇게 앉아 있는데, 어떤 남자가 만두가게로 데리고 갔는데, 손목을 이렇게 잡고 가다가, 만두가 너무 많아서, 아, 만나서 얘기해야 하는데, 그 남자랑 어쩌면 나…… 여보세요? 진아, 듣고 있어? 내가 너무 횡설수설이지, 그러지 말고 지금 미장원으로 올래? 여보세요?

엄마가 전화 너무 오래 한다고 뭐라 하서, 담에 통화하자.

전화가 끊겼다. 인사도 없이 일방적으로. 진짜 하고 싶은 얘기는 하나도 못했는데. 나는 차마 수화기를 내려놓지도 못하고 끊긴 신호음만 듣고 서 있다. 우리가 몇시간씩 전화통을 붙들고 수다를 떨어도 진이 엄마가 뭐라고 한 적은 한번도 없었는데, 왜 갑자기. 자기는 오리엔테이션이며 써클 얘기며 한 시간씩 두 시간씩 떠들어댔으면서, 왜 갑자기. 내가 너무 횡설수설했나? 내 얘기만 해서 화가 났나? 혹시 내가 진이 생각을 훔쳐쓴 걸 알게 됐나? 이게 뭐지? 몸이 식는다. 진이가 이상하다.

**5**

개들이 짖는다. 사방이 개 짖는 소리다. 먼 데서부터 들리던 소리가 점점 가까워지는 것 같다. 추적자들인가. 아니다. 추적자일 리가 없다. 누가 여기까지 오겠는가. 이곳은 간첩들의 은닉처로나 쓰일 만한 곳이다.

나는 강하다. 누구보다 강하다. 개들 따위는 내 적수가 못된다. 저깟 개 짖는 소리에 불안해할 내가 아니다. 내가 누구인가. 나는 어둠을 꿰뚫어보는 사람이다. 어둠속에 숨은 어둠의 세력을 골라내고 어둠의 심장을 제압하는 사람이다. 내가 누구인가. 돌멩이에서도 눈물이 흐르게 하는 사람이다. 내가 돌멩이라면 돌멩이고 눈물이라면 눈물인 거다.

그런데 나는 왜 여기 몸을 숨기고 있는가. 무성한 잡목이 길을 지운 이곳, 태양도 서둘러 산 너머로 몸을 감추는 음습한 야산의 폐가에 혼자 숨어 있는가. 바람의 기척에도 귀를 세우고 먼 데서 들려오는 소리에도 몸을 떠는가. 모든 게 미친개들 때문이다.

바람소리조차 숨을 죽이는 깊은 밤이다. 개 짖는 소리는 진즉에 사라졌다. 그런데도 내 귀는 자꾸만 없는 소리를 만들어낸다. 마른 가지를 부러뜨리며 다가오는 숨죽인 발소리가 들리는 것 같다. 개들의 울부짖음이 들리고 추격의 나팔소리가 들려온다. 혹시 마을 초입에서 만난 남자가 나를 알아본 것은 아닐까? 그래서 그렇게 당산나무 아래 오래도록 앉아 있었던 것은 아닐까? 트럭을 너무 가까운 곳에 버리고 온 것은 아닐까? 아니다. 뒤를 밟는 기척은 없었다. 보폭을 조정하며 풀잎의 미세한 움직임까지 확인하며 여기까지 왔다. 트럭을 버리고서도 한나절을 넘게 걸었다. 이곳까지 기어올라올 개새끼들은 없다.

어둠 때문이다. 어둠은 소리를 부풀리고 소리의 근원을 왜곡시키는 법이다. 보이지 않아서 정체를 알 수 없고, 정체를 알 수 없어서 두려운 것이다. 알 수 없음이 공포를 조장하고, 공포는 공포를 증폭시킨다. 공포에 굴복해서는 안된다. 어둠에 속아서는 안된다.

갑작스러운 정적. 무서우리만치 고요하다. 폭풍전야처럼 팽팽히 당겨진 긴장감. 차라리 개 짖는 소리라도 들렸으면 좋겠다. 문을 살짝 열어본다. 환하다. 문을 조금 더 연다. 눈이다. 송이가 굵고 성긴 함박눈이다. 마당과 야산에 쌓인 눈이 제법 소복하다. 방 안으로 눈발이 날아든다. 개들이 짖어댄 것이 저 눈 때문이었던가. 괜한 숨을 죽였다. 문을 활짝 열어젖힌다. 마루로 나가 선다. 눈송이 하나가 볼에 닿는다. 차갑게 부딪쳤다가 뜨겁게 녹는다. 숫눈을 보면 오줌이 마렵다. 고추를 손에 쥐고 먼 곳을 향해 오줌발을 갈긴다. 엉덩이에 힘을 주고 배를 죽 내밀며 있는 힘껏 갈긴다. 끄윽, 묵은 트림이 올라온다.

눈 속에 잠긴 이곳은 그야말로 완벽한 은신처다. 제아무리 조심스러운 염탐의 발걸음이라도 금세 들통이 나고 말 것이다. 하지만 눈이 염탐의 기미를 알려준다면 도망자의 자취도 드러낼 것이다. 나는 완벽하게 숨은 것인가, 꼼짝없이 갇힌 것인가.

눈을 뜬다. 나뭇가지에서 눈덩이 떨어지는 소리만 간간이 들려올 뿐 사방이 고요하다. 찢어진 벽지 사이로 씨멘트벽이 보인다. 천장은 누런 쥐오줌과 곰팡이 자국으로 너저분하다. 정체를 알 수 없는 헝겊때기들과 누추한 살림살이들이 여기저기 흩어져 있는 더러운 방. 구석에 놓인 배낭을 끌어온다. 각종 통조림과 빵 라면, 음료수와 술 담배, 터미널 근처 상점에서 되는대로 집어넣은 것들이다. 일주일이나 견딜 수 있겠다. 소도시 버스 차부일수록 들고 나는 사람이 뻔하니 더 챙겨넣는 것도 마땅치 않았다. 배곯는 것쯤이야 얼마든지 견뎌낼 수 있다. 이까짓 추위와 허기쯤이야 아무것도 아니다.

빵봉지를 뜯는다. 바스락거리는 소리가 신경을 거스른다. 잠시 가만히 있어본다. 비닐봉지를 벗겨 던져버리고 빵을 한입 베어문다. 마른입에 시큼한 침이 순간적으로 솟구친다. 턱뼈가 뻐근하다. 갑자기 묵은 허기가 몰아친다. 순식간에 빵 하나를 다 해치우고 내

친김에 한 봉지 더 뜯는다.

까악. 까마귀 소리가 정적을 깬다. 빵을 입에 문 채 문틈으로 밖을 내다본다. 까마귀 한 마리가 기분나쁜 울음소리를 내며 담장 위로 날아든다. 반쯤 무너진 담장 위에는 이미 네댓 마리의 까마귀가 앉아 있다. 마당 여기저기에도 까마귀들이 자리를 차지하고 앉았다. 죽음을 기다리는 저승사자들처럼 검은 도포를 둘러쓰고 앉은 저 까마귀들.

도대체 뭘 기다리고 앉은 게냐. 내게서 시체 썩는 냄새라도 난단 말이냐.

문을 연다. 마당으로 내려선다. 입에 물고 있던 빵을 던진다. 까마귀 한 마리가 빵조각을 잽싸게 낚아채간다. 보이는 대로 돌멩이를 집어 던진다. 까마귀들은 날아오르지도 않고 발만 살짝 떼어 자리를 옮긴다. 내가 던진 돌멩이는 아무 위협이 되지 않는다. 나는 까마귀들에게조차 위협이 안되는 존재인가. 한낱 까마귀들에게조차.

까마귀들은 눈을 지그시 감은 채 명상에라도 잠긴 듯 고요한 자세로 앉아 있다. 햇살을 받은 검은 깃털은 윤기가 흐르고, 매끈하게 빠진 부리는 나른한 듯 살짝 벌어져 있다. 먹이를 향한 탐욕스러운 몸짓이나 경계의 과장된 날갯짓은 보이지 않는다. 서로에 대한 의심도 질시도 없다. 바람이 부는 쪽으로 머리를 향하고서 신선한 공기와 따사로운 햇살을 만끽하는 중이다.

저들은 먹잇감에 연연하지 않아도 될 만큼 배가 부르고, 날아드는 돌멩이에 위협을 느끼지 않아도 될 만큼 강하다. 그리고 나는 볕을 쬐고 앉은 까마귀들에게 시샘을 느낄 만큼 비루하다. 그저 볕을 쬐고 있을 뿐인 까마귀들에게조차 위협을 느낄 만큼 불안하다. 문을 닫는다.

나는 어둠과 나란히 눕는다. 어둠은 잠을 부르고 잠은 허기를 부르고 허기는 다시 잠을 부른다. 까마귀가 울고 아침이 온다. 밤사이 정체를 알 수 없는 야생동물이 다녀간 듯하다. 눈 위의 발자국은 마당을 가로질러 부엌 쪽에서 머물다 폐가 뒤쪽으로 향해 있다. 나는 끊어질 듯 이어지는 옅은 잠 속에서 헤어나오지 못한다. 어둠이 내리고 바람이 분다. 달이 뜨고 개가 짖는다. 밤은 길고 개 짖는 소리는 밤새 이어진다.

아궁이에 불을 좀 때볼까. 아궁이 속을 비우고 잔솔가지를 깔고 불을 붙여볼까. 마을에서 연기가 보이지 않을까. 가스버너를 사오는 게 나을까. 내처 버스를 타고 터미널로 나가 뜨끈한 국밥 한 그릇 먹고 올까. 더 깊숙한 산으로 들어가 사냥이나 해볼까. 마당에 덫이라도 놓아볼까.

모든 움직임은 머릿속에서만 이루어진다. 머릿속은 부산한데 몸은 옴짝달싹을 안한다. 내 모든 움직임은 침낭 안에서만 이루어진다. 하체는 침낭 안에 둔 채 손만 뻗어 해결한다.

다리 사이에 끼워둔 총을 꺼내 손에 쥔다. 내 체온에 의해 데워진 총은 내가 의지할 수 있는 유일한 온기다. 총과 나는 그렇게 온기를 주고받는다. 지금 내게 절대적으로 필요한 것은 온기 그 자체다. 누군가의 체온이다. 시린 코끝을 감싸줄 훈훈한 바람이다. 욕조를 가득 채운 뜨끈한 목욕물이다. 얼큰한 국밥 한 그릇이다. 국밥에 반쯤 잠긴 여편네의 엄지손가락이다. 엄지손가락을 추켜올리며 보내는 추앙의 시선이다.

침낭으로 들어와 움직임을 멈추고 있으면 머릿속은 온통 해답 없는 질문들로 가득 찬다. 조직은 무얼 하고 있을까. 지금쯤이면 내가 은신처에서 이탈한 것을 알 것이다. 약점을 잡힌 원장놈이 쉬쉬하고 있을지도 모르고. 백에게만은 연락을 취했어야 했는지도 모른다. 아니다. 아직은 아무것도 확신할 수가 없다. 자네 자신도 찾을 수 없는 곳으로 가. 박의 목소리가 울린다. 박은 어쩌면 갱생원에서 일어날지도 모를 불상사를 짐작하고 있었는지도 모른다. 다른 은신처를 준비하고 있을까? 조직에서 괜히 이쪽으로 보낸 줄 알아? 너 하나 조용히 사라지면 그만이야. 놈의 목소리도 함께 울린다. 조직이 필요한 것이 혹시 희생양은 아닐까?

의심은 갑작스럽게 찾아왔다. 머릿속에 날아온 의심은 겨자씨보다 작은 것이었다. 그 작은 씨는 이내 뿌리를 내리며 몸을 관통해 들어갔다. 발끝까지 뻗은 뿌리에서 무수한 잔뿌리들이 나와 몸 구석구석을 파고들었다. 잔뿌리마다에 온갖 종류의 벌레들이 들러붙어 몸을 갉아먹기 시작했다. 몸의 세포 하나하나가 잔뿌리와 벌레들에게 잠식당할 것만 같다.

나는 의심을 품는 사람이 아니었다. 내가 사는 세상은 의심의 여지가 없었다. 그러나 지금 내가 확신할 수 있는 건 아무것도 없다. 아니다. 의문과 의심은 몸에 해롭다. 조직을 의심해서는 안된다. 조직의 메씨지를 받으려면 신문이 필요하다. 언제까지고 이곳에서 숨어 지낼 수는 없는 일이다. 이렇게 금치산자처럼 침낭 속에 누워 지낼 수는 없다. 지금 당장 필요한 것은 신선한 공기와 따뜻한 햇살이다.

눈이 녹는다. 볕이 오래 머무는 곳부터 길이 난다. 시간이 되었다. 이제 떠나야 할 때다. 떠나기 전에 해야 할 일이 있다. 남은 식량은 딱딱하게 굳은 빵과 라면 하나 꽁치캔 하나. 이거면 충분하다. 구석에 나뒹구는 광주리와 노끈도 딱 적당하다.

빵을 네 조각으로 잘라 마당에 던진다. 옆으로 몸을 살짝 피했던 한 놈이 냉큼 빵조각을 문다. 덩치가 제일 큰 놈이다. 먹잇감을 향한 강자의 직관력. 뒤늦게 빵을 발견한 놈이 두번째 조각을 낚아채고, 세번째 조각에 두 놈이 붙어 나누는 사이 네번째 조각은 다시 덩치의 차지. 담장 위에 앉았던 까마귀들이 합세하며 빵은 조각조각 부서진다. 빵을 차지하지 못한 까마귀들은 불만족스러운 울음소리를 내며 종종걸음을 친다. 나무 우듬지 까마귀도 슬그머니 마당으로 내려앉는다.

돌멩이가 가져다주지 못했던 술렁임. 이것이 바로 빵 한 조각의 위대한 힘이다. 그게 삶이다.

라면을 마루에 놓고 주먹으로 내리친다. 라면 조각들을 마당에 흩뿌린다. 까마귀들이 살짝 날아올랐다가 라면 조각을 향해 돌진한다. 조각난 라면을 먹기 위해 부리를 부딪치고 날갯짓을 하고 자리다툼을 한다. 라면 조각에 열중하는 까마귀들에게는 먹이를 향한 치열한 본능만이 있을 뿐이다. 오직 누가 먼저 큰 먹이를 차지하느냐만 존재한다. 종종거리고 서두르고 밀쳐내고 공격하고 안달 내고. 너희의 평화는 얼마나 위태로운가. 서로를 위해 자리를 내어 주고 어깨를 나란히하고 온기를 나누면서 느끼던 너희의 믿음은 얼마나 얄팍한가. 그게 삶이다.

통조림을 딴다. 비릿한 꽁치 냄새. 전방 이 미터 앞에 까마귀 한 마리가 버티고 섰다. 네가 가장 용기있는 녀석이냐. 네가 까마귀 무리의 우두머리냐. 꽁치가 탐나느냐. 자, 여기 있다. 먹어라. 까마귀는 경계의 태도를 보이는가 싶더니 잽싸게 꽁치를 낚아채간다. 과연 무리의 우두머리답다. 우두머리가 라면 조각으로 만족할 수 없지. 암, 만족해서도 안되지. 자리에서 일어난다. 잠시만 기다려라. 진짜 우두머리가 되게 해주마.

통조림을 바닥에 엎어 내용물을 쏟아낸다. 마침 버팀목으로 쓸 만한 적당한 나무토막도 있다. 나무토막에 노끈을 묶고, 꽁치더미에 광주리를 엎는다. 광주리와 나무토막의 각을 잘 잡아 공간을 확보한다. 따로 빼놓은 꽁치는 으깨서 광주리까지 이어지도록 뿌려놓는다. 이제 기다리는 일만 남았다.

어서 와라. 딱딱한 빵이나 라면 조각하고는 차원이 다르다. 꽁치다. 너도 맛을 봐서 알지 않느냐. 어서 와서 물어라. 까마귀는 따닥따닥 스텝을 밟으며 위험을 가늠해보는 중이다. 기다려주마. 조금씩 거리를 좁혀온다. 광주리 앞에서 멈춘 까마귀는 머리만 살짝 들이밀었다 만다. 이윽고 광주리 안쪽으로 몸을 들인다. 아직은 아니다. 먹이를 물 때까지 기다려야 한다. 꽁치를 물어라. 비린 육질을 맛보아라. 승리의 입질을 하여라. 때가 왔다. 줄을 잡아당기는 것과 동시에 광주리 위로 몸을 날린다. 배 아래에서 광주리를 들썩이는 날갯짓이 느껴진다. 움직임이 심해질수록 나는 더 차분해진다. 눈을 감고 광주리 속 몸부림을 느낀다. 푸덕푸덕.

왕이 무리를 이끌려면 무엇이 필요한가. 당근이다. 무리의 입에 먹을 것을 끊임없이 대주어야 한다는 뜻이다. 무리를 위험에서 보호하고 먹을 걱정 없게 해주는 게 왕의 첫째 임무다. 당근으로만 왕의 자리를 유지할 수 있느냐. 아니다. 당근을 줬으면 채찍도 줘야 하는 법. 공포다. 왕의 말을 거스르는 자 무리에서 쫓겨나리라. 왕이 없는 무리 밖의 세상은 위험하다. 그러니 왕의 말을 듣고 왕의 보호를 받아라. 그것이 왕의 자리를 지켜주는 법이다.

지금까지 네 억센 부리와 튼튼한 근육으로 무리를 지키고 위협해왔느냐. 그렇게 무리들의 용기있는 왕이었느냐. 하지만 보아라, 결국 이렇게 광주리 안에 갇히는 신세가 되지 않았느냐. 이제 내가 너를 무리의 진정한 왕이 되게 해주마.

당근과 공포 중에 하나만 선택해야 한다면, 당연 공포다. 당근보다 더 뼛속 깊이 박히는 것은 공포가 아니겠느냐. 네 죽음이 진짜 위험이 무언지 무리에게 분명히 알려줄 것이다. 다시는 섣부른 용기를 부리지 않도록, 인간 근처에는 함부로 접근하지 않도록 알려줄 것이다. 뼛속 깊이. 그리하여 네가 네 무리를 구하는 것이다. 네 죽음이 너를 진정한 왕으로 만들어주는 것이다.

두 손으로 까마귀를 움켜쥔다. 썩은 고기를 먹고 키운 근육과 뼈의 단단함. 둥긋하게 연이어진 가느다란 뼈의 굴곡. 까마귀는 고갯짓도 못하고 죽은 듯 가만히 몸을 맡기고 있다. 갈비뼈 아래 미친

듯이 뛰던 심장박동이 조금씩 희미해지고 있다. 체념인가. 투항인가. 위장술인가. 아니면 공포의 극단에서 오는 자기방어인가. 한 손으로 머리를 잡는다. 사형수의 눈을 가리듯 눈을 꼭 감기며 살포시 누른다.

고통은 없을 거다. 인간을 두려워하지 않고 비웃은 죄다. 너의 용맹스러움과 너의 튼튼한 심장을 과신한 죄다. 쓰레기에서 태어나 쓰레기처럼 산 죄다. 자, 이제 존경심을 표시해라. 공포란 바로 이런 것이다. 진정한 왕이란 이런 것이다. 자, 이제 내 눈을 똑바로 보아라. 한낱 까마귀 주제에 어디 감히. 쉬파리 새끼 주제에 어디 감히.

손목을 꺾어 오른쪽으로 힘차게 돌린다. 투툭, 목뼈 부러지는 소리. 그리고 이어지는 흐린 숨소리. 까마귀는 모가지를 꺾인 채 늘어져 있다. 온기는 채 가시지 않았다. 심장박동이 전해져오는 듯하다. 그 소리는 내 손에서 뛰는 맥박이다. 너는 죽었고 나는 살아 있다. 그대로 가만 들고 있으면 내 피가 죽은 몸통으로 스며들 것만 같다. 나는 살아 있는 새를 날려보내듯 죽은 까마귀를 던진다. 봐라, 너희들의 왕이다. 겁도 없는 너희들의 왕이 여기 있다. 비겁한 너희들의 용기있는 왕이다.

죽은 까마귀가 둔중한 소리를 내며 땅바닥에 착지한다. 담장 위의 까마귀들이 일제히 날아오른다. 깃털 하나가 발밑으로 떨어진다. 새카맣고 윤기 흐르는 아름다운 꽁지깃이다. 이제 알겠느냐, 누가 진짜 왕인지, 누가 진짜 강한지. 내가 왕이다.

*

전문심부름 어려운일 신속정확 고흥터미널부지매각 남영동거리연합공사 담당 박부장. 나흘째 같은 광고. 조직이 나를 찾고 있다. 구인광고에 실린 조직의 메씨지를 들여다보고 또 들여다보았지만, 판단이 서질 않는다. 어쨌든 갱생원 소식이 조직에까지 전달된 것만은 확실하다. 하지만 원장놈이 일을 어떻게 꾸며놓았는지는 불 보듯 훤하다. 새로운 은신처를 마련했다 해도 갱생원 이상의 장소는 어려울 것이다.

시계를 본다. 할멈이 돌아올 시간이다. 문을 조금 열어 밖을 살핀다. 지나가는 사람은 보이지 않는다. 역전에서부터 강둑을 따라 이어진 집들이 드문드문해지다가 뚝 끊기고 나서도 한참이 지나야 나타나는 이 집은 안전하게 고립된 곳이다. 버려진 창고나 움막 같은 곳을 전전하다가 발견한 집이었다. 나를 붙든 것은 집앞에 조그맣게 써붙여놓은 팻말이었다. 사글세 이씀.

그냥 틀린 맞춤법이나 고쳐놓고 갈 생각이었다. 월세를 내줄 만큼 변변한 집도 아니었고 인가에 든다는 것도 마땅치 않았다. 주머니에서 볼펜을 꺼내 되는대로 고쳐쓰고 있는데, 할멈이 문을 열고 나왔다. 허리가 심하게 굽은 할멈이었다. 할멈은 내내 문밖의 기척을 기다려온 사람처럼, 내 발걸음을 잡기 위해 일부러 글자를 틀리게 써놓은 것처럼, 문을 열고 안으로 들어오라는 손짓을 했다. 나는 끌린 듯 할멈의 집에 발을 들였고, 할멈도 아무 물음도 의심도 없이 나를 받았다.

할멈이 오고 있다. 다라이를 머리에 이고 한 팔을 휘휘 저으며 걸어온다. 나는 멀리 나가지 않고 문앞에 서서 할멈을 맞는다. 할멈에게서 다라이를 받아 바닥에 내려놓는다. 할멈의 얼굴에는 할일을 모두 마친 사람의 뿌듯함이 어려 있다.

"오늘은 뭣 좀 팔았나?"

"하모. 엿지름도 팔고, 박고지도 팔고, 많이 팔았제."

할멈이 주머니에서 지갑을 꺼내 흔들어 보이며 웃는다. 찰랑찰랑 동전소리가 들린다. 늘 같은 대답 같은 행동. 다라이에 넣어간 물건들이 하나도 줄지 않았다는 걸 안다. 하루 여섯 번 비둘기호가 서는 소읍의 역 앞에서 할멈의 물건을 돈 주고 사갈 사람은 없다. 그래도 할멈은 매일 다라이를 이고 역전으로 가 좌판을 벌인다. 할멈은 물건을 팔기 위해서가 아니라 물건을 펼치고 지켜앉아 있기 위해 역전으로 가는지도 모른다. 아니면 오지 않는 누군가를 기다리는 것인지도.

할멈은 지갑을 주머니에 다시 넣고 든든한 듯 도닥인다. 다라이를 덮은 보자기를 걷고 신문과 담배 한 갑을 꺼내 건네준다. 유세하는 태도는 없다. 그저 다라이를 이고 역전을 오가듯 일과 중의 하나를 행하는 덤덤한 태도다. 나는 주머니에서 지폐 몇장을 꺼내 할멈의 다라이에 슬그머니 올려놓는다. 할멈은 싫다 좋다 말도 없이 조용히 웃어 보인다.

할멈이 허리를 곧추세우며 일어나 부엌으로 간다. 뒤로 젖혀졌던 허리는 금세 굽은 자세로 돌아온다. 나는 방으로 들어가 신문을 펼친다. 신문에는 온통 처단을 외치는 개들의 울부짖음뿐이다. 정신이 사납다. 그리고 오늘은 조직의 메씨지가 없다. 불길하다. 떠나야 할 때가 된 것 같다. 신문을 한쪽으로 밀어놓고 문밖에서 들려오는 소리를 듣는다. 할멈이 식사를 준비하며 내는 달그락거림과 물소리와 도마질 소리가 나지막하다.

할멈이 문 두드리는 소리가 들린다. 밥상을 들이라는 신호다. 상을 받는다. 할멈은 국에 숟가락을 담가 술적심을 한 다음 밥을 한 술 떠 입에 넣는다. 맨밥을 넣고 오물거리다가는 국물을 조금 떠먹는다. 할멈의 식사는 처음부터 끝까지 숟가락으로만 이루어진다. 이가 없는 것도 아닌데 나물도 국물만 김치도 국물만 숟가락으로 적시듯 찍어먹는다. 할멈이 숟가락질을 하다보면 건더기들은 어느새 내 쪽으로 모아져 있다. 나는 모른 척 건더기를 덥석덥석 집어먹는다. 내가 건더기를 한 젓가락씩 집어 입에 넣으면 할멈은 추임새처럼 말을 넣는다.

"양양 씹어먹소외!"

할멈과 함께하는 밥상에서 나는 꼭꼭 씹어먹으라고 당부해야 하는 어린애가 된다. 나는 권좌를 차지하려 애쓰지 않아도 저절로 무릎을 차지하고 앉은 할멈의 어린애다. 이대로 할멈의 영원한 아이로 살아갈 수는 없을까. 얼결에 삼켜버린 국이 너무 뜨겁다. 꿀꺽 삼킨 할멈의 추임새가 창자 끝까지 내려가 뜨끈하게 달아오른다.

"그런데 할멈 가족은 다 어디 사나?"

할멈은 이렇다 저렇다 말이 없다. 슬픈 기색이나 회한에 젖어드는 눈빛도 보이지 않는다. 원래부터 웃는 얼굴로 태어난 사람처럼 변함없이 조용한 미소만 지을 뿐이다.

"영감님은 이런 예쁜 마나님 두고 어딜 먼저 가셨으려나. 자식은 다 어디로 가고 혼자 사나?"

할멈이 숟가락을 가만히 내려놓는다. 물을 한모금 마셔 입가심을 하고는 텔레비전을 켜고 그 앞에 쭈그리고 앉는다. 두 팔로 무릎을 끌어안은 채 등을 둥글게 말고 앉아 텔레비전을 본다. 입가의 미소는 거두지 않았지만 눈빛만은 음울한 반추를 감추지 못한다. 둥글게 말린 왜소한 할멈의 등이 꼭 쥐며느리 같다. 어둡고 습한 돌 밑에 숨어 있다가 갑자기 환한 빛에 드러나 죽은 듯 몸을 말고 있는 쥐며느리. 할멈의 등에서 서늘한 냉기가 뿜어져나온다.

"상은 그냥 놔두세. 끝나고 이따 치울란게. 요거이 참 재미나."

할멈은 텔레비전에서 눈을 떼지 않은 채 말한다. 괜한 말을 꺼냈다. 노인네들이 사는 집이라면 어디나 훈장처럼 걸어놓곤 하는 빛바랜 가족사진 액자 하나가 없다. 이웃과의 교류도 없이 홀로 휑한 집을 지키고 앉은 할멈의 내력이 궁금했다. 괜한 궁금증이 할멈을 긴장하게 만들었다. 상을 들고 조용히 물러선다. 되는대로 상을 정리하고 내처 밖으로 나온다.

밤바람이 제법 신선하다. 내친김에 강을 따라 걷기 시작한다. 가끔 걸음을 멈추고 바람을 흠뻑 들이마신다. 향긋한 바람이다. 잠시 들었던 할멈의 품속. 다디단 잠깐의 잠. 이제 다시 떠나야 할 때다. 가야겠다. 그래, 가자.

라면 박스를 하나 구해 직사각형을 반듯하게 자른다. 엿기름 무말랭이 호박고지 좁쌀 미숫가루 도토리묵…… 또박또박 정성들여 글씨를 쓴다. 마지막으로 큼지막하게 팻말을 하나 만든다. '사글세 이쏨.' 누구라도 이 팻말을 보고 멈춰서기를.

팻말을 문앞에 걸어놓고 방으로 들어온다. 할멈은 두루마리 휴지를 베고 잠이 들었다. 소리를 낮춘 텔레비전 불빛이 할멈의 여원 얼굴에 어룽진다. 휴지를 빼내고 베개를 받쳐준다. 할멈은 자면서도 입가에 웃음을 달고 있다. 할멈의 미소는 웃어 보여야만 살아낼 수 있었던 세월의 고난한 주름살인지도 모른다. 텔레비전 위에 종이 팻말과 함께 돈다발을 올려놓는다. 여전히 웃는 얼굴의 할멈을 일별하고 방문을 나선다.

"따순 밥 한술 자시고 가소외!"

할멈의 목소리가 뒷덜미를 잡아챈다. 나는 뒤돌아보지 않는다. 따순 밥. 막 지은 쌀밥. 한 숟가락 꿀꺽 삼킨 듯 목구멍이 뜨거워진다.

"나라를 구하려 해도 기신이 있어야 구하는 법이네. 기신 내는데 밥심만한 게 있단가. 밥 한술 뜨고 가세나."


*


가로등 불빛이 닿지 않는 어두운 골목. 한 남자가 오래 서 있다가 사라진다. 머리를 질끈 묶은 여자가 요란한 구두굽 소리를 내며 골목을 돌아나간다. 순찰을 도는 방범대원 둘이 말없이 지나간다. 방범초소는 반경 백 미터 내에 있다. 고양이 한 마리가 이쪽 담장에서 저쪽 담장으로 넘어간다.

움직이는 모든 것들이 의심스럽다. 한구석에 웅크린 쓰레기더미조차 적의를 품은 듯 보인다. 건물에서 건물로 어둠에서 어둠으로 시선을 옮기며 주변을 살핀다. 아무것도 믿을 수가 없다. 의심해야 할 것과 신뢰할 수 있는 것이 구분되지 않는다.

무모한 판단이었는지 모른다. 숙고에 의한 결정이 아니라 몸이 이끄는 대로 왔다. 위험을 피해 위험의 중심으로 온 것이다. 달리 갈 곳도 없었다. 건물과 건물 사이 좁은 틈에 몸을 숨기고 있지만, 광장 한복판에 내던져진 것처럼 불안하다. 내가 아닌 다른 영혼의 조종을 받아 여기까지 온 것만 같다.

인기척이 끊어진 지 한참이나 되었다. 지체할 시간이 없다. 지린 내나는 골목에서 몸을 뺀다. 벽에 몸을 바싹 붙이고 재빨리 움직인다. 스티커와 전단지가 너저분하게 붙은 건물 입구. 우편함 뒤쪽을 더듬는다. 아무것도 잡히지 않는다. 낭패다. 머릿속이 분주하다. 소리를 죽이고 계단을 올라간다. 철제문에 귀를 대고 안쪽의 기척을 살핀다. 아무 소리도 들리지 않는다. 똑똑 똑똑. 문을 두드려본다. 가만히 두드렸는데 소리가 계단을 타고 건물 전체가 울리는 느낌이다.

밖으로 나와 건물 옆으로 돌아간다. 가스통이 늘어서 있는 곳을 지나 안쪽으로 들어간다. 방범창이 둘러진 창문 아래 선다. 방범창 사이로 손을 넣어 창을 밀어본다. 잠겨 있다. 가볍게 유리창을 두드린다. 심장이 요동친다. 안에서는 아무 반응이 없다. 다시 유리창을 두드린다. 이번엔 좀더 세게. 창문 안쪽에 어두운 그림자가 비친다. 확인을 위해 다시 창을 두드린다. 유리창 가까이 왔던 씰루엣이 얼른 몸을 감춘다. 안쪽에서도 바깥을 살피며 위험을 감지하고 있는 것이다. 소리내지 않고 내 존재를 알릴 방법은 없다. 그렇다면 신속하고 강렬해야 한다.

"여보!"

얼굴을 창에 바싹 대고 아내를 부른다. 소리가 너무 작았던 것일까. 안쪽에서는 아무 반응이 없다. 이번엔 조금 더 큰 소리로 외친다.

"여보. 나야. 여보!"

여보,라는 말을 이토록 절실하게 해본 적이 있었는지. 엄마를 찾는 어린애가 된 기분이다. 드디어 창문이 열리고 아내의 얼굴이 보인다. 아내를 향해 손을 뻗는다. 아내가 뒤로 몸을 빼고 사라진다.

영겁의 시간이 흐른 듯하다. 아내가 방에서 나와 내 앞에 나타나기까지 일분도 걸리지 않았을 것이다. 그 시간 동안 내 머릿속에서는 비관적인 무수한 상황들이 스쳐지나갔다. 나는 죽음을 언도받은 사람처럼 절망적이었다.

건물 모퉁이에 서서 나를 확인한 아내는 주위를 둘러본 다음 안쪽으로 뛰어온다. 가녀리고 겁이 많은 듯 보이지만 강인한 여자. 미용실에서 하늘하늘 움직이며 머리나 자르고 라디오나 듣는 여자지만, 내가 분개하는 사회범죄에는 함께 분노할 줄 아는 올바른 여자. 내가 믿을 수 있는 처음이자 마지막인 여자.

"얼굴이 이게 뭐야."

아내가 울먹이며 내 얼굴을 더듬는다. 아내의 목소리에 가슴 한 켠의 응어리가 쑥 빠져나가는 느낌이다. 볼에 닿는 손의 온기가 낯설다. 아내의 손에 내 손을 얹는다. 아내가 얼른 몸을 돌린다. 골목 이쪽저쪽을 살핀 다음 다시 돌아와 내 손을 잡는다.

"가요. 여긴 위험해. 좋은 데가 있어요."

아내가 손을 놓고 먼저 길을 나선다. 벽에 몸을 숨기며 아내 뒤를 쫓는다. 등짐을 진 듯 몸이 무겁다. 도착한 곳은 아내의 미용실. 아내가 문을 열고 주위를 살핀 다음 내 쪽을 향해 손짓한다. 나는 빨려들어가듯 미용실 안으로 몸을 숨긴다. 문을 잠그고 쇼윈도우를 통해 바깥을 살피고 다시 잠긴 문을 확인하는 아내의 숨찬 행동을 넋놓고 바라본다. 아내는 안쪽 블라인드를 치고 나서도 안심을 못하겠는지 눈을 대고 다시 한번 밖을 내다본다. 아내가 내 손을 잡고 미용실 안쪽 방으로 이끈다. 방문까지 걸어잠근 후에도 아내는 긴장을 놓지 않는다. 불도 켜지 않는다. 아내는 불안에 떨면서도 한편으로는 용의주도하다. 아내는 어쩌면 내가 잠적을 한 때부터 지금까지 이 순간을 준비해왔는지도 모른다.

나는 이제 그만 눕고 싶은 생각뿐이다. 그대로 쓰러져 자고 싶을 뿐이다. 오래전에 그랬듯 내 머리칼을 만지는 보드라운 손의 움직임을 느끼고 싶을 뿐이다. 몸이 바닥으로 꺼지는 기분이다.

아내가 다락문을 활짝 열어젖힌다. 그리고 나를 본다. 아내는 나보다 더 단호하다. 나는 가파른 나무계단을 밟아 다락으로 올라간다. 천국으로 올라가는 계단이다. 나락으로 내려가는 계단이다. 몸을 낮추기 위한 계단이다. 마지막 계단을 밟으며 뒤를 돌아본다.

계단 아래 선 아내가 나를 향해 손짓을 한다. 신작로에 선 할멈처럼, 언제 돌아올지 모를 자식을 배웅하듯 훠이훠이 손짓을 한다. 문이 닫힌다.

6

학생회관 정면에는 내가 그린 그림이 커다란 걸개로 제작되어 걸렸다. 바람이 불 때마다 내 그림이 우렁찬 소리를 내며 펄럭였다. 그 바람. 후끈 달아오른 듯 산뜻한 바람. 뜨거우면서 자유롭고, 가벼우면서 경박하지 않은 그 바람. 그것이 내가 꿈꾸던 대학의 바람. 나는 그 바람을 힘껏 들이마셨다.

처음 와본 엠티. 모두들 각자이면서 여럿이고 여럿이면서 하나인 우리들. 나도 우리들 속에 함께 있다. 그리고 나는 우리들에게 중요한 사람이 되었다. 내가 중요한 사람이 되었다는 건 민의 표정으로도 알 수 있다. 기대했던 캠프파이어 같은 건 없지만 그래도 괜찮다. 내 옆에는 민이 있으니까.

민은 나를 위해 벽 쪽에 이부자리를 깔아준 다음 그 옆에 담장을 치듯 누웠다. 나는 숨을 죽이고 민의 숨소리에 귀를 기울인다. 방 한켠에서 들려오던 노랫소리도 잦아들고 술판도 끝이 난다. 누군가 불을 끈다. 방 안에는 고른 숨소리와 코고는 소리가 뒤섞여 있다.

자? 자는 거야? 자는구나. 잠 못 드는 내가 이상한 거지? 그렇지? 네 고른 숨소리가 들려. 참았던 숨을 이제야 내쉬었어. 네 보드라운 손을 다시 한번 느껴보고 싶어. 가느다란 손가락 사이사이에 내 손가락을 끼워넣고 싶어. 그렇게 손깍지를 끼고 잠이 들었으면 좋겠어. 네 숨결에 내 호흡을 맞추고 들숨 날숨을 함께하고 싶어.

자는 거지? 그렇지? 네가 자고 있어서 다행이야. 이 요동치는 심장소리를 들키지 않아서 다행이야. 이불이 바스락거릴까봐 꼼짝도 못하고 침만 꼴딱꼴딱 삼키고 있는 내 모습을 들키지 않아서 정말 다행이야. 네 품에 안기듯 이불을 바싹 끌어당겨. 이불에서 네 냄새가 나. 막 베어낸 풀냄새 같기도 하고 달큰한 팥빵 냄새 같기도 해. 어둠속에서도 네 얼굴이 보여. 손만 뻗으면 닿을 곳에 네가 있는데, 네 눈과 코와 입을 직접 만져보고 싶은데.


한밤이 되어서야 집으로 돌아온다. 들뜬 마음으로 밤새 뒤척여서 그런지 몸이 노곤하다. 일단 집에 들러서 엄마 좀 들여다보고. 빌라 건물로 들어가 계단을 뛰어올라간다. 걸음을 멈춘다. 카메라를 든 남자, 신문을 깔고 앉은 여자, 캔커피를 마시는 남자. 여자가 내 쪽을 보며 슬그머니 일어난다.

"너 여기 사냐?"

"아니요."

"그럼 여기 사는 사람 본 적 있니? 유명한 사람인데. 혹시 이상한 사람들 오가지 않든?"

"몰라요, 그런 사람."

슬그머니 등을 돌리고 계단을 내려간다.

"너 여기 사는 거 맞지? 아버지 맞지?"

여자가 내 팔을 잡는다.

"모른다니까요."

"아버지한테 연락 없었어? 반년이나 지났는데 아무 연락이 없었다는 게 말이 돼? 해외로 도피했다는 게 사실이니?"

"모른다고 했잖아요! 그런 사람 몰라요. 난 아니라구요!"

내 아버지가 아니야. 난 그런 사람 몰라. 그 사람이 무슨 짓을 했는지 알고 싶지도 않아. 내 아빠는 아주 멀리 있어. 아니 예전에 죽었어. 나는 성가신 날파리 떼를 몰아내듯 팔을 휘휘 저으며 뛰어간다. 왜 날 가만두지 않는 거야. 행복한 순간에는 어김없이 나타나 방해를 하는 이 훼방꾼들아. 다 꺼져버려.


미용실로 들어가 곧장 방으로 들어간다. 거친 숨을 고르며 다락 방 문을 연다. 어둠이 쏟아져내린다. 어둠. 어둠 저편에 반짝이는 두 개의 눈. 두려운 짐승의 눈. 어둠이 걷히고 형체가 나타난다. 몸을 납작 엎드리고 금방이라도 튀어나올 것처럼 목을 빼고 있는 저것은.

아버지가 손가락을 입에 갖다붙이며 쉿, 소리를 낸다. 흡, 숨이 멈춘다.

저것은 내 아빠가 아니다. 모나미 볼펜으로 이를 빼주고 다락방에 전기를 연결해주는 기억 속의 아빠가 아니다. 저것은 짐승이다. 어둠속에 숨어 겁에 질린 눈을 허옇게 치켜뜨고 앉은 굶주린 짐승이다. 언제든지 공격의 기회를 노리는 성난 짐승.

저 짐승은 내 아빠가 아니다. 내 아빠가 저곳에 있을 리가 없다. 있어서도 안된다. 이렇게 가까운 곳에 숨어 있었다는 건 말이 안된다. 기자들이 몰려들고 경찰들이 집 안을 뒤지는 동안, 모르는 사람들이 옷깃을 붙들며 아버지를 찾아내라고 소리를 질러대는 동안, 우리가 고난에 처해 있는 동안, 비겁하게 다락방에 숨어 지켜보고 있었던 거야. 도대체 언제부터. 내 다락방에.

"선아."

내 이름 부르지 마. 난 당신을 몰라. 난 당신이 무슨 짓을 했는지 알고 싶지도 않아. 날 그냥 내버려둬. 다락문을 닫는다. 문고리를 부여잡은 채 숨을 고른다.

"선아."

이번엔 등뒤다. 고개를 돌려 뒤를 돌아본다. 엄마다. 문고리를 움켜쥐고 있던 손에 힘이 풀린다.

"아버지한테 인사했어?"

엄마가 눈꼬리를 살짝 접으며 웃는다. 은밀한 고백을 하려고 친구의 손을 붙들고 구석진 곳으로 끌고 가는 계집애들처럼 내 손을 붙잡는다. 입술을 움찔거리며 눈동자를 반짝이며 나를 바라본다. 이제 막 초경을 치른 계집애가 다른 계집애의 귀를 끌어당겨 귓속말을 하듯 내 귀에 대고 불경한 고백을 한다. 자랑스러운 듯 쑥스러운 듯.

"아버지가 오셨어."

아버지가 오셨다. 그것은 내게 아버지가 부활하셨다,라는 말로 들렸다. 아버지가 내 궁전에 임하니, 무릎을 꿇고 경배하라! 엄마의 웃는 얼굴이 그렇게 말하고 있다. 엄마의 환한 얼굴에서 천사의 합창소리가 울려퍼진다. 엄마는 신탁을 내리는 사제 같다. 벗어나려고 발버둥쳐봐야 소용없는, 기어이 내 목줄을 죄고야 말 무서운 신탁.

아버지가 오셨다.

아버지가 어두운 다락에서 좁은 문을 열고 비천한 발부터 모습을 보인다. 경사진 나무계단을 밟아 엉거주춤한 자세로 굴러떨어지듯 지상으로 내려온다. 핍박받고 상처입은 자의 가난한 모습으로, 겁에 질린 짐승의 얼굴로, 낮은 곳으로. 사제가 차린 풍성한 상에 가장 낮은 자의 자세로 앉으신다.

"당신 좋아하는 병어회예요. 들어봐요. 지금 병어가 딱 맛있을 때잖아. 얼마나 싱싱한지 몰라. 은빛이 이렇게나 살아 있어. 어서요."

엄마가 접시를 밀며 말한다. 이제 엄마는 주인의 사랑을 차지하기 위해 안달난 몸종 같다.

얇게 썰어 생선 모양 그대로 보기 좋게 늘어놓은 병어회. 붉은 고추로 모양까지 낸 호박전. 노릇노릇 구운 갈치구이. 엄마가 차린 상은 풍성한데다 아름답기까지 하다. 아버지가 병어회를 한 뭉텅이 집어 입에 넣는다. 엄마는 두 손으로 갈치살을 발라 밥에 올려주고 그릇의 위치를 바꿔가며 새로운 음식들을 권한다. 아버지는 병어회 한 접시를 다 비우고 오복했던 밥그릇도 다 비운다. 걸신들린 사람처럼 오로지 먹는 데만 열중한다. 상을 사이에 두고 쭈그려 앉은 나는 안중에도 없다.

쩝쩝거리고 후루룩거리는 저 왕성한 식욕. 곁눈질도 없이 부지런히 들락거리며 배를 채우는 저 염치없는 젓가락질. 아버지를 보지 않기 위해 최대한 고개를 숙이고 상 모서리만 쳐다보지만, 아무리 눈에 초점을 지우고 보지 않으려고 애를 써보지만, 쩝쩝거리는 소리는 안 들으려야 안 들을 수가 없다. 그 소리만으로도 소름이 돋고 속이 쓰리다.

"미용실 문도 다시 열 거예요. 너무 오래 쉬었어. 그편이 당신한테도 좋을 거 같애. 북적거리는 미용실에 당신이 있을 거라고 누가 생각하겠어, 그죠? 그래야 나도 맘이 편하지. 이렇게 가까이 당신이 있는데 뭐가 걱정이야. 내가 딱 버티고 서서 다 막아낼 거야. 그래도 혹시 모르니까 다락 안쪽으로 자물쇠를 하나 달아야겠어요. 아, 벽지를 새로 하는 게 어떨까? 다락문도 같은 벽지를 발라놓으면 감쪽같을 거야. 새 벽지가 눈에 띨까……"

엄마의 계획은 끊임이 없다. 벽지를 새로 바르고, 다락방에 필요한 물건들을 꼽아보고, 위험상황을 대비한 신호들을 생각해내고. 엄마는 전쟁을 앞두고 전략과 전술을 세우는 장수 같다. 사제에서 몸종으로, 몸종에서 전략가로, 엄마는 변신에 변신을 거듭하며 아버지를 맞는다. 어쩐지 이 전쟁이 오래 지속될 것 같은 느낌이다.

"그리고 선이 너!"

그리고 나. 엄마가 나를 지목한다. 여태 없는 사람 취급하더니 갑자기 왜.

"이제부터 넌 집에 오지 말고 이 방에서 지내. 내가 여기 계속 있으면 의심받을 테니까. 밤에는 네가 아버지를 지켜야 해. 필요한 것도 가져다드리고, 먹을 것도 챙겨드리고. 아버지 불편하지 않게! 알았지?"

"그게 말이 된다고 생각해?"

엄마는 무슨 말인지 도무지 알아들을 수 없다는 표정으로 내게 묻는다. 뭐가?

"저기 다락에 아빠가, 여기 방에 내가! 엄마는 정말 안 이상해?"

"뭐가 이상해? 여기만큼 안전한 데가 있어? 있으면 말해봐?"

*

엄마는 다시 초원미용실의 문을 열었다. 구석구석 묵은 먼지를 털어내고 바닥 물청소를 하고 유리창도 윤이 나게 닦았지만 손님은 거의 들지 않았다. 가게를 오래 열지 않은데다 단골손님들 사이에 이미 아버지에 대한 소문이 퍼진 탓이었다. 미용실을 찾는 사람이라고는 싼값에 강력파마를 하려는 할머니들이나 불고데를 하기 위해 먼 데서 찾아오는 손님들뿐이다. 그래도 엄마는 예전처럼 라디오를 틀어놓고 미용실 의자에 앉아 책을 읽거나 커피를 마시며 오지 않는 손님을 기다린다. 가끔 엄마에게 닥친 불행을 엿보기 위해 무리지어 오는 여편네들도 있었다. 엄마는 나라도 벌어야죠,

라고 앓는 소리를 하며 선수를 쳤다. 엄마는 손님이 없어도 미용실 문이 열려 있는 동안에는 다락 근처에 눈길조차 주지 않았다. 엄마는 남편 없이 혼자 살아가는 여자의 역할을 완벽히 수행해내고 있었다.

그리고 나는 다락방을 지키는 파수꾼이 되었다. 다락방의 파수꾼은 적으로부터 아버지를 보호하고 매일 아침 배달되는 우유와 신문을 아버지에게 전달하는 일을 한다. 내가 신문과 우유를 문앞에 놓고 집을 나오면 아버지가 그것들을 가지고 올라간다. 다락방의 아버지는 내게 모습을 보여주지 않는다. 나 또한 직접 대면하고 싶은 생각은 없다. 그래서 나는 신문만 얼른 가져다놓고 새벽같이 나가 자정이 되어서야 집으로 돌아오곤 했다. 다락방에서 멀어지기 위해 기를 쓰고 학교에 갔다. 학교에 가면 민이 있고 우리들이 있으니까. 집으로 돌아와서도 불꺼진 미용실에 오래 머물다가 방으로 들어간다. 방으로 들어가면 불을 환히 켜두고 이불을 뒤집어쓴 채 잠을 잔다. 다락방에 남겨둔 내 물건들을 아버지가 열어볼까봐 걱정이 되었지만, 다락방에 올라가 그것들을 꺼내올 엄두는 나지 않았다.

첫번째 임무가 떨어졌다. 아버지의 퇴직연금을 찾아오라.

21년 8개월 동안 경찰 일을 하면서 모아놓은 연금은 3,528만 8,340원이었다. 근무지 무단이탈로 해임을 당했으므로 그중에서 50퍼센트만 받을 수 있었다. 일년에 백만원이 채 안되는 돈. 그것이 그가 이십년 넘게 경찰 일을 하고 받을 수 있는 돈이었다.

동사무소에서 그와의 호적관계를 증명하는 호적증명서를 떼고, 그의 후배 경찰들이 준비해놓은 서류들을 가지고 공무원연금관리공단으로 갔다. 서류를 검토하고 무언가 부지런히 적던 사무원은 결국 돈을 지급할 수 없다고 서류를 되밀었다. 본인이 직접 오지 않는 한 연금을 타갈 수 없다는 것이었다. 그의 도장이 찍힌 위임장은 소용이 없었다.

아버지가 위독하셔서 여기까지 올 수 없다는 엄마의 준비된 거짓말도 앵무새처럼 따라했다. 하지만 원칙은 어길 수 없다는 앵무새의 말만 되돌아올 뿐이었다. 첫번째 임무에 실패하고 돌아갈 수는 없었다. 그랬다간 아버지의 응징이 기다릴 것만 같았다. 그래서 나는 목소리를 높여 위독한 사람을 끌고 와야 돈을 주겠느냐고, 그러다가 그가 죽기라도 하면 어쩔 거냐고 소리를 질렀다. 소리를 지르다보니 정말 아버지가 곧 죽어버리기라도 할 것처럼 코끝이 시큰거렸다. 나는 눈물을 뚝뚝 흘리며 제발 돈을 달라고 어린애처럼 울었다. 공단 사무실에 있는 사람들이 측은한 눈빛으로 나를 쳐다보는 게 느껴졌다. 쯧쯧 혀를 차며 내 머리를 쓰다듬어주는 할머니도 있었다. 난감한 표정을 지으며 엉덩이를 들썩이던 담당 공무원은 그래도 어쩔 수 없다는 말만 남기고 슬그머니 자리를 떴다.

나는 결국 첫번째 임무에 실패했다. 내 손에 남겨진 것은 그와의 관계가 명백히 기재된 호적증명서와 그의 권리를 대리하는 위임장이었다. 그것들을 손에 들고 관리공단 건물을 내려오다가 문득 내가 여전히 눈물을 흘리고 있다는 사실을 깨달았다.

거짓 눈물. 그것은 무엇이었을까. 첫번째 임무를 완수하지 못하는 데 대한 두려움의 눈물이었을까? 아니면 다락방에 유령처럼 숨어 살아야만 하는 아버지에 대한 측은함이었을까? 아니면 정말 죽어버릴지도 모를 아버지에 대한 사전 애도였을까? 아니면 아버지에 대한 내 숨은 살의를 감추기 위해 흘린 위장 눈물이었을까.

다리에 힘이 풀리면서 계단에 주저앉았다. 그리고 손에 든 것을 가만히 들여다보았다. 호주 안, 안의 처 애자, 안의 자 선. 나는 어쩔 수 없이 아버지의 자식이었다. 안의 딸 선. 그것은 부인할 수도 바꿀 수도 없는 사실이었다. 눈물 한 방울이 그의 이름 위에 툭 떨어졌다.

갈 곳이 없다. 발걸음이 미용실로 떨어지지가 않는다. 그나마 내 것이었던 다락방까지 아버지에게 빼앗겨버리고, 어디 맘 편히 쉴 곳이 없다. 놀이터에 앉아 진이를 기다린다. 아파트단지 내에 있는 이 놀이터가 예전엔 꽤나 커 보였는데, 시소는 망가지고 미끄럼틀에는 흙과 쓰레기만 가득하다. 한여름 밤에 진이와 아이스크림을 하나씩 나눠들고 오래도록 앉아 있곤 했는데. 너무 빨리 녹아버리는 아이스크림이 아쉬워서 혀끝으로 살짝살짝 핥아먹곤 했는데.

진이가 온다. 그네에서 엉덩이를 떼고 얼른 진이에게 달려간다.

"무슨, 일이야?"

진이의 목소리가 냉랭하다.

"보고 싶어서. 본 지도 오래되고, 연락도 안되고 그래서…… 요즘에 많이 바빠?"

"그냥."

"뭐 먹으러 안 갈래? 나 오늘 하루종일 암것도 못 먹었거든."

"늦었어, 들어가봐야 해."

"진아, 혹시 내가 뭐 잘못한 거 있어? 왜 그래, 요즘."

"왜 나한테 말 안했어?"

"뭘?"

"나…… 네가 무서워. 어떻게 그렇게 말짱한 얼굴로 다닐 수가 있어?"

"진아."

"내가 너였다면, 죽어버렸을 거야, 부끄러워서."

"알고 있었어?"

"어떻게 몰라. 세상 사람이 다 아는데."

"내가 그런 게…… 아니잖아. 진아, 나 정말…… 힘들어…… 친구잖아. 너 내 친구잖아."

"그래, 내가 네 친구라는 것도, 부끄러워. 그러니까 이렇게 찾아오는 일은 없었으면 좋겠어."

진이가 등을 돌린다. 얼른 진이의 팔을 붙잡는다. 진이가 소스라치게 놀라며 팔을 뺀다. 그 경직된 몸놀림이 섬뜩할 정도로 무섭다.

"부탁이 있어. 그거…… 비밀로 해주면 안될까?"

"세상 사람들이 다 아는 걸 누구한테 비밀로 해."

"그냥 친구들한테는 말하지 말아줘, 응? 부탁이야. 난 비밀을 지켰어. 아무한테도 말 안했어. 너도 알잖아."

"……지금 협박하는 거야? 어릴 적 실수 하나 가지고?"

"그게 아니라……"

"소름끼쳐, 너란 애, 처음부터 그랬어."

진이가 이를 악물고 말한다. 그러고는 서둘러 아파트 안으로 몸을 감춘다. 처음부터…… 도대체 언제부터?

*

민이 오고 있다. 흰색 반팔 티셔츠를 바지 안으로 집어넣은 단정한 옷차림이다. 나를 발견한 민이 팔을 들어 알은척을 한다. 드러난 맨팔이 야윈 듯 단단해 보인다. 팔을 들어올릴 때 슬쩍 보이던 겨드랑이 털. 뭔가 은밀한 걸 봐버린 듯 황급히 시선을 돌린다. 민이 주머니에서 영화표를 꺼내 보이며 활짝 웃는다.

"한 시간이나 줄 서서 구했어. 가자. 오늘은 좀 많이 걸어야 할 텐데, 신발 편한 거 신고 왔지?"

바람이 불긴 하지만 햇살이 약간 따갑게 느껴지는 날씨다. 겨드랑이에서 땀이 배어나온다. 얼마 걷지도 않았는데 얼굴이 발갛게 달아오른다.

극장들이 몰려 있는 거리가 가까워오자 영화를 보고 몰려나온 인파로 거리가 복잡해진다. 사람들이 자꾸만 내 어깨를 밀치고 지나간다. 어느 순간 민의 맨팔이 내 팔뚝을 스친다. 서로의 솜털이 서로의 피부를 아주 조금 건드리고 지나간다. 그 쌈박한 스침. 내 팔에 와닿은 맨살의 느낌은 서늘하고 보드랍다. 옅은 숨이 새어나온다. 민이 내 어깨에 손을 얹는다. 사람들이 앞길을 가로막을 때마다 민은 손에 힘을 주어 내 어깨를 자신의 몸 쪽으로 끌어당긴다.

민과 함께 탑골공원으로 들어간다. 민이 어깨에 둘렀던 팔을 풀고 내 손을 잡아끈다.

"민가협 어머니들이야. 일요일마다 여기서 집회를 해. 가서 좀 거들자."

민은 매번 이런 식이다. 둘만의 약속이라 생각하고 나간 자리에 다른 사람들이 함께 나와 있거나, 민이 오라는 곳에 가보면 무슨 모임이거나 집회 자리다. 민이 이끈 자리에는 구호와 플래카드가 넘쳐난다. 나는 알아들을 수도 없고 이해하고 싶지도 않은 구호들 한가운데 민이 서 있다. 그곳이 어디든 민과 함께 있기만 하면 다 좋다. 달뜬 듯 찡그린 듯 상기된 민의 표정을 보는 것도 좋다. 민이 시키는 대로 그림을 그리는 것도 좋고, 내 그림에 어김없이 보태지는 민의 칭찬을 듣는 것도 좋다. 민의 손을 잡고 걷는 것은 더 좋다. 나를 알아주고 쓰다듬어주고 위안해주는 유일한 사람. 내 얼어붙은 심장을 녹여주고 살아 뛰게 만드는 민의 아름다운 손.

공원 저편에서 확성기 소리가 들린다. 피켓들이 보인다. 피켓을 중심으로 사람들이 몰려섰고, 그 주변으로 팔짱을 낀 노인네들이 띄엄띄엄 서서 구경을 하고 있다. 내가 조금 뒤처지자 먼저 달려갔던 민이 돌아와 내 손을 잡아끈다.

"괜찮지? 영화 시작하려면 두 시간이나 남았으니까 여기 좀 있다가 밥 먹고 가면 돼."

괜찮지. 괜찮고말고. 네가 이렇게 손을 잡아주는데. 네가 이렇게 옆에 꼭 붙어 있는데 안 괜찮을 게 뭐가 있겠어. 우리는 손을 꼭 잡고 무리의 중심으로 들어간다. 피켓을 든 사람들은 대부분 거동이 불편해 보이는 노인네들이다. 민이 나를 앞에 세우고 양어깨에 두 팔을 얹는다. 고개를 돌려 민의 얼굴을 쳐다본다. 슬그머니 민에게 몸을 기대며 다시 고개를 돌린다. 그리고 나는 피켓 속에 커다랗게 인쇄된 내 아버지를 보았다.

아버지 얼굴 위에 붉은 글씨로 새겨진 현상수배. 고문기술자 안 현상수배. 고문을 사주하고 고문범죄자 도피시킨 경찰은 각성하라. 확성기에서 울려퍼지는 구호소리가 선명하다. 발이 땅에 박힌 듯 움직여지질 않는다. 온몸이 돌처럼 굳어 옴짝달싹할 수가 없다.

"우리 그냥 가자."

나는 주먹을 쥐고 가까스로 말한다. 민은 나를 보지도 않은 채 고개를 기웃거리며 자꾸만 앞으로 나가려고 한다. 어깨가 떨리고 귀울음이 들린다. 시위대가 이동을 하기 시작했다. 누군가 나와 민에게 전단지를 나눠준다. 버릴 수도 받아들 수도 없다. 되는대로 가방에 쑤셔넣는다.

"민아 가자, 제발."

"왜 그래 갑자기. 가서 좀 보자."

사람들이 매스게임을 하는 것처럼 피켓을 앞세우고 줄을 지어 이동하기 시작한다. 처형 의식을 마친 군중이 잘라낸 머리통을 나눠들고 행진을 하는 것 같다. 피가 뚝뚝 떨어지는 아버지의 머리통들이 내 옆을 스쳐지나간다.

"그냥 가자고, 제발. 어지러워서 그래. 민아 제발."

엉덩이를 뒤로 빼며 소리를 지른다.

"울 것까지는 없잖아. 그래, 가자."

민이 나를 일으켜세워 골목으로 들어간다. 생선 비린내가 진동하는 좁고 더러운 골목이다. 민의 손을 잡고 생선구이 가게들을 지나간다. 걸음을 멈추고 민을 세운다. 다급하게 묻는다.

"내 편 해줄래?"

"응?"

"내 편. 내가 잘못해도 말없이 편들어주는 사람."

"잘못했는데 어떻게 편을 들어줘. 일단은 내용을 들어봐야……"

"그냥 무조건, 무조건 믿어주는 사람. 무조건 옹호해주는 사람. 무조건 내 말이 옳다고 등 두드려주는 사람. 편이라는 게 그런 거 아냐? 내 편이 필요해. 진짜 내 편."

민의 미간에 세로로 두 줄 주름이 잡힌다.

"그래, 네 편 할게. 무조건 네 편이야. 그럼 너도 무조건 내 편인 거지?"

민이 미간의 주름을 펴며 말한다. 그리고 웃는다. 거짓말 같은 환한 웃음이다. 당혹스러운 상황을 모면하기 위해 그냥 지어 보이는 웃음이 아니다. 편을 얻은 자의 당당한 웃음이다,라고 나는 믿어버린다.

"고마워."

"고맙긴 뭐가 고마워. 나도 내 편이 생긴 건데. 아니야?"

"맞아. 나도 무조건 네 편이야. 그런데 민…… 나…… 말할 게 있어. 말해야겠어. 지금 말하지 않으면 미칠 것 같아. 말할래."

"말도 하기 전에 숨넘어가겠다. 뭔데 그렇게 급해. 말해봐."

"그 사람 우리 아버지야."

말해버리고 말았다. 사랑을 고백하기도 전에, 내 비밀을 말해버렸다. 후회하기에는 너무 늦어버렸다. 누군가 일러바치기 전에 고백을 해버리는 게 낫겠다고 생각했는지도 모른다.

"응?"

"우리 아버지라구!"

"어, 그래? 어디?"

"네가 밟고 있는 거. 전단지."

민이 아래를 내려다본다. 민의 발부리가 아버지의 목을 밟고 있다. 민이 발을 살짝 들었다 놓는다. 그리고 나를 본다. 민의 입매가 잠깐 굳었다가 풀린다.

"에이, 왜 그래 선아. 전단지라니. 지금 장난치는 거야?"

민의 목소리는 밝고 경쾌하다. 민은 내 말을 이해하지 못했다. 과장되게 웃으며 내 옆구리를 친다. 민의 웃음소리가 머릿속에서 왕왕 소리를 내며 울린다. 전단지에 흐릿하게 인쇄된 아버지의 얼굴은 실체가 아니다. 그것은 잔혹한 괴물의 그림을 완성하기 위한 하나의 조각이다. 붉은 글씨와 분노의 구호가 합쳐져 완성되는 괴물의 형상. 내가 민이었더라도 그것을 아버지라는 실체와 연결할 수는 없었을 것이다.

"내 아버지 맞아."

"선아!"

"고문기술자 안. 그 사람이 내 아버지야."

"말도 안되는 소리 그만해! 그 새끼가 누군지나 알고 하는 소리야? 고문기술자라고. 고문! 기술자! 선아, 장난이 좀 심하잖아."

"내 아버지, 맞아."

"너 고문이 뭔지나 알아? 인간이 아니라 짐승이 되는 게 고문이야. 고문 때문에 이 땅의 청년이 죽었어. 컴컴한 방에서 물을 먹고 죽었다구. 지금 저 사람들이 어떤 사람들인 줄 알아? 고문 조작으로 간첩이 된 사람들이야. 조기나 잡으면서 평범하게 살던 어부들을 간첩으로 만드는 게 고문이야. 술 먹고 말 한번 잘못했다가 끌려가서 간첩이 되는 게 고문이야."

"나도 차라리 간첩 자식이었으면 좋겠어. 그럼 동정이라도 받지. 아버지를 선택할 수 있는 것도 아니잖아. 내 편 돼준다고 했잖아. 무조건 내 편이라고 했잖아!"

고백을 한 순간부터 잘못이란 걸 알았다. 그만두어야 한다는 것도 알았다. 하지만 한번 내리막길을 뛰기 시작한 내 혀는 걷잡을 수 없는 속력으로 나락을 향해 달려내려갔다. 첫술을 뜨면서부터 왕성해지는 식욕처럼, 사랑에 빠진 순간 깊어지는 사랑의 감정처럼, 쾌락을 느끼는 순간 더 강한 쾌락을 원하는 몸처럼, 내 몸과 마음은 그렇게 스스로 기세를 더했다. 잘못 튀어나온 말이라고 말하고 싶었다. 하지만 이미 되돌릴 수 없는 일이었다.

"여기서 편 얘기가 왜 나와. 여기서 어떻게 네, 편을, 어떻게 네 편을 들어? 뭐? 차라리 간첩 자식이었음 좋겠다구? 그걸 지금 말이라고 해? 정신나갔어?"

민이 갑자기 내 멱살을 움켜쥐고 흔든다. 옷이 올라가며 맨살이 드러난다. 나는 민의 거친 손에 매달려 버둥거리면서도 말려올라간 옷자락을 끌어내리려고 애를 쓴다.

"너 프락치야? 그래? 무슨 꿍꿍이가 있는 거지, 그렇지? 그래서 일부러 우리한테 접근한 거지?"

"프락,치?"

"네가 저 새끼 딸이라면…… 저 새끼 지금 어딨어! 사람들 말대로 해외로 튄 거야? 딸이라면 알 거 아냐!"

"몰라. 난 아무것도 몰라. 내가 그런 게 아니야. 내가 한 짓이 아니라구……"

"이 얘길 왜 나한테 하는 거야! 왜! 나더러 어쩌라구!"

"……사랑하니까."

"사랑?"

"……아무것도 숨기고 싶지 않았어. 사랑하는 사람한테는 숨기는 게 없어야…… 하잖아."

민은 거친 숨소리를 내며 나를 노려본다. 멱살을 쥔 손에 힘이 풀린다. 나는 무너지지 않으려고 안간힘을 쓰며 버틴다. 민이 짐승처럼 울부짖으며 벽을 친다. 가까스로 민의 흰 셔츠를 잡는다. 민은 매몰차게 뿌리친다. 민의 눈에 핏발이 선다.


사냥꾼의 북소리가 들린다. 빛줄기가 화살처럼 내리꽂히는 초원이 펼쳐진다. 꽃이 만발한 아름다운 초원이다. 그 한가운데 화살을 맞고 죽어가는 가련한 짐승이 보인다. 아름다운 뿔이 달린 목이 긴 짐승. 화살이 관통한 심장에서 붉은 피가 울컥울컥 솟아오른다. 화살은 쉭쉭 소리를 내며 끊임없이 날아온다. 검고 투명한 눈알을 뚫고 목의 근육을 찢는다. 온몸에 화살을 꽂고 죽어가는 그 가런한 짐승은 한떨기 붉은 꽃과 같다. 나는 꽃을 줍듯 그 짐승을 품에 안는다. 슬픈 짐승이 내 품안에서 숨을 거둔다. 내 품에 안긴 순결하고 아름다운 짐승. 파리들의 윙윙거리는 날갯짓 소리가 들린다. 파리들이 벌어진 검은 입속을 들락거린다. 선명했던 눈알이 사라지고 어두운 구멍에서 벌레들이 꾸물대며 기어나오기 시작한다. 배가 부풀어오르더니 뱃가죽이 뭉개지며 더러운 창자를 쏟아낸다. 아름다웠던 육신은 썩어들어가고 단단한 뼈는 하얗게 재가 된다. 바람이 불어와 그 재마저 날려보낸다. 내 품에 안긴 아름다운 짐승은 그렇게 죽음을 완성한다. 나는 바람을 안아 가련한 짐승의 죽음을 애도한다.

너를 영원히 기억할게. 아름다운 뿔과 보드라운 털을 잊지 않을게. 초원을 달리던 시절까지 모두 기억해줄게. 매일매일 네 죽음을 애도하며 살아갈게. 아름답고 순결한 내 사랑. 달콤한 첫사랑의 입맞춤을 보낼게.

자꾸 웃음이 나온다. 사랑을 시작하던 어느 봄날처럼 발끝이 살짝 들리며 몸이 붕 떠오른다. 나는 간지럼타는 소녀애처럼 키득거리며 길을 걷는다. 천국의 계단을 오르듯 빛을 향해 한발 한발 다가간다. 한발짝 걸음을 내디딜 때마다 등뒤에서 죽음의 비명이 들린다. 한 생명이 사라지고 한 세계의 문이 닫힌다. 나는 그 모든 죽음을 애도하며 걷는다. 모든 세계의 문이 닫히는 순간 단 하나의 빛이 내 앞에 나타난다. 초원미용실. 아무 죽음도 없는 나만의 초원. 내가 풀을 뜯고 물을 마시고 햇살을 즐길 나만의 낙원.

방으로 들어가 문을 닫는다. 모든 빛이 차단된 어두운 방 안. 벽에 등을 기대고 앉는다. 내 등을 감싸안는 이 적요. 조용한 시간이 가만히 흘러간다. 벽에 얼굴을 대고 귀를 기울인다. 둥둥 둥둥. 심장박동 소리가 들린다. 어쩌면 이 방 어딘가에 살고 있는 정령의 심장소리인지도 모른다. 아름다운 초원의 정령들, 숲의 정령들. 나는 그 모든 정령들의 심장을 향해 이야기를 들려준다. 내 품안에서 죽어간 아름다운 짐승의 이야기. 내 사랑의 처음이자 끝인 한 짐승의 이야기. 단 하나의 순결한 로맨스. 정령들이 내 목소리에 가만히 귀를 기울이는, 침묵조차 침묵하며 내 목소리를 경청하는, 고즈넉한 밤이다.

*

비밀을 나눠갖는 것이 관계를 공고히하는 것이라고 나는 믿었다. 가까운 사람들만이 비밀을 공유할 수 있으며, 비밀의 공유 여부가 관계의 척도라고 믿었다. 하지만 비밀이 때때로 폭력이 된다는 것도 잘 알았다. 비밀을 공유하자는 것은 무거운 짐을 나눠지자는 것이었다. 짐을 나눠들자고 덤벼드는 비밀은 너무나 일방적이어서 원하지 않아도 짐을 질 수밖에 없었다.

진이가 내 귀에 대고 비밀을 처음 들려주었던 때를 기억한다. 비밀인데 말이야, 이따가 애들 몇이 지하상가에 갈 건데 너도 갈래? 비밀을 들려준 것만으로도 기쁜 일이었는데, 그 비밀의 한가운데에 나를 초대한 것이었다. 내 귀를 간질이던 목소리는 은밀하면서도 짜릿했다. 나는 어쩐지 특혜를 받은 느낌이었다. 비밀을 공유한다는 것은 그런 것이었다. 선택과 혜택을 주고받으며 한무리가 되는 것. 나는 내게 던져진 비밀이 밖으로 새나가지 않도록 입을 꼭 다물었다. 비밀을 나눠갖는 것이 무거운 짐을 나눠지는 것이기도 하다는 것은 나중에야 안 일이었다.

비밀을 공유한 사람은 모두 다섯 명이었다. 비밀은 진이의 분홍색 비닐지갑에 든 십만원짜리 수표였다. 진이가 돈을 보여주며 다 쓸 때까지 집에 돌아가지 않겠다고 했다. 그러고는 우리 모두에게 선물 한 가지씩 고를 기회를 주었다. 의심 따위는 끼어들 틈이 없었다. 누구는 곰인형을 골랐고, 누구는 연필깎이를 골랐다. 내 손에는 스티커 쎄트가 들려 있었다. 선물이래봤자 기껏해야 이삼천원을 넘지 않는 것들이어서 십만원을 다 쓰기에는 역부족이었다. 주어진 돈을 다 써버리기 위해 분식점에서 배가 터지도록 먹고 쓸데없이 돌아다니는 데 지칠 무렵, 선물에 대한 기대도 사라지고 이제 그만 집에 돌아가고 싶어질 무렵, 잠시 보류해두었던 의심이 머리를 치켜들었다. 차라리 카쎄트라디오 같은 걸 사지그래? 누군가 말했다. 그 돈이면 두 대도 더 살 수 있을걸? 누군가 그 말을 거들었다. 물건은 안돼. 진이가 대답하자마자 아이들은 일제히 왜?라고 물었다. 그냥 안돼. 진이는 눈을 내리깔며 말끝을 흐렸다. 그 순간 우리는 우리가 공유한 비밀에서 냄새가 난다는 걸 알았다. 어쩐지 썩은내를 풍기는 범죄의 냄새. 그런데 그 돈은 어디서 난 거야? 진이는 대답하지 않았다. 긴장된 시간이 지나갔다. 진이는 외국에서 돌아온 삼촌이 준 것이라고 했다. 진이의 대답이 우리의 의심을 확실히해주었다. 비밀 속에 숨은 비밀이 드러났다. 하지만 어느 누구도 그걸 지적할 수가 없었다. 각자의 손에는 조각조각난 범죄의 증거물이 하나씩 들려 있었으니까. 우리는 그렇게 깨끗하지 않은 비밀과 한통속이 되었다. 내가 직접 훔치거나 주워서 돌려주지 않은 것이 아닐지라도, 그 돈에서 자유로울 수는 없었다. 그것은 토막살인에 가담한 것과 같았다. 살인은 진이가 했지만 그 시체를 토막내 나눠가진 건 우리 모두였다. 우리의 손에는 같은 피가 묻어 있었다. 우리는 한통속이었고 공범이었다. 우리를 하나로 묶어준 것은 비밀이었다.

비밀을 감추기 위해서는 새로운 비밀이 필요한 법이었다. 진이는 우리 모두에게 만원짜리 지폐 한 장씩을 손에 쥐여주며 비밀이라는 말을 잊지 않았다. 지하상가에서 나왔을 때는 날이 어두워져 있었다. 우리는 제 몫을 챙긴 범죄자들처럼 서로에게 등을 돌리고 미련없이 각자 갈 길을 갔다. 나는 집에 들어가기 전에 진이에게 받은 선물과 돈을 담벼락 틈에 숨겼다. 그것은 내가 비밀을 공유했다는 자랑스러운 증거물이자, 그 댓가로 나눠지게 된 더러운 장물이기도 했다.

며칠 뒤 지폐의 출처가 진이 엄마의 지갑이라는 사실이 밝혀졌다. 누군가의 엄마가 곰인형이나 연필깎이를 의심했고, 누군가가 진이의 이름을 댔고, 그 사실이 선생에게로 진이의 엄마에게로 전달되었고, 우리는 차례차례 선생님에게 불려가 추궁을 당했다. 나는 입을 꾹 다물고 돈이나 스티커에 대해서는 한마디도 하지 않았다. 비밀을 발설하거나 거짓말을 하거나, 둘 중 어느 것도 선택할 수가 없었다. 혼내지 않겠다는 회유와 집에 연락하겠다는 협박에도 나는 굴하지 않았다. 하지만 내 노력은 쓸모가 없었다. 무슨 이유에서인지 내 등뒤에는 배반자라는 낙인이 찍혔다. 내가 비밀을 지켰다는 사실은 중요하지 않았다. 그리고 진이는 무리를 이끌던 자에서 무리를 위험에 빠뜨린 패배자의 낙인이 찍혔다. 배반자와 패배자는 그렇게 한덩어리가 되었다.

그것은 비밀의 세계에 겁없이 발을 들인 자에 대한 경고였다. 나는 시간이 날 때마다 담벼락 틈 속에 든 지폐와 스티커를 들여다보곤 했다. 그것은 더이상 자랑스러운 증거물이나 보증수표가 아니었다. 비밀은 함부로 발설해서도 안되고 들어서도 안된다. 그러므로 누군가 귀를 잡아당겨 너에게만 알려줄게,로 시작되는 말을 한다면 그 즉시 자리를 떠야 한다. 고백하지 마. 내게 죄를 나눠지자고 말하지 마. 그렇게 말해야만 한다. 비밀을 함께하자는 뱀의 술책을 단호히 거절해야 한다.

그후로 지금까지 진이와 나 사이에는 어떤 비밀도 없었다. 가만 생각해보니, 진이의 생각을 훔쳐쓴 걸 말하지 않은 것이 떠올랐다. 진이가 알아낸 비밀은 다락방에 숨은 내 아버지의 정체가 아니라 내가 말하지 않은 도둑질이었는지도 모른다. 진이가 비밀을 알아내기 전에 내가 먼저 털어놓았다면 달랐을까?

그런데 나는 민에게 무슨 비밀을 고백하려고 했던 걸까. 내 가슴에 싹튼 사랑의 비밀인가, 내 등에 짊어진 다락방의 비밀인가. 나는 무슨 짐을 민에게 나눠지자 할 참이었나. 민에게 내 등에 진 죄를 나눠갖자고 해서는 안되었다.

7

▷

우유배달 자전거가 지나간다. 노파 하나가 성경책을 옆에 끼고 느릿느릿 골목을 빠져나간다. 노파는 시간을 어기는 법이 없다. 하루도 빼놓지 않고 같은 시간에 골목을 지나간다. 국민학생용 흰색 실내화를 신고 무릎까지 오는 검정 치마에 옥색 블라우스 차림도 변함이 없다. 조금 있으면 신문이 배달될 테고 그러고 나면 바닥에 붙은 창으로 해가 들어차기 시작할 것이다. 해가 드는 시간이 조금씩 당겨지고 있다.

창을 닫고 몸을 일으킨다. 발치에 놓아둔 플라스틱 통을 끌어온다. 한 뼘 정도 빈 공간이 남아 있다. 오줌보의 묵직한 느낌을 생각하면 아무래도 공간이 모자랄 듯싶다. 통을 기울이면 그만큼 공간이 줄어들 테니 앉아서 대강 해결해보려는 생각도 접는 게 낫겠다.

자리에서 일어난다. 통 입구에 고추를 끼워넣는다. 천장에 닿지 않기 위해 허리를 숙인 채 한 손으로는 오줌통을 들고 한 손으로는 고추를 잡고 오줌을 싸려니 자세가 엉거주춤하다. 오줌발도 조절이 잘 안된다. 자칫 잘못하면 오줌이 넘칠 수도 있겠다. 아랫배에 힘을 주고 오줌을 갈긴다. 오줌통은 순식간에 차오르고 미처 끊을 틈도 없이 오줌이 넘쳐흐른다. 젠장할. 이불까지 다 적시고 말았다. 이왕 가져다줄 것이면 좀 넉넉한 걸 가져다줄 것이지. 손에서 찝찌레한 냄새가 난다. 뚜껑을 닫고 오줌통을 계단참에 내려놓는다.

이불을 한쪽으로 치우고 맨바닥에 눕는다. 이곳에서 취할 수 있는 자세라고는 앉거나 눕는 것뿐이다. 눕는 것도 다리를 상자 위에 걸치거나 옆으로 몸을 만 자세만 가능하다. 젖은 이불까지 한쪽으로 밀쳐놓으니 공간이 더 비좁아진 듯하다.

창으로 해가 들기 시작한다. 조금 있으면 다락은 습기를 품은 열기로 가득 찰 것이다. 생각만으로도 목이 탄다. 머리맡에 놓인 주전자를 가져온다. 주전자의 물은 초저녁에 비었다. 배에서 꼬르륵 소리가 난다. 꼼짝없이 누워만 있는데도 금세 배가 고프고 목이 마르고 오줌이 마렵다.

발꿈치로 바닥을 두 번 친다. 선아, 이제 일어날 때도 되었다, 쿵쿵. 아래에서는 아무 기척이 느껴지지 않는다. 다시 한번 바닥을 친다. 어서 일어나서 준비하고 학교 가야지, 쿵쿵.

딸애가 움직이는 소리가 들린다. 방문이 열리고 슬리퍼를 질질 끄는 소리, 미장원 쇠종 소리, 다시 슬리퍼 끄는 소리와 방문 열리는 소리. 문이 열린다. 딱 한 뼘만큼만 열린다. 딸애는 잘 잤느냐는 인사도 없이 기계적으로 우유와 신문을 내려놓고 오줌통을 가져간다. 거친 손놀림이 뭔가 잔뜩 심통난 어린애 같다. 말참견을 하려다가 그만둔다.

입구에 방어벽으로 쌓아놓은 상자들을 옮기고 계단으로 다리를 늘어뜨리고 앉는다. 발끝으로 문짝을 살짝 건드려 조금 더 연다. 우유를 집어와 한모금 마신다. 차가운 우유가 창자 끝까지 시원하게 내려간다. 마지막 남은 우유를 입안 가득 담아 오래 우물거리다가 삼킨다.

온수기 점화 버튼 소리와 함께 쏴아 퍼지는 물줄기 소리. 머리를 감는지 물소리가 길게 이어진다. 달그락거리며 화장품 뚜껑을 열었다 닫는 소리, 슬리퍼를 질질 끌며 걷는 발소리, 드라이기 소리, 서랍 여닫는 소리.

딸애가 방으로 들어온다. 고개를 숙이고 머리칼을 내려 얼굴을 가린 자세로 고집스럽게 내 쪽을 외면한다. 빈 우유곽을 바닥에 떨어뜨려본다. 본 척도 안한다. 딸애는 내게 모습을 들키지 않기 위해 좁은 방 안에서 행동반경을 최대한 조절하고 있는 듯하다. 딸애의 발이 우유곽을 사뿐히 넘어간다. 젖은 이불을 발로 밀어 계단 밑으로 떨어뜨린다.

"이불 좀, 빨아다오."

딸애가 가방과 옷가지들을 주섬주섬 챙겨 품에 안은 다음, 이불을 발로 차 방 바깥으로 밀어낸다. 부스럭거리는 소리, 구두를 신고 나서 옷을 터는 소리. 조금씩 멀어지는 구두소리. 대략 열 걸음. 문을 나서기 전 잠깐 새어나오는 한숨소리. 잠시 후 가게문이 열렸다 닫히는 종소리가 들린다. 선아, 문 잠그는 거 잊으면 안된다.

조용하다. 너무나 조용하다.

슬금슬금 계단을 기어 방으로 내려간다. 다시 계단을 올라 상자들을 쌓아본다. 발끝을 세워 다락 위를 살펴본다. 다락까지 기어올라와 상자들을 다 들어내기 전까지는 저곳에 사람이 있다고 누가 생각하겠는가. 비상용으로 이불까지 뒤집어쓰고 있으면 어지간한 수색에도 끄떡없을 것이다. 등잔 밑이 어두운 것처럼 등잔불 위가 가장 뜨거운 법. 누가 감히 손을 갖다대겠는가. 다락문을 닫는다. 무늬를 맞춰 바른 벽지 덕분에 눈여겨보지 않으면 문과 벽이 구별되지 않는다. 완벽하다. 완벽한 위장술. 완벽한 은신처.

방 한가운데 앉아 신문을 펼친다. 역시 신문은 쫙 펼치고 앉아서 봐야 제맛이다. 미장원 문을 열기 전까지의 아침 시간이 가장 근심 없이 여유로운 때다. 구인광고 먼저. 특이한 것은 없다. 조직의 메씨지가 끊긴 지 제법 되었다. FM 음악쌀롱의 진행자가 손지혜에서 김지숙으로 바뀌었군. 감미로운 목소리였는데. D대학 사태 학생들에게 무기징역과 12년 중형. 길거리로 뛰쳐나와 게릴라 폭력단이나 할 수 있는 범행을 일삼고 국가 공권력에 조직적으로 대항할 때 이미 학생이라고 할 수 없으므로 중형을 구형한다. 재판부의 현명한 판단. 빨갱이의 사주가 아니라면 학생들끼리 이런 짓을 할 리가 없지. 부인 사랑합니다, 흔해빠진 말이지만 이밖에는 다른 표현이 없군요, 불혹의 나이에 알게 된 사랑의 열병. 제목이라고는, 아낌없이 뭘 주겠다는 건지. 영화 포스터 문구며 사진이며 추잡해서 봐줄 수가 없다. 올 누드로 정사 장면에 혼신의 힘을 쏟아 연기에 임한 김지희. 흠. 김지희의 누드라면 중년 남자들 시선을 붙잡기는 하겠군. 연재소설이나 문화재 탐방은 넘어가고. 특감현장 특집. 또 내 얘기다. 수입식품 발암물질 대책을 세우라는 특감에 왜 내 이름은 자꾸 올리느냔 말이다. 보기도 싫다. 신문을 구겨 한쪽으로 밀쳐놓는다.

가게문 열리는 소리가 들린다. 아내가 올 시간이라는 걸 알면서도 순간적으로 긴장하며 벽에 몸을 붙인다. 익숙한 아내의 구두 소리. 뒤따라오는 발걸음 소리는 없다. 문이 열리고 아내가 고개를 빼꼼히 내민다.

"일어났어요? 얘는 벌써 나간 거야?"

아내가 방 안으로 들어오며 혀를 찬다. 아내는 들어오자마자 상을 펴고 가져온 음식들을 꺼내놓는다. 처음에는 된장찌개도 끓여 뚝배기째 들고 오더니 요즘엔 거의 쌀밥과 마른반찬만 도시락에 담아온다.

"국물은 없나?"

젓가락을 들며 퉁명스럽게 묻는다.

"보자기에 뭘 잔뜩 싸오는 게 좀 그래서. 요즘에 집 주변을 감시하는 사람들이 부쩍 많아졌어요. 기자들도 더러 오고. 오늘은 그냥 드세요. 미장원 문 닫는 월요일에 한상 차려드릴게. 이건 이따 점심에 자시고……"

아내가 양은도시락을 두 개 내민다. 아내는 좀 과장되게 주의를 하는 편이다. 군자금을 전달하는 광복군의 아내라도 된 것처럼 엄숙하고 비장한 표정으로 도시락을 내민다. 이러다간 도시락이 아니라 주먹밥을 싸오는 건 아닌지 모르겠다. 내가 밥을 먹는 동안 아내는 물주전자를 채우고 필요한 물건들을 가져다놓으면서도 틈틈이 창밖을 살피며 주의를 기울인다.

"백에게서 연락 없었나?"

"아, 내일 공판이라네요. 결과 알려준다고 했어요. 잘될 거라고 걱정 말래요. 그리고…… 연금은 공단으로 반환되었대요. 방법이 없다고. 연금도 못 타고 어떻게 해? 미용실만으로는 아무래도……"

"박을 찾아가. 나 여기 있단 내색은 말고."

아내는 고개를 외로 꺾고 밥상 모서리만 만지작거리고 있다. 할 말이 있거나 불만이 있을 때 하는 행동이다. 나는 밥그릇을 마저 비우고 물로 입가심을 한다. 한동안 그 자세로 앉았던 아내가 가방에서 뭔가를 주섬주섬 꺼낸다.

"파자마 사왔어. 속옷이랑. 전철 타고 멀리까지 가서 사왔잖아요. 상가 주변 사람들이야 사정 뻔히 아니까. 남편도 없으면서 남자 속옷 산다고 이상해하잖겠어요? 자, 갈아입어요."

아내가 옷을 건네며 배시시 웃는다. 남편도 없으면서,라는 아내의 말이 신경을 거스른다. 조심을 기하는 아내의 태도는 이해하지만 사지 멀쩡한 남편을 버젓이 앞에 두고 과부 흉내라니. 마음에 자꾸 가시가 돋는다. 자리에 앉은 채로 땀냄새 나는 셔츠와 러닝을 벗고 새 옷으로 갈아입는다. 부들부들한 새 옷 느낌이 좋다. 아내가 새 팬티에서 라벨을 떼고 내민다. 고개를 끄덕이며 마저 갈아입으라고 재촉한다. 자리에서 일어나 바지를 벗는다. 발에서 팬티를 빼려는데 아내가 나지막이 나를 부른다.

"여보, 이런 말 하긴 뭐하지만, 난 당신이 여기 있으니까 좋네요."

아내가 간절한 눈으로 나와 눈을 맞춘다. 팬티는 손에서 놓지 않은 채다. 다시 눈을 내리깔고 손에 든 팬티만 조몰락거린다. 사타구니에 서늘한 바람이 분다. 아내가 손을 뻗어 내 발등을 가만히 쥔다. 발등에 얹힌 아내의 손이 뜨겁다.

"미장원 열 때 안됐나?"

슬그머니 발을 빼고 허리를 숙여 팬티를 잡는다. 아내는 뭔가를 내놓지 않으면 주지 않겠다고 투정부리는 어린애처럼 손을 휙 거두어들이고는 팬티를 꼭 쥔다. 모른 척 팬티를 잡아챈다. 팬티에 발을 꿰어넣고 파자마까지 입는다. 아내가 입술을 깨무는 것이 보인다. 나는 아무것도 알아차리지 못한 사람처럼 도시락을 챙겨들고 다락방 계단을 기어오른다.

다락문을 닫고, 잠금장치를 잠그고, 비상용 상자들을 입구에 늘어놓고, 창에 바싹 붙어앉아 아래의 기척을 듣는다. 방문이 닫히고 다락 아래 있는 세면대에서 달그락거리며 설거지하는 소리가 들릴 때까지 꼼짝도 않고 앉아 있는다.

파자마를 벗고 팬티를 내린다. 불알 두 짝이 비닐장판 위에 축 늘어진다. 오뉴월 더위 먹은 개 불알마냥 매가리가 없다. 올 누드로 혼신의 연기를 했다는 여배우의 목덜미를 떠올리며 살살 쓰다듬어본다. 자꾸만 껍질 안으로 숨어들려는 이 염치없는 자식은 아무리 어르고 달래도 반응을 보이지 않는다. 손을 멈추고 가랑이 사이를 내려다본다. 맥없이 늘어진 불알 두 쪽이 상한 해삼처럼 장판 위로 녹아내릴 것만 같다. 그리고 이것은…… 흰 털. 한두 개가 아니다. 시커멓던 거웃에 언제 새치가 돋아난 거지? 가랑이 사이에 머리를 처박고 거웃을 헤집어 흰 털을 뽑아낸다.

아내가 눈을 내리깔고 몸을 배배 꼬며 슬쩍 신호를 보내기만 해도 사타구니 안쪽이 뻣뻣해지던 때가 있었다. 속옷 꾸러미를 들고 찾아온 아내를 숙직실로 끌고 들어가 허겁지겁 지퍼를 내리던 손이었다. 한 달에 두어 번 집에 들를 때면 아내의 젖통 먼저 찾아물던 입이었다. 한밤의 라디오에서 흘러나오는 여자 진행자 목소리만으로도 물건을 벌떡 세우던 귀였다. 언제부터였을까. 내 무성한 숲에 흰 털이 생기기 시작한 것은. 내 귀와 입과 손이 아무 신호도 보내지 않게 된 것은.

일시적인 위축일 뿐이다. 괜한 자괴감에 빠져들 필요가 없다. 녀석에게 볕이나 쬐어주자. 발목에 걸쳐진 팬티를 발가락으로 밀어내고 뒤로 벌렁 눕는다. 햇살이 따습다. 팔을 뒤로 하고 두 다리를 벌린 채 누워 있으려니 꼭 기저귀 갈고 분가루를 기다리는 갓난쟁이 모양이다. 자세를 바꿔 옆으로 몸을 말고 눕는다. 그야말로 볼장 다 본 뒷방 노인네다. 윗도리를 마저 벗고 바닥에 납작하게 엎드린다. 이건 아주 아스팔트에 나자빠진 개구리 자세다. 뭘 해도 마음이 누그러지지가 않는다. 어쩐지 지루한 하루가 될 것 같다.


왁자지껄한 소리에 눈을 뜬다. 나이 든 여자들의 천박한 웃음소리. 시큼한 김치찌개 냄새가 잠기운을 말끔히 거두어간다. 입안에 신 침이 돈다. 도시락 두 개를 양 무릎에 얹어놓고 조용한 식사를 한다. 식사를 마친 후 아침에 가지고 올라온 신문을 본다. 글자 하나 빼놓지 않고 처음부터 끝까지 다 읽는다. 신문지를 접어 뭔가를 만들어보려 하지만 종이배 말고는 아는 게 없다. 종이배를 접다가 모자 접는 방법을 기억해낸다. 신문지 모자를 쓰고 창에 기대 잠이 든다.

계란장사 생선장사 채소장사의 반복되는 확성기 소리가 한낮의 몽롱한 잠을 흔든다. 누가 내 이름을 부르기라도 한 듯, 소스라치며 몸을 일으킨다. 모자는 어깨에 걸쳐 있다. 알싸한 파마약 냄새가 풍겨온다. 접은 모자를 다시 펴고 글자들을 읽는다. 광고문구까지 꼼꼼히 읽고 나서 다시 배를 접는다. 해가 진다. 이렇게 하루해가 간다.

깜빡 잠이 들었다고 생각했는데 그새 어둠이 내렸다. 시간이 가늠되지 않는다. 낯선 공간에 내던져진 듯 몇번이고 주위를 둘러본다. 어김없이 다락방. 해질녘에 잠이 들면 꼭 이렇다. 초저녁인지 새벽인지, 날이 지는지 날이 밝는지, 꿈속인지 꿈의 바깥인지, 시간과 공간이 어리둥절하다.

미용실에서는 아무 소리도 들리지 않는다. 라디오 소리조차 없다. 바닥으로 새어들어오는 빛이 없는 걸 보면 미용실 문이 닫힌 모양이다. 아내가 문을 닫고 나가는 것도 모를 정도로 깊은 잠을 잔 걸까. 나는 아직 꿈속에 있는 건 아닐까. 먹다 던져둔 도시락에서 쉰내가 난다.


맑고 경쾌한 종소리. 미용실 문에 달아놓은 종소리가 울린다. 귀

를 기울여 기척을 가늠한다. 문이 닫히고 질질 끄는 발걸음 소리
가 들린다. 선인가? 비틀거리기라도 하는지 무언가에 부딪히고 무
언가를 넘어뜨리는 소리가 이어진다. 술이라도 마신 걸까? 대학생
이 되었으니 그럴 수도 있겠지. 질질 끄는 발걸음이 다락 아래까지
왔다. 방문이 열렸다 닫힌다. 그리고 침묵. 불을 켜지도 않는다. 바
닥에 볼을 붙이고 소리를 듣는다. 냉장고 돌아가는 소리가 들린다.
기계음 같은 것이 들릴 뿐 딸애의 움직임은 느껴지지 않는다. 침묵
이 이어진다. 무언가 심상치 않은 기운이 느껴진다. 이윽고 웅얼거
리는 딸애의 목소리가 들리기 시작한다. 등에 귀를 대고 말을 들을
때처럼 웅웅거려 알아들을 수가 없다. 무언가 억눌린 듯한 느낌이
다. 조심스럽게 계단을 밟고 서서 다락문에 귀를 댄다. 목소리가 낮
고 작아서 들리지 않기는 마찬가지다. 문득 아빠 하고 부르는 소리
를 들은 것도 같다.

*

딸애는 억지로 끌어다 앉힌 아이마냥 입이 댓 발이나 나와 있다.
고집스럽게 시선을 내리깔고 상 위에 덩그마니 놓인 김치보시기만
노려본다. 반바지에 티셔츠를 대충 걸쳐입은 차림이긴 하지만 제
법 숙녀 티가 난다. 얼굴은 아직 어린애 같은데. 딸애의 얼굴을 처
음 본 양 꼼꼼히 뜯어본다.

나를 닮아 귓불이 두툼하다. 숱이 많은 눈썹도 꼭 나를 닮았다.
도톰한 입술은 영락없이 제 엄마다. 그런데 귀를 뚫었구나. 워낙 겁

이 많은 아이라 쉽지 않았을 텐데. 그래 대학생이 되었지, 대학생이야. 보지 않으려고 해도 티셔츠 위로 살짝 튀어나온 젖꼭지가 눈에 들어온다. 새초롬한 표정이 사내녀석들 애간장 좀 태우겠다. 너무 순진해서 아무 남자나 덥석덥석 사귀면 안되는데. 남자는 남자가 알아보는 법인데. 귀가 시간이 점점 늦어지는 것도 같고. 울음소리가 얼핏 들려왔던 것도 같고. 아무것도 해줄 수 없으니 애가 단다.

"자, 왔어요오."

아내가 솥을 들고 들어온다. 아내는 살짝 달뜬 상태다. 콧노래라도 부를 태세다. 상 한가운데 솥을 내려놓고 뚜껑을 연다. 후끈한 김과 함께 구수한 기름 냄새가 난다. 아내는 한약재를 잔뜩 넣어 닭을 삶아왔다. 물기 묻은 손으로 다리를 뜯어내 대접에 담아 내 앞에 놓는다.

"토종닭을 직접 잡아주는 데가 있더라구. 예전엔 시장에서 다 그렇게 팔았는데, 그죠? 당신 좋아하는 내장이랑도 빠짐없이 챙겨왔어요."

아내가 손으로 살을 발라 들이민다. 일단 아내가 하는 대로 받아들면서도 딸애 눈치가 보인다. 딸애는 내내 같은 자세를 유지하고 있다. 눈을 내리깔고 고개를 숙인 채 규칙적인 숨만 내쉰다.

"너도 좀 먹어라."

다리 관절을 툭 끊어내 반으로 잘라 딸애 그릇에 넣어준다. 좋다 싫다 말 한마디가 없다. 나란 존재는 아주 무시하자는 태도다. 딸애는 내키지 않는 듯 젓가락으로 살을 헤집고만 있다.

"어서 들어요."

"찬밥 없나? 닭국물에는 찬밥이 최곤데."

"그럴 줄 알고 가져왔죠. 일단 고기부터 드시고. 왜 회사 근처에 당신 잘 가는 닭내장탕집 있잖아. 난 그거 참 못 먹겠던데, 뭐 좀 맛있는 거 사주려나 했더니 기껏 닭내장탕이 뭐야."

식욕은 먹고 있을 때 가장 왕성해지는 법이다. 일단 기름진 살이 목구멍을 넘어가자 허기진 뱃속이 더 많은 기름과 육질을 원한다. 두 손으로 고기를 뜯으면서 아내가 발라주는 살도 받아먹는다. 아내가 국그릇에 국물을 가득 채워준다.

"후배들이 돈을 모아서 보내왔어요. 월급에서 얼마씩 걷었다네. 제법 되던걸? 매달 그렇게 하기로 했대. 왜 있잖아요, 키 좀 작고 시커멓고, 이름이 뭐더라? 결혼식 때도 가봤으면서, 이렇게 기억이 안 나네……"

"백?"

"아 맞다, 백. 백이 주축이 돼서 그랬다는데요?"

"내가 개들한테 해준 게 얼만데. 당연한 거지. 박은 만나봤나?"

국에 찬밥을 말아 한술 가득 떠 입에 넣는다. 미지근하게 식은 국물에서 비린내가 진동한다. 이게 진짜 국물맛이다. 그릇째 들고 국을 들이마신다.

"네. 곧 좋은 일 있을 거라는 말만…… 시키는 대로 당신 여기 있다는 얘긴 안했어요. 그런데 좀 이상해요."

"뭐가?"

"뭔가 좀 불안정하고…… 다방에서 만났는데 자꾸만 두리번거리고. 암튼 눈빛이 뭐랄까…… 넋이 빠져버린 사람 같기도 하고, 쫓기는 사람처럼 안절부절못하고."

박이 그럴 리가 있나. 시선 하나 허투루 두는 일이 없는 사람인데. 아내가 뭔가 잘못 안 거지. 불안한 마음이 불길한 풍경을 만들어내는 법이지. 미장원에서만 지내다보니 사람 파악에는 뒤떨어질 수밖에. 딸애가 갑자기 젓가락을 탁 소리나게 내려놓는다.

"지겨워."

낮지만 분명한 목소리. 딸애는 두 손을 축 늘어뜨린 채 밥상머리만 내려다보고 있다. 아내는 부지런히 움직이던 손을 멈추고 딸애와 나를 번갈아 본다.

"얘가…… 지금 뭐래?"

"나 학교 그만둘 거야."

"그게 무슨 소리야?"

"말 그대로. 학교 안 다닌다구."

딸애는 여전히 눈을 내리깔고 입만 달싹여 말한다. 무심히 내뱉는 말투. 닭 조각 하나를 손에 들고 입으로 가져간다. 쩝쩝 소리를 내며 살을 쑤셔넣는다. 손가락으로 살을 발라내 소금에 찍어 맛있게도 먹는다.

"어떻게 간 대학인데 그만둬? 말이 돼?"

아내가 한 손으로 계집애의 어깨를 움켜쥐고 흔든다. 제 엄마에게 어깨를 붙들린 채 몸이 흔들리는데도 묵묵히 고기를 먹는다. 국을 떠서 꾸역꾸역 넣으며 제 입을 막아버린다.

"너 지금 뭐 하자는 거야. 안 그러던 애가 왜 이래? 왜, 우리가 너 하나 대학 못 보낼까봐? 도대체……"

허공에다 국자를 흔들어대며 흥분하는 아내의 팔을 잡아내린다.

"저도 무슨 이유가 있어서 그러겠지. 하기 싫은 거 억지로 할 필요 없어. 요즘 대학이 어디 가만히 앉아 공부하는 곳이어야 말이지. 학생들이 공부는 안하고들. 그래서, 무슨 계획이라도 있는 거냐? 잠깐 쉬었다가 다시 학교 들어가도 되고."

"아빠가 물으시잖아."

"........."

"남들은 못 가서 안달인 대학을 왜 그만둬? 너 지금……"

아내가 상을 살짝 밀치며 계집애에게 바싹 붙어앉는 순간, 소리가 들렸다. 종소리. 미용실 문에 달린 쇠종. 누군가의 침입을 알리는 경고의 종소리. 문 안 잠갔어? 입 모양만으로 아내에게 묻는다. 뭔가 짐작이 가는 것이 있기라도 한 듯 아내의 눈이 커진다.

계십니까? 남자 목소리. 남애자씨 계십니까? 두 명의 남자. 계세요? 엉덩이질로 벽까지 기어가며 아내를 향해 고갯짓을 한다. 네, 나가요. 아내의 목소리가 갈라진다. 손을 뻗어 다락문 위치를 가늠한다. 두 손으로 문짝 아래쪽을 잡고 최대한 소리나지 않게 문을 연다. 엉덩이를 쳐들고 다락 계단에 손을 짚는 순간, 아내가 속삭이듯 외친다.

"여보, 국그릇!"

국그릇. 엉거주춤하게 서서 밥상을 내려다본다. 밥상에 놓인 세 개의 국그릇. 나는 없는 사람. 없는 사람의 숟가락. 손을 뻗어 국그릇과 수저를 챙겨든다. 국그릇을 손에 든 채 계단을 짚는다. 계단을 오르는 몸이 천근이다. 젓가락 한 짝이 튕겨 바닥으로 떨어진다. 그것까지 집을 시간은 없다. 신속하게 소리나지 않게! 국그릇이 뒤집어지며 기름진 닭국물이 얼굴에 튄다. 흡, 숨을 들이마시며 계단을 오른다. 불은 밥알이 콧구멍 깊숙이 들어온다. 소리내면 안된다. 밥알을 꿀꺽 삼킨다. 들어왔다. 이제 문만 닫으면 된다.

다락에 올라 아래를 내려다본다. 활짝 열린 다락문을 닫을 수가 없다. 아내는 이미 방을 빠져나간 상태다. 누구세요? 아내의 목소리가 들린다. 닭뼈로 어지러운 상. 커다란 찜솥과 두 개의 국그릇, 두 벌의 수저. 그리고 내가 앉았던 위치에 둥그렇게 남은 국물 자국. 없는 사람이 흘린 국물 자국. 저만치 떨어져 있는 젓가락 한 짝. 그리고 딸애. 미동도 없이 그 자세로 가만히 앉아 있는 딸애. 두 팔을 내리고 밥상 모서리만 보고 있는 딸애. 중력이 다른 공간에 홀로 떨어져 있는 것만 같다.

문 좀 닫아라, 선아!

딸애가 천천히 고개를 든다. 무표정하게 내 쪽을 쳐다보는 딸애. 잠에서 막 깨어난 아이처럼 눈을 끔벅인다. 선아, 괜찮아. 무서워하지 말고 일어나. 이리 와서 문을 닫아. 문만 닫으면 돼. 아무 일도 안 일어나. 겁나서 그러는 거 알아. 겁내지 마 아빠 안 잡혀가. 자어서, 서둘러야 해. 괜찮아 선아. 아빠야. 아빠라구. 제발 일어나서 문을 닫아.

허공을 향해 손을 휘휘 젓는다. 다락문은 저만치 멀다. 딸애가 밥상을 몸 앞쪽으로 살짝 민다. 마지막으로 연락 온 게 언제…… 끊어졌다 이어지는 남자 목소리. 딸애가 휘청거리며 일어난다. 서두르지도 않고 불안해하지도 않고, 다락 쪽으로 천천히 걸음을 뗀다.

그래, 착하지. 이제 문만 조용히 닫으면 끝나.

문을 잡고 선 딸애의 얼굴. 아무 표정이 없다. 넋이 빠져나간 사람처럼 문을 붙들고 선 채 꼼짝도 않는다. 텅 빈 눈. 아무것도 담지 않고 아무것도 비치지 않는 눈동자. 어떤 감정도 실려 있지 않고 어떤 이야기도 들려주지 않는 침묵의 눈. 침묵조차도 숨겨버리는 절대적인 암묵의 구멍.

안쪽에 방이 있나봅니다? 또다른 목소리. 시간 없어, 선아! 그렇게 고민할 시간 없다. 지금 네가 할 일은 문을 닫는 거야.

딸애가 천천히 눈을 감았다가 와락, 치켜뜬다. 저 표정은 뭐지? 중대한 결정을 내리기 직전의 결의에 찬 눈빛. 모아졌다 펴지는 미간의 주름. 입술을 살짝 깨물었다 놓으면서 드러나는 희디흰 이.

좀 봐도 되겠습니까? 딸애 방이에욧! 찢어질 듯 울려퍼지는 아내의 목소리. 경찰이라고 남의 집에 이렇게 마음대로 드나들어도 되는 거예요? 수색영장 가지고 와요! 아내 목소리가 점점 가까워온다. 시간이 없다.

창문을 돌아본다. 창을 들어낸다 해도 내 몸이 빠져나가기에는 터무니없이 좁다. 아니면 정면돌파. 몸싸움이 일어날 수도 있겠다. 두 명 정도는 충분히 따돌릴 수 있다. 하지만 어찌어찌해서 미용실 바깥으로 나간다 해도 그다음이 막막하다. 문밖에 몇명이 더 있을지 알 수 없는 일. 지금으로선 몸을 숨기는 게 최선이다. 상자 뒤편으로 몸을 납작 엎드린다. 비상용으로 준비해둔 빈 상자 하나를 손대중으로 끌어다 입구 쪽에 올린다.

지금은 아니다. 지금 잡혀서는 안된다. 아내와 딸애가 보는 앞에서 험한 꼴을 보여서는 안된다. 숨을 들이마신다. 눈을 감는다. 침이 꼴딱 넘어간다. 침 넘어가는 소리가 천둥소리처럼 머리통에 울려퍼진다. 다락문이 닫힌다. 바람이 몰아친다. 창문이 흔들린다. 다락 바닥으로 인기척이 느껴진다. 방문이 열린다. 온몸이 뻣뻣하게 굳는다. 오른쪽 엄지발가락이 치켜올라가며 쥐가 오른다. 종아리 근육이 단단해지면서 허벅지가 뒤틀린다. 코끝까지 찡하니 전기가 오른다. 숨이 막힌다.

식사하고 계셨네. 두 분이서 백숙 한 마리를 다 드신 겁니까? 거들먹거리는 목소리. 비린내가 훅 끼쳐올라온다. 신물이 넘어온다. 토할 것 같다.

뭐 남편 없는 사람은 백숙도 못 먹어요? 우리가 죄인이에요? 무슨 죄를 지었다고 밥도 마음대로 못 먹어? 아무리 경찰이라도 다 큰 처녀 방에 이렇게 함부로 들이닥쳐도 되는 거예요? 그 사람 당신들이 좀 찾아줘요. 나도 어디 있는지 알고 싶으니까. 이제 됐어요? 봤으니까 됐죠? 뭐 저기 비키니 옷장이라도 열어 보여요? 처녀애 속옷이라도 구경할래요?

아내가 발악하듯 소리를 지른다. 상을 걷어차기라도 했는지 와르르 그릇 쏟아지는 소리가 들린다. 국그릇 하나가 길게 공명소리를 내며 돌다가 멈춘다. 그리고 이어지는 무거운 침묵. 소리가 들리지 않으니 아무것도 단정지을 수가 없다. 이윽고 무너지듯 터져나오는 흐느낌. 아내의 흐느낌은 거의 통곡에 가깝다. 주저앉아 누군가의 바짓가랑이를 부여잡고 악을 써대는 아내의 모습이 눈앞에 그려진다. 그리고 선이. 딸애는 지금 어느 위치에서 어떤 자세로 서 있을까? 지금껏 다락문을 붙들고 있을까? 나를 보던 딸애의 눈빛. 낯설고도 섬뜩하다.

오늘은 이만 돌아갑니다만, 연락이 되면 꼭 자수하라고 하십쇼. 버텨봐야 본인만 손햅니다. 혼자 다 뒤집어쓸 수가 있어요. 지금 시절이 어느 시절인데. 그리고 명심하세요, 범인 은닉죄라는 게……

알았으니까 꺼져요. 제발 좀 꺼져달라구요!

아내의 흐느낌은 그칠 기미가 보이지 않는다. 목청 가다듬는 소리. 문 열리는 소리. 멀어지는 구두소리. 쇠종소리가 들려야 한다. 종소리, 종소리, 종소리. 종소리가 났다. 쥐가 올랐던 오른쪽 다리가 풀리면서 등줄기가 찌릿해온다. 무릎걸음으로 기어가 문을 잠근다. 문고리를 부여잡은 채 숨을 내쉰다. 하체는 다락 바닥에, 상체는 계단 위로 뜬 상태다. 허벅지 안쪽에 쥐가 난 것 같다. 몸을 뒤로 뺀다. 갑자기 아랫도리가 뻣뻣해진다. 피가 한곳으로 몰린다. 도대체 이게 무슨……

극도의 긴장감이 내 물건을 세워올렸다. 그렇게 어르고 달래도 꿈적도 안하던 그것이 어느 순간 제멋대로 살아 움직인 것이다. 팬티를 내리자 기다렸다는 듯 놈이 머리를 내민다.

이것은 나와는 상관없이 저절로 살아 움직이는 생명체. 우쭐대며 거드름 피우며 쑥쑥 자라난다. 침을 질질 흘리며 사납게 날뛴다. 이것은 강력한 신호를 보내는 송신탑. 혈관과 신경조직으로 연결된 기관들에 지시를 하고 명령을 내린다. 피를 모아라 근육을 옥죄어라 숨을 들이마셔라. 이것은 포악한 군주. 으름장을 놓으며 공포를 조장한다. 내 몸의 모든 기관들은 놈에게 머리를 조아리고 충성을 맹세한다.

개의 울부짖음이 들린다. 나는 들판을 내달리는 도망자. 하나의 목적을 향해 움직이고 조작하고 연대하는 이 맹목의 질주는 무엇이냐. 으으으으. 어둡고 습한 구멍으로 머리를 쑤셔넣는 이 간사한 뱀아. 내 정신까지 가져가라. 으으으으. 사납게 울부짖는 개들아, 뱀의 머리를 물어라. 혀를 날름거리며 혼자 날뛰는 이 더러운 물건에 이를 박아넣어라. 정신을 몽롱하게 만드는 이 물건에 독을 뿜어내라. 뜨거운 피가 콸콸 쏟아져나올 때까지 물고 뜯고 짓찢어라. 으으으윽.

"여보, 괜찮아요 여보?"

아내의 목소리가 들려온다. 실컷 울고 난 후의 먹먹한 목소리. 문 두들기는 소리. 나는 몽유에서 막 돌아온 사람처럼 어리둥절하다. 전력질주를 하다가 문득 멈춰선 듯 머리로 피가 몰리고 다리가 후들거린다. 문이 덜컹거리고 창문이 흔들린다. 내 몸도 따라 흔들린다.

정신이 든다. 여기는 다락방이다. 몸도 제대로 펴지 못하는 비좁은 다락방. 발치에 엎어진 국그릇과 뜯다 남은 닭뼈가 보인다. 뭉쳐진 이불 위로는 국물에 불은 밥알들이 구더기처럼 꿈틀거리고 있다. 반쯤 채워진 오줌통과 먹다 남긴 빵조각이 함께 뒹구는 곳. 머리에 닿을 듯 내려앉은 낮은 천장에 상자들로 벽을 쌓은 비루한 은신처. 그리고 나는 다락방에 숨어 벌벌 떨고 앉은 비굴한 도망자.

내 물건을 세워올린 것은 내 의지가 아니었다. 이제 개들의 울부짖음이 내 육체를 지배하기 시작했다. 내 몸이 꼬리를 흔들고 응답하는 것은 나를 뒤쫓는 개들의 사나운 추적소리였다. 내 몸은 더이상 내 것이 아니다. 내 몸은 혹시, 개들이 오기를, 여태 기다려온 것은 아니었을까?

몸이 바르르 떨린다. 눈물이 핑 돌며 콧물이 흘러내린다. 손등으로 콧물을 훔친다. 두 손을 들여다본다. 두 손에 명백하게 남아 있는 증거물.

"여보! 문 열어봐요. 어디 다친 거 아니에요? 괜찮아요?"

문짝 하나를 사이에 두고 저기 내 아내와 딸애가 있다. 문득 딸애의 눈빛이 뇌리를 스친다. 딸애의 눈에 순간적으로 감아돌던 빛은 아버지를 향한 것이 분명 아니었다. 딸애는 버러지를 보고 있었다. 발정난 개를 보고 있었다. 그것은 경멸과 혐오, 절망과 증오, 복수와 처벌을 다짐하는 결의의 눈빛.

선이는 더이상 내 품안에 있지 않다. 내 물건이 내 것이 아니듯 그애도 내 지배에서 벗어났다. 선이의 목소리가 들린다.

"죄를 지었으면 벌을 받아야지, 안 그래? 나한테 그렇게 가르친 건 아빠잖아."

저애가 무섭다. 뼛속까지 무섭다.

몸을 웅크리고 눕는다. 한기가 올라온다. 그 계집이 필요하다. 내 귀에 훈기를 불어넣던 그 계집의 입김이 간절하다. 가냘픈 속삭임으로 내 목덜미를 간질이던 그 계집. 무엇보다 필요한 것은 그 계집의 채찍이다. 등을 후려치고 엉덩이를 휘감는 매서운 채찍질이다. 쿰쿰하고 들쩍지근한 냄새가 난다. 무언가가 썩고 있는 것이 분명하다.

8

"안 갈 거예요?"

정리를 끝낸 담당자가 쓰레기봉투를 손에 들고 출입문 앞에 서 있다. 아직 멀었다고 생각했는데 시간이 벌써 이렇게나 되었구나. 스크랩북을 덮고 서둘러 옷과 가방을 챙긴다. 담당자는 내가 나서자마자 문을 잠그고는 인사도 없이 계단을 뛰어내려간다. 나는 등 뒤에 대고 조심히 가세요,라고 무용한 인사를 보낸다.

시내 한복판에 있는 가장 큰 헤어숍. 실장이 일곱 명, 실장의 시다가 일곱 명, 시다의 시다가 일곱 명이나 되는 곳. 높이가 조절되는 샴푸의자를 다섯 개나 갖춘 샴푸실도 있고, 손관리실과 메이크업실도 따로 있는 곳. 초원미용실의 하루가 조용한 라디오 소리와 함께 시작된다면, 이곳은 스무 명 남짓한 여자들의 힘찬 구호소리로 하루가 시작된다. 손님들은 아침부터 저녁까지 쉴새없이 이어지고, 스피커에서는 최신 유행가요와 인기 팝송이 간판불이 꺼지는 순간까지 울려퍼진다. 손님이 뜸한 시간에는 잡지를 오려 스타일북을 만들거나 손님들에게 보낼 엽서를 쓴다.

오늘 담당자가 송실장네 시다인가? 아니면 권실장네? 한 달이 지났는데도 누가 누구네 시다인지 아직 구분을 잘 못한다. 사람들은 친절한 듯하면서도 지켜보는 눈빛은 지우지 않는다. 내가 시다의 시다 시절을 건너뛰고 곧바로 수석 디자이너의 시다로 발탁되었기 때문인지도 모른다. 특별한 대우를 받는다는 것이 특별한 눈총으로 이어질 수도 있다는 건 나중에야 알았다. 시다의 시다 시절을 오래 했으면 더 좋았을걸. 그 예쁜 단어가 두 개씩이나 있는 시절을 왜 건너뛰게 되었을까.

보조들은 대부분 시다라는 말을 싫어하지만 나는 그 말이 주는 어감이 참 좋다. 새초롬하면서도 발랄하고, 어설프면서도 조숙한 느낌. 새곰하면서 아릿아릿한 아오리 사과의 맛. 시다에 관한 노래도 배웠던 것 같은데. 계곡으로 간 엠티에서였나, 아니면 담배연기 자욱한 학생회실에서였나. 자꾸만 입안에서 맴도는 노래가사를 서둘러 지워버린다. 발소리가 나지 않도록 발끝으로 계단을 밟는다.

여자가 들고 있던 쓰레기봉투는 건물 입구에 함부로 놓여 있다. 봉투를 여미지도 않았다. 벌어진 봉투에서 헤어 마네킹 하나가 흉물스럽게 튀어나와 있다. 모르는 사람이 지나가다 보면 깜짝 놀라겠다. 거기 든 게 뭐냐고, 누구라도 물어봐줬으면.

쓰레기봉투에 왜 여자 머리통이 들어 있느냐구요? 놀라지 마세요. 헤어 마네킹들이에요. 빨강머리 파랑머리 긴머리 곱슬머리 다 있어요. 어제까지만 해도 헤어숍 창가에 장식용으로 놓여 있었는데, 유행이 지난데다 더러워져서 눈총을 받던 머리통들이죠. 밀려나고 밀려나서 여기까지 오게 되었답니다. 지금은 선인장 화분들이 그 자리를 차지하고 앉았죠. 때도 안 타고 유행도 안 타고 물도 안 타겠지만, 가시가 있는 선인장보다는 마네킹이 나을 텐데요. 잘 손질해놓으면 꽤 쓸모가 있거든요. 머리도 빗겨주고 얘기도 하고 화장도 시켜주고. 이거 하나 가져가실래요?

주위를 둘러본다. 술 취한 남자 몇이 어깨동무를 하고 지나갈 뿐 인적이 거의 없다. 상점들도 문을 닫았거나 닫는 중이다. 쓰레기봉투에 관심을 가질 사람은 물론 없다. 봉투를 벌려 머리카락이 가장 긴 머리통을 하나 꺼내든다. 마네킹을 옆구리에 끼고 길을 나선다.

엄마가 보면 또 눈살을 찌푸리겠다. 내가 헤어 마네킹을 손에 들고 나타났을 때 엄마 표정이 생각난다. 내 손에 든 것이 막 베어낸 산 사람의 머리통이라도 되는 것처럼 입을 떡 벌리고 섰었다. 육 개월간의 정규교육을 마치고 수료작품 발표회를 할 때도 엄마는 참석하지 않았다. 기대하지도 않았지만 엄마가 아끼는 미용가위를 물려준다거나 하는 일은 없었다. 엄마는 그 대신, 손재주가 좋은 여자들은 꼭 그만큼의 일을 하고 살게 된다는 할머니의 전언을 들려주었다. 미용실 의자에 앉아 롯드를 만지작거리는 내게 보내는 엄마의 시선에는 연적을 향한 의심과 시샘의 빛이 담겨 있었다.

바람이 차갑다. 계절이 바뀌는 것도 모르고 지나갔다. 그리고 나는 계절에 맞지 않는 옷을 입고 있다. 겨울옷은 모두 다락방에 있는데…… 생각만으로도 입안에 쓴 침이 돈다. 옷깃을 여미고 길을 걷는다. 주머니에 손을 넣어 가위 손잡이에 손가락을 끼워넣는다.

쯔바사 가위. 내 아름다운 수호천사.

내가 미용사가 되기로 결정한 것은 가위 때문이었다. 어두운 미용실에 홀로 앉아 있다가 문득 아름다운 가위 하나 갖고 싶다는 생각이 들었다. 엄마가 미용사라서 어쩔 수 없이 내린 결정이 아니었다. 어떤 눈치도 보지 않고 내린 자발적인 결정이었다. 미용학원에 등록한 날, 나는 가지고 있던 돈을 모두 털어 쯔바사 가위를 샀다. 미용학원 원장이 자랑스럽게 보여준 가위와 같은 상표였다. 이제 막 신문지나 오리던 내게는 지나치게 과분한 물건이었지만, 그런 과분한 물건 하나쯤 나한테 선물해주고 싶었다. 나는 진정 아름다운 가위 하나 품고 싶었다.

쯔바사 가위는 아름답다. 안쪽 날을 제외하고는 어느 곳 하나 날이 선 곳이 없다. 쭉 뻗었다가 막힘없이 이어지는 선의 굴곡은 감미롭기까지 하다. 날 끝조차 위협적이지 않은 부드러운 곡선. 날 바깥쪽에는 단순하지만 견고한 일본의 성 문양이 새겨져 있다.

가위가 아름다운 것은 위험을 내포하고 있기 때문이다. 위험하지만 위협적이지는 않다. 가위의 위험함은 신중함과 침착함을 요구한다. 그래서 평온하다. 가위를 쥐고 있는 동안에는 흔들림이 없어야 한다. 그래서 안식을 얻는다.

어두운 밤거리를 걸어도 주머니 속에 가위가 있다고 생각하면 두렵지가 않다. 억울한 생각이 들거나 마음이 사나워질 때면 주머니에 손을 넣어 가위 손잡이에 두 손가락을 끼워넣는다. 그러면 두 개의 쇠 손잡이가 내 속에서 사납게 날뛰던 마음의 사지를 가만히 붙들어주곤 한다.

옷가게가 밀집해 있는 상가 거리를 지나 지하상가로 들어간다. 훈훈한 공기에 시큼한 냄새가 섞여 있다. 셔터를 내린 상가 앞에 함부로 내던져진 상자와 쓰레기들이 발끝에 차인다. 그래도 나는 되도록 천천히 걷는다. 천천히 천천히. 모든 쓰레기들에게 말을 걸며 천천히 걷는다.


결국 초원미용실이다. 내게 초대장을 보낸 유일한 사람. 초대장을 들고 당당히 들어갈 수 있는 유일한 장소. 헤어숍에 아무리 늦게까지 머물러도, 골목골목 아무리 멀리 돌아도, 걸음을 세어가며 아무리 천천히 걸어도, 결국 나는 초원미용실로 돌아와 있다. 계절이 바뀌고 해가 바뀌어도 변함없이 살얼음인 초원미용실.

가게문에 열쇠를 꽂아넣으며 잠시 숨을 고른다.

무언가 끔찍한 일이 일어나 있기를. 도적떼가 한탕 쓸고 지나간 것처럼 쑥대밭이 되어 있기를. 천장에 목을 매고 늘어진 검은 그림자를 보게 되기를. 다락문은 활짝 열려 있고 거기서부터 붉은 피가 흘러나와 있기를. 검붉은 핏물 위에 고요히 누운 남자를 맞닥뜨리게 되기를. 알아볼 수 없을 정도로 훼손된 시체와 거기서 떨어져나온 육체의 일부분들을 보게 되기를. 아니면 이제 막 목덜미에 단도를 찔러넣는 살해의 순간을 목격하게 되기를.

문을 연다. 종소리가 울린다. 어둠속에 울려퍼지는 쇠종소리는 내가 또 어김없이 초원미용실로 돌아왔다는 사실을 확실히 인식시

킨다. 문을 잠그고 잠긴 문을 확인하고 한숨을 내쉬고. 쇠종소리의
마력.

불꺼진 초원미용실은 끔찍할 정도로 고요하기만 하다. 미용실
은 여느 때와 마찬가지로 단정하게 정리되어 있다. 함부로 던져놓
은 잡지책이나 미처 치우지 못한 머리카락도 없다. 모든 물품이 제
자리에 얌전히 정리되어 있다. 이 변함없음. 이 단정한 거짓말. 나
는 이동식 쎄트대를 발로 걷어차 저만치 밀어낸다. 쎄트대는 바퀴
를 조금 굴리다가 탁자에 부딪히며 멈춰선다. 미용실은 다시 정적
에 휩싸인다.

방으로 들어간다. 스위치를 올린다. 형광등 불빛이 부쩍 어두워
진 느낌이다. 방 역시 말끔하다. 파마약 냄새가 밴 외투를 벗어 옷
걸이에 건다. 방 한가운데에 종이쪽지가 놓인 것 말고는 나갈 때와
다르지 않다.

반으로 접은 종이쪽지. 종이를 펼친다. 전기장판과 아령. 며칠째
같은 요구. 씨리얼은 반드시 설탕 입힌 걸로 사오란다. 제품의 상
표까지 지정해주셨다. 아버지가 아니라 어린아이를 모시게 되었구
나. 가위와 풀은 뭐에다 쓰시려구요. 공작시간이라도 가지시려구
요? 주부생활 7, 8월호는 도대체…… 지난번에 9, 10월호를 올려다
드렸잖아요. 연재소설의 지난 줄거리라도 확인하고 싶으세요? 종
이를 구겨 멀리 던져버린다.

헤어 마네킹을 책상에 올려놓는다. 엉킨 머리칼을 빗으로 잘 빗
겨주고 나니 훨씬 낫다. 언밸런스 스타일로 해드릴까요, 아니면 층
만 살짝 내서 다듬어드릴까요? 지난번에 어떤 손님은…… 뭔가 허

전하다. 아침까지만 해도 책상 위에 있었던 마네킹. 더이상 모양을 낼 수 없을 정도로 짧아진 가발을 벗기고 맨머리인 채로 놔두었는데. 분명히 아침까지만 해도…… 고개를 휙 돌려 다락방을 쏘아본다. 도대체 거기서 무슨 짓을 하고 있는 거야.

자리에서 일어나 한걸음에 다락문까지 도착한다. 손톱을 세워 다락문을 잡아당긴다. 다락문은 안에서 잠겨 있다. 문을 두들긴다. 딸깍. 잠금장치 돌아가는 소리가 들린다. 문이 열린다. 행동을 멈추고 잠시 숨을 고른다.

"내 마네킹 줘요."

아무 기척이 없다.

"내 상자들 내려줘요."

여전히 묵묵부답. 규칙적인 숨소리가 들려온다. 아주 편안하고 고른 숨소리다. 입술을 깨물고 어둠 저편을 노려본다. 이윽고 목소리가 들린다.

"그거 먼저 가져오면."

"옷상자라도 줘요. 겨울옷은 거기 다 있단 말야!"

"그거 먼저 가져와. 그러면 줄게."

비겁해. 내 다락방을 차지한 것도 모자라서 내 물건들을 볼모로 거래를 종용하다니. 비열하고 추접해.

"네가 원하는 게 이런 거냐?"

어둠속에서 무언가 푸덕거리며 계단을 굴러 바닥에 엎어진다. 날개 꺾인 새처럼 뜯겨 널브러진 책. 『사로잡힌 천사』. 중학교 때 처음으로 용돈을 모아 서점에 가서 직접 고른 책. 학생시절 나와 함께했던 하이틴 로맨스들. 사랑의 감정을 알아가는 과정에서 만나는 수많은 방해요소들과 기어이 맞게 되는 화해와 합일의 찬란한 순간. 사랑의 완성을 향해 달려가는 고통스럽고 아슬아슬한 곡예. 그 아름다운 로맨스들. 내 상자들을 다 열어봤어. 내 물건들을 함부로 만지고 내 보물들에 흠집을 냈어.

"내가 너, 이따위 허접한 거나 보라고 공부시켰는 줄 알아?"

또 한 권의 책이 튀어나온다. 두껍고 딱딱한 책등이 발등을 찍는다. 『한글맞춤법 표준어해설』. 펜글씨 교본과 함께 아빠가 선물해준 책. 반듯한 글씨체와 정확한 문법이 중요해. 아빠 것과 내 것 네 권을 꺼내 보이며 그렇게 말했었는데. 아빠와 나는 대결을 하듯 펜글씨 교본의 빈칸을 정성스럽게 메웠었는데.

다락방의 아버지가 던진 두 권의 책. 천사와 맞춤법. 뜯기고 부러진 채 다락방에서 추락한 내 천사. 그리고 규칙과 반듯함으로 꽁꽁 무장한 당신의 맞춤법.

"전기장판 먼저 사와라. 추워죽겠다."

더이상 타협의 여지가 없다는 결연한 목소리.

차라리 거기서 얼어죽어버려요. 목구멍까지 올라온 말을 되삼킨다. 그리고 조용히 문을 닫는다. 내가 할 수 있는 일이라곤 문을 닫아 목소리를 차단하는 것뿐이다. 다락방의 아버지 아래 있는 나는 너무나 무력한 인간이다.


다락방의 아버지는 아버지만의 원칙을 세웠다. 하나에 하나씩. 내가 원하는 것이 아니라 아버지가 원하는 것. 간절한 기도 끝에 오는 응답이 아니라 임무를 수행하면 내리는 은혜. 다락방의 아버지는 포악한 신이 되고 싶은 모양이다. 모든 신이 그러하듯, 다락방의 아버지도 구원을 빌미로 희생과 금욕과 헌신을 요구한다. 머리를 조아리고 계명을 받아라, 입 다물고 명령을 받들어라, 아버지의 충직한 심부름꾼이 되어라, 그러면 은혜를 베푸리니.

나는 종이쪽지에 적힌 아버지의 요구사항을 그대로 따른다. 전기장판을 올려보내자 겨울 외투가 내려온다. 가위와 풀을 올려보내자 스웨터가 내려온다. 장갑과 목도리도 내려온다. 설탕을 입힌 씨리얼과 신선한 우유의 댓가다. 아버지가 지정한 상표의 씨리얼 상자에는 올림픽 마스코트 호랑이가 알통을 자랑하며 웃고 있다. 『사로잡힌 천사』의 나머지 책장은 한참 후에 온다. 뒤늦게 돌아온 책장과 표지를 본드와 테이프로 붙여보았지만 누더기가 되었다. 다락방의 아버지에게 사로잡혔던 내 천사는 그렇게 상처받은 모습으로 돌아왔다.

다락방의 아버지가 필요한 것이 없으면 내가 받을 것도 없다. 나는 어느새 아버지에게 무언가 필요한 것이 생기기를 간절히 바라는 사람이 되어 있었다. 명령이 내려지기 전에 먼저 제물을 바치면 이곳에서 벗어날 수 있을까. 다락방에 볼모로 잡힌 내 물건들을 모두 되찾을 날은 언제쯤일까. 무얼 바쳐야만 그날이 올까. 그날이 올 때까지 나는 다락방의 아버지에게 필요한 존재로 살아야 할 것이다. 세상과 통하는 아버지의 유일한 자식으로. 옹졸하고 비열한 아버지의 충직한 심부름꾼으로.

눈발이 날린다. 나는 미용실 문앞에 쭈그리고 앉아 우유와 신문을 들여다본다. 매일 아침 어김없이 배달되는 우유와 신문. 다락방의 아버지께 바칠 일용할 양식. 우유곽 위에 눈송이가 하나둘 내려앉는다.

따끈한 이불 속으로 파고들고만 싶은 겨울 아침, 누군가 지나간 흔적도 없는 뽀얀 숫눈의 길 한귀퉁이에서, 눈송이처럼 작은 물음들이 하나씩 솟아오른다. 쿵쿵 소리에 저절로 움직이는 내 몸에 대해. 문앞에 배달된 일용할 양식을 옮겨야 하는 내 임무에 대해. 내 손을 거쳐갈 뿐인 우유의 맛과 신문의 내용에 대해. 오토바이 한 대가 시끄러운 엔진소리를 내며 지나간다.

우유를 집어든다. 우유곽을 연다. 우유를 마신다. 차가운 우유가 빈속에 싸느라니 내려간다. 다 마신 우유곽을 다시 접는다. 바닥에 내려놓는다. 발을 높이 쳐든다. 어릴 적부터 이걸 한번 해보고 싶었다. 남자녀석들이 여자애들 놀래줄 때처럼. 힘껏 내리밟는다. 펑 소리가 날 거라고 기대했는데 피식 김 빠지는 소리가 난다.

*

또 왔구나, 저 남자. 뜸하더니 또 왔어. 아버지를 찾겠다고 혈안이 되어 있는 저 남자. 한참 안 보이기에 포기한 줄 알았지. 언제부턴가 초원미용실 앞 하나의 풍경이 되어버린 저 남자. 레코드점 앞에 정물처럼 서 있는 저 남자. 말없이 와서 말없이 서 있다가 돌아가는 저 남자.

나는 이제 당신을 봐도 겁을 먹거나 불안에 떨지 않는다. 나는 당신을 레코드점 앞에 내놓은 스피커나 신발가게 좌판이라고 생각하기로 했다. 그런데 오랜만에도 왔다. 그러고 보니 때가 왔구나. 사람들이 잠시 잊고 있던 기억을 끄집어내겠구나. 그래, 그 죽일 놈이 있었지. 인간 백정의 대명사. 악랄함의 상징. 그놈은 대체 어디로 숨은 거야. 그 가족들은 뭐 하고 어떻게 사나. 별탈없이 살아서는 안되지. 기자들이 들끓겠구나. 현상금이 오르겠구나. 그래, 모두들 다락방의 아버지를 기억해야지. 잠적하신 그날을 기념해야지. 또 한번 전쟁 같은 날들을 보내겠구나.

남자를 뒤로하고 헤어숍으로 향한다. 초원미용실을 빠져나와 갈 수 있는 곳이 내게 있다. 나는 가장 큰 헤어숍의 가장 잘나가는 수석 디자이너의 가장 근사한 수석 시다다. 이름도 어여쁜 시다. 수석 디자이너는 대회 수상경력도 화려하고 커트 기술이 좋다고 소문이 나 있어서 예약을 하지 않으면 몇시간씩 기다려야 할 정도다.

새로 들여온 전기식 불고데 기계를 앞에 두고 모두 모였다. 연탄불이나 가스버너가 아니라 전기로 가위를 달구는 방식이다. 복고풍 머리의 유행으로 일단 구매는 했지만 다들 어쩌지 못하고 들여다만 보고 있다. 이십년 넘게 달구고 철컥이며 길이 잘 든 엄마의 불고데 가위와는 비교할 수 없이 투박하다.

이건 왜 이렇게 생겼어요? 송실장의 시다가 숏가위를 들고 묻는다. 나도 예전에 엄마한테 똑같은 질문을 한 적이 있다. 송실장은 난감한 표정을 감추지 못한다. 수석도 팔짱을 낀 채 불고데 기계를 말없이 바라보기만 한다.

"숏가위예요. 소두마끼할 때 쓰는."

괜히 말했다. 가만 입 다물고 있었어야 했는데.

"아니, 뒤집은 머리, 아니 뻗침머리라고……"

이건 더 이상하다.

"옛날 미용실을 하시거든요, 엄마가. 시골에서……"

실수를 하고, 실수를 만회하려던 것이 변명을 부르고, 변명이 거짓말로 이어진다. 사람들의 시선이 좋지 않다는 걸 피부로 느끼겠다. 침묵 뒤에 이어지는 오늘의 힘찬 구호소리. 하나둘 제자리를 찾아 움직인다. 불고데 기계는 스팀기 옆에 자리를 잡는다.

어울리지 않는 옷차림, 어울리지 않는 자리, 무의미하거나 뜬금없어서 비난받게 되는 어울리지 않는 농담, 결국 상대방에게 부담감만 주게 되는 쓸데없는 선의와 배려. 잘못된 판단으로 생기는 난처함. 언제쯤이면 그런 일을 겪지 않고 살 수 있을까.

전쟁이다. 토요일의 헤어숍은 그야말로 전쟁터를 방불케 한다. 파마 손님과 드라이 손님과 예약 손님의 배열을 잘해야 하고, 밀려드는 손님들로 눈코 뜰 새가 없다. 밥은 다용도실에서 대강 해결해야할 것이고, 하루종일 파마약과 염색약 냄새가 가시질 않을 것이다.

일주일 전에 왔던 남자가 다시 왔다. 지난번 스트레이트파마가 마음에 안 들어서 온 줄 알았더니 염색을 하겠다고 한다. 이주 전에는 커트를 했다. 거울로 무뚝뚝한 남자 얼굴이, 장난스러운 표정의 수석 얼굴이 보인다. 그리고 그 뒤에 가만히 선 내 얼굴도 보인다. 나는 언제나처럼 무표정하다. 입매를 올려 웃는 연습을 해보아도 잘 되질 않는다.

수석은 빗으로 머리칼을 물수제비뜨듯 살짝살짝 집어올린다. 은

박지에 대고 염색약을 바른다. 두 개째 은박 뭉치를 만들더니 내게 빗을 넘긴다. 수석이 몇가지 지시사항을 내리고서 새로 온 커트 손님을 의자에 앉힌다. 아무리 그래도 너무 빠른 배턴터치다.

눈을 내리깔고 묵묵히 붓질을 한다. 남자는 눈을 감고 있다. 졸고 있는 것도 같다. 자꾸 말을 시키는 사람이 아니라서 다행이다. 시다가 와서 손 마싸지를 해준다고 해도 마다한다. 나는 남자의 뒤통수와 소리없는 대화를 한다. 저번 파마는 마음에 드셨어요? 머리숱이 많아서 조금 숱아줘도 좋을 텐데. 뒷머리에 제비초리가 있으니 너무 짧게 깎지 마세요. 목덜미에 종기가 났네요. 빨갛게 부풀어오른 게 아프겠어요. 노랗게 익으면 손톱으로 짜줄 텐데. 아직은 터뜨릴 만큼 농익지가 않았네요.

염색약을 다 바르고 나서 커트 손님 마무리. 염색 손님이 머리를 감는 동안 다음 드라이 손님을 앉히고. 염색은 생각한 것만큼은 아니지만 괜찮게 나왔다. 수석이 드라이를 하고 헤어젤로 마무리를 한다. 나가는 손님을 배웅하는 건 내 몫. 남자가 계산을 하는 동안 두 손을 모으고 서서 표정을 관찰한다. 남자는 계산을 하면서 팁도 추가로 주고 간다. 중년 여자들이 손 마싸지를 해주는 시다들에게 팁을 주기도 하지만 젊은 남자가 팁을 주고 가는 건 드문 일이다.

잠깐 짬을 내서 늦은 점심을 먹는다. 식탁 위에 김밥과 몇가지 찬들이 놓여 있다. 접시에 담긴 양으로 봐서는 아직 점심을 해결하지 못한 사람이 나만은 아닌 듯하다. 작은 접시에 김밥을 담아 물품보관실로 들어간다. 다용도실에서 껄끄러운 시선들을 받으며 먹는 것보다는 물품보관실이 훨씬 한적하고 편안하다. 상자들의 공간. 내 새로운 다락방. 상자에 엉덩이를 걸치고 앉아 김밥을 하나 입에 넣는다. 밖에서 소리가 들린다. 민실장네 시다들인가? 김밥을 천천히 씹어넘긴다.

그 남자 또 온 거 봤어? 다용도실에서 들려오는 목소리. 김밥 속의 단무지 씹는 소리가 너무 크게 난다. 씹는 걸 잠시 멈췄다가 조용히 삼킨다. 내가 여기 있다는 걸 알려야 할까? 걔 때문이겠지 뭐, 일주일이 멀다 하고 들락거리잖아, 모르지, 눈 내리깔고 입 다물고 있으니까 뭔가 있어 보이나보지, 글래머라서 그러나, 아 그 표정 정말 재수없어, 소두마긴데요, 뺀침머린데요, 누가 지한테 물어봤어? 우린 뭐 몰라서 말 안하나? 우리들하곤 말도 안 섞으면서 알랑방구는, 암튼 걔 완전 호박씨 까게 생긴 얼굴이라니까, 아 나 김치 먹다가 생강 씹었어, 김밥 말고 다른 것 좀 먹었으면 좋겠다, 원장은 좋은 거 먹으러 나가면서 만날 김밥 아니면 샌드위치냐, 이따 끝나고 조개구이 먹으러 가자, 새로 오픈했는데 북적북적해.

오줌이 마렵다.


드라이 예약 손님을 맞는다. 일단 볼륨을 살리기 위한 초벌 드라이를 한다. 추운 겨울에 결혼식은 아닐 테고, 어디 근사한 데 가시나봐요, 메이크업도 받으셨어요? 혼자 하셨는데 이렇게 자연스럽게 잘하셨어요? 머릿결이 좀 상했는데 언제 관리 한번 받으세요. 연습을 해도 입밖으로는 도통 나오질 않는다.

옆머리에 컬을 넣으며 틈틈이 거울을 통해 헤어숍 풍경을 훔쳐본다. 타이밍만 잘 맞추면 나와 등을 돌리고 선 사람들의 표정도 들키지 않고 볼 수 있다.

어느 순간 거울을 통해 누군가와 눈이 마주쳤다. 거울과 거울. 눈과 눈. 등이 굳는다. 진이다. 진이가 눈을 내리깔았다가 다시 거울을 본다. 입술이 아래로 일그러진다.

스트레이트파마를 하려는구나. 송실장의 단골인가보구나. 진아, 심장 뛰는 일을 하고 있니? 지금 내 심장 뛰는 소리가 들리니? 네 발자국이 아직도 남아 있구나, 진아. 내 심장은 네 차가운 발길질을 간직한 채 굳어버렸구나, 그리고 이렇게 또 그 짐승을 되살려 날뛰게 만드는구나. 다락방의 아버지가 이렇게 또 나타나는구나. 어디든 나타나 강림하는 그분. 내 몸속에 숨어 나를 지켜보다가 갑자기 튀어나와 벌을 내리는구나. 임무를 제대로 수행하지 못했다고, 아버지께 바칠 일용할 양식을 가로챘다고, 벌을 내리는구나. 내 속에 잠복해 있던 모든 공포를 되살려올리는구나. 다락방의 내 아버지가.

"야, 너 지금 뭐 하는 거야. 뜨겁다는 말 안 들려?"

"야!"

음악소리가 들린다. 그리고 머리 타는 냄새가 난다.

"지금 내 머릴 다 태울 셈이야? 야 이 미친년아."

누군가 내게서 드라이기를 빼앗아간다. 나는 롤빗을 든 채 멍하니 서 있다. 어서 죄송하다고 사과드려. 죄송하다는 그 쉬운 말도 왜 입밖으로 나오질 않는 건가. 몸의 모든 세포가 얼어붙었나. 여자의 입에서 거친 말이 튀어나온다. 분을 참지 못한 여자가 내 머리채를 휘어잡는다. 야, 너 지금 뭐 하자는 거야. 여자의 손이 내 머리통을 후려친다. 후려치고 또 후려친다. 누구 하나 말리는 사람이 없다. 여자의 거친 숨소리가 들린다.

아프다. 맞으면 아픈 거구나. 처음이다. 누군가 내 몸을 직접 때린 것은. 정말 뜨거웠겠구나 이 여자.

진이는 조용히 갔다. 조용히 눈을 내리깔고 조용히 파마를 마치고, 조용히 사라졌다.

*

밤새 얼굴을 알 수 없는 사람들에게 둘러싸여 흠씬 두들겨맞는 꿈을 꾸었다. 무슨 죄를 지었는지도 모르는 채 벌을 받는 아이처럼 억울했다. 그런데도 나는 벌을 받는 것이 당연하다고 여기며 온갖 매질을 오롯이 받아들였다. 모르는 얼굴들에서 냉기가 느껴졌다. 차가운 기운에 눈을 뜨면 천장에 매달린 머리통들이 보였다. 불타는 머리통 피를 흘리는 머리통 울고 있는 머리통. 다시 눈을 감으면 그 머리통들이 내게 소리를 질렀다. 네 아버지 어디로 숨겼어.

눈을 뜬다. 코끝이 시리다. 창문을 들썩이며 매운바람이 쳐들어온다. 바닥이 냉골이다. 잠은 진즉에 달아났지만 몸은 여전히 이불속을 파고든다. 뼈 마디마디가 욱신거린다. 방바닥의 냉기가 이불에 남은 온기마저 앗아가고 있다. 머리통이 거대한 아코디언이 된 것 같다. 바람을 끌어당겼다 내뿜는 아코디언 주름처럼 머릿속이 부풀었다가 줄어들기를 반복하며 왕왕 소리를 낸다.

다락방에서 발뒤꿈치로 바닥을 내리치는 소리가 들린다. 쿵쿵. 이불을 걷어낸다. 뼛속까지 한기가 돈다. 쿵쿵. 몸을 일으켜세운다. 머릿속의 아코디언 주름이 늘어나며 바람을 끌어당긴다. 쿵쿵. 방문을 열고 세면대로 간다. 아버지의 발뒤꿈치가 내 머리를 직접 때리는 듯 머릿속에서 쿵쿵 소리가 울려퍼진다. 쿵쿵쿵쿵. 천장에서 울리는 신호가 격해진다.

아무리 그분이 신경질적인 발뒤꿈치로 화를 내며 보챈다 해도 지금은 아무것도 해줄 생각이 없다. 내게 필요한 것은 온기다. 보일러 계기판을 확인한다. 보일러 계기판에 경고등이 들어와 있다. 뜨거운 물을 틀어보지만 순간온수기가 점화를 하다가 멈춰버린다. 모든 열기구들이 한꺼번에 애를 먹이자고 작당을 한 모양이다. 쿵쿵쿵쿵. 발뒤꿈치가 아주 천장을 뚫고 나올 기세다.

다시 방으로 들어간다. 외투를 꺼내 입는다. 주머니에 손을 넣는다. 가위 날개에 손가락을 끼워넣는다. 다락방을 올려다본다. 쿵쿵쿵. 발뒤꿈치 소리가 점점 더 요란해진다. 쿵쿵쿵쿵. 그 소리가 내 속의 짐승을 끌어올린다. 찰칵찰칵. 주머니 속에서 조용히 가위질을 한다.

저것은 내 아빠가 아니다. 저것은 짐승이다. 침을 질질 흘리며 송곳니를 드러내고 으르렁거리는 성난 짐승이다. 아니다. 저것은 짐승이 잡아다놓은 썩은 고기다. 눈알이 빠지고 내장이 파헤쳐진 먹다 남긴 고깃덩어리. 아니다. 저것은 썩은 고기에 달려드는 파리떼다. 윙윙윙윙 더러운 날갯짓 소리가 들린다. 아니다. 저것은 파리가 까놓은 구더기다. 살을 뚫고 꾸물꾸물 기어나오는 징그러운 구더

기다. 썩은내가 난다.

오후가 되면서 기운이 급격하게 떨어지기 시작했다. 몸을 움직일 때마다 머릿속의 아코디언이 시끄러운 소리를 낸다. 눈알이 튀어나올 것처럼 뜨겁게 달아오르고 혓바닥이 바싹바싹 타들어간다. 연말이어서인지 드라이 손님이 유난히 많고, 폐점시간이 지나서까지 손님들이 이어진다. 나는 틈틈이 더운 차를 마시며 겨우겨우 할 일을 해낸다. 밤 열시가 되어서야 정리를 마치고 헤어숍을 나온다.

결국 다시 초원미용실. 정말 이곳밖에 없는 걸까? 나는 왜 다른 곳으로는 가지 못하는 걸까. 살얼음의 초원미용실. 냉골의 방. 더러운 짐승을 머리에 이고.

발목에 두꺼운 고무줄 같은 끈이 매달려 있는 것이 아닐까. 그래서 멀리 달아날수록 더 빨리 제자리로 돌아오게 되는 것은 아닐까. 그 줄은 끊을 수도 감아당길 수도 없다. 어쩌면 그 줄을 쥐고 있는 것은 나 자신인지도 모른다. 요요처럼 손목에 줄을 감고 던졌다가 받기를 반복하고 있는지도. 되돌아온 요요를 버릴 수도 움켜쥘 수도 없다.

방으로 들어간다. 외투도 벗지 않은 채 그대로 이불 속으로 파고든다. 방은 여전히 냉골이다. 이불깃이 볼에 닿자 섬뜩한 기운이 온몸으로 퍼진다. 몸이 바닥으로 납작하게 꺼져내린다. 눈이 감겨온다. 기다렸다는 듯 다락문이 와락 열린다. 그리고 목소리가 들린다.

"네가 우유 먹었냐?"

나는 움직이지 않는다. 끙 소리도 내지 않는다.

"왜 며칠째 우유와 신문이 없냔 말이다."

목소리가 쩌렁쩌렁 울린다.

"대답 안할 거냐?"

내 대답을 듣기 전까지는 포기하지 않을 태세다.

"안 왔어요."

"우유배달원이 지나가는 걸 봤다."

"놓고 가는 걸 잊었나보죠."

"신문은?"

"몰라요."

"모른다는 게 말이 되냐? 매일 오는 우유와 신문이 왜 안 와!"

"제발…… 좀."

이제 그만 좀 하세요. 당신 목소리가 내 귀를 후벼파요. 머릿속에 번개가 치고 천둥이 울려퍼져요. 살이 아파요. 온몸에 벌레들이 들러붙어 있는 것 같아. 벌레들이 살을 파먹고 피를 빨아먹어요. 입에서는 불기둥이 솟아올라요. 목구멍이 타오르고 혓바닥이 바스라져버릴 것 같아. 몸은 뜨거운데 냉기가 가시질 않아요. 머리끝부터 발끝까지 온몸이 저려요. 이제 그만 쉬고 싶어요. 눈꺼풀이 무거워요. 잠을 좀 자야겠어요. 긴 하루였다구요. 드라이기 소리가 아직도 머릿속에서 웅웅거려요. 코끝에선 염색약 냄새가 가시질 않아요.

"배고프다. 라면 좀 끓여와라."

"………"

"밥은 먹었냐?"

신경쓰지 말아요. 아빠처럼 굴지 말아요.

"같이 라면 끓여먹자, 응?"

등을 돌리고 눕는다. 저절로 끙 소리가 새어나온다.

"어디 아프냐?"

그 말이 오히려 오기를 불러일으킨다. 이불을 젖히고 일어나 앉는다. 다락을 등지고 앉아 어둠속에 대고 읊조린다.

"라면 없어요. 가스도 떨어졌구. 이 시간에 그렇게, 꼭, 라면을 드셔야겠어요?"

"가서 사오면 되잖아. 슈퍼가 코앞인데."

"왜 나한테만 이래요. 엄마 있을 땐 뭐 하고. 일부러 그러는 거죠? 내가 뭐 잘못했어요?"

어둠속에서 한숨소리가 들린다.

"느이 엄마 오늘 저녁도 안 차려주고 나갔다. 저녁나절에 여편네들이 떼로 몰려와서 늦게까지 웃고 떠들고 하더니…… 같이 나간 모양이야. 라면 하나 먹자, 응?"

천둥소리. 아주 먼 데서부터 먹구름과 함께 진군해오는 천둥소리. 내 몸은 그 소리만으로도 이미 비를 맞은 듯 축축하게 젖어든다. 조용히 자리에서 일어난다.

"이 시간에 짜장면 파는 데는 없겠지?"

고개를 숙인 채 방을 나온다.

"돈 가져가라."

등뒤에서 목소리가 들려온다. 돌아보지 않는다. 방문을 닫는다. 잠금장치를 아물리고 고리에 숟가락을 끼워넣는다. 미장원 문을 열고 나온다. 쇳종소리가 날카롭다. 차갑고 냉랭한 바람이 볼을 쌈빡 에고 지나간다.

레코드점 앞의 저 남자. 자정이 가까운 시간에, 미처 들여놓지 못한 스피커처럼 앉아 있는 남자. 팔꿈치를 무릎에 얹고 두 손으로 머리를 감싼 채 땅바닥만 내려다보고 있다. 가만히 서서 남자를 본다. 남자의 발밑에 어지럽게 널려 있는 담배꽁초들. 불쌍한 인생들아. 지겹다. 당신도 지겹고 다락방의 저분도 지겹다. 남자가 고개를 들고 내 쪽을 쳐다본다. 남자를 향해 천천히 걸어간다. 걸음을 뗄 때마다 바닥이 꺼져내려가는 것 같다. 남자 앞에 선다. 남자는 여전히 무릎에 팔을 얹은 채 고개만 들어 나를 본다.

"그렇게 갈 곳이 없어요? 이 시간에 여기서 뭐 해요? 뭐 먹을 게 있다고 맨날 여기 와서 이러고 있어요?"

"………"

"우리 아빠 잡고 싶어요?"

"………"

"그 사람 안 잡으면 죽을 거 같아요? 못살겠어요? 아저씨도 그놈한테 당했어요? 그 새끼 어디 있는지 알려줘요? 네? 가요. 내가 데려다줄게요. 우리 아빠 좀 잡아가요!"

남자가 고개를 외로 꺾어 나를 외면한다.

"왜요, 못 믿겠어요?"

"………"

"가자구요! 내가 데려다준다니까!"

남자의 손목을 잡아끈다. 남자는 완강히 버틴다. 엉덩이를 바닥에 붙인 채 꿈쩍도 하지 않는다. 잡아끄는 힘과 버티는 힘이 팽팽

히 맞선다. 나는 발에 힘을 주며 이를 악물고 남자의 팔을 끌어당
긴다. 남자의 몸이 살짝 들리는 듯하다가 만다. 나는 잡아당기고 남
자는 버티고. 당기는 힘보다 버티는 힘이 더 크다. 남자는 빠져나가
려고 발버둥치는 손아귀의 물고기처럼 손목을 비튼다. 나는 잡은
물고기가 빠져나가지 못하도록 두 손으로 더 꽉 움켜쥔다.

어느 순간, 남자의 손목에서 뛰는 맥박이 손바닥을 통해 전해져
왔다. 희미하기는 하지만 분명한 느낌. 그것은 남자의 심장소리. 두
려움에 떨며 가까스로 내는 옅은 흐느낌처럼 간절한 움직임.

"무서워요?"

"………"

"무섭죠? 막상 알려준다니까 무서운 거죠?"

"………"

"나한테만 이러는 거죠? 내가 만만하니까. 내가 약해 보이니까.
나설 자신도 없으면서. 붙잡을 용기도 없으면서. 만만한 나한테만
이러는 거야."

비겁하다. 진짜 나쁜 사람은 당신 같은 사람이다. 강한 사람한테
는 꿈쩍도 못하면서 약한 사람들한테만 신경질 부리는 사람. 경찰
도 아니면서 경찰 노릇 하는 사람. 자발적으로 완장을 차고 위원장
노릇 하는 사람. 그러면서 뭔가 하고 있다고 자랑스러워하는 사람.
억압받고 상처받은 자의 숭고한 얼굴을 하고 진실이니 사명이니
정의니 외치는 사람. 자기의 희생을 남에게 전가하려는 사람. 월급
을 받는 것도 아니고 강요받은 것도 아니면서 추적하고 고발하고
처단하려는 사람.

그래, 당신이 더 나빠. 아빠는 맡은 일을 했을 뿐이야. 아빠는 아무 잘못이 없어. 남자가 나빠지자 아버지가 무결해진다. 그러고 나자 문득 아빠를 이해하고 싶어진다. 위에서 시키는 대로 따랐을 뿐이라고. 주어진 일을 잘하기 위해 어쩔 수 없이 벌인 일이라고. 내가 다락방의 발뒤꿈치 소리에 몸이 저절로 움직이는 것처럼, 아빠도 누군가의 발뒤꿈치 소리에 몸이 저절로 움직인 것뿐이라고, 그렇게 이해하고 싶다. 그렇게 이해하고 나니 아빠가 한 일이 아닐지도 모른다는 터무니없는 믿음이 생겨나기도 하는 것이다.

손에 힘이 풀린다. 그것은 갑자기 솟아난 어이없는 믿음 때문이 아니다. 무언가 알 수 없는 기운이 내 몸에서 날뛰던 독기를 빼앗아갔다. 아무것도 잡고 싶지 않다. 남자의 팔목을 놓아준다. 내 손에서 남자의 손이 완전히 빠져나가려는 순간, 이번엔 남자의 손이 내 팔목을 부여잡는다. 민첩한 움직임이다. 손목을 비틀어보지만 소용이 없다. 놓치지 않으려는 힘과 빠져나가려는 힘이 또다시 맞선다. 잡아당기고 뒤로 빼는 힘의 방향은 아까와 같지만 힘의 목적은 반대다.

"라디오 소리가 들려. 언제부턴가, 내 몸에서."

남자가 내 손목을 꽉 쥔 채 말한다. 남자의 얼굴은 질린 듯한 보랏빛이다. 무언가 억눌린 감정을 주체할 수 없을 때 생기는 그런 보랏빛.

"머릿속에 기억이 먼저 떠오르는 게 아니라 살이 먼저 그곳을 기억해내는 거야. 세포 하나하나에, 그곳이, 살아 있어."

부릅뜬 남자의 두 눈에 실핏줄이 솟아오른다. 세포 하나하나에,

그곳이, 살아 움직이는 것 같다. 붉게 충혈된 두 눈이 물기를 품지 않기 위해 안간힘을 쓰고 있다. 눈물을 참기 위해 입술을 깨무는 것처럼, 입술의 통증으로 눈물의 움직임을 막아버리는 것처럼, 남자는 무언가를 감추기 위해 그렇게 핏대를 세우고 있다.

"몸을 움직일 때마다 애국가가 울려퍼지고, 가만히 있어도 아나운서의 감미로운 목소리가 휘감겨. 여기는 대한민국의 수도 서울……"

남자는 팔을 거두어들이고 다시 무릎에 가만히 올려놓는다. 그리고 말없이 고개를 숙인다. 나도 말없이 서서 남자를 내려다본다. 남자의 뒤통수가 어쩐지 무거워 보인다.

"네 이름이 선이지. 생일이 4월 21일. 무슨 선물을 받을까, 그게 궁금했다."

남자가 나를 올려다보며 느릿느릿 말한다. 남자의 입매가 웃고 있는 것처럼 보인다. 울음을 터뜨리지 못해 어쩔 수 없이 입술을 올리는 것 같기도 하고, 문득 떠오른 행복한 순간 때문에 정말로 웃음이 난 것 같기도 하다. 우는 듯 웃는 그 미소가 꿈결처럼 아득하다.

남자의 눈에 순간적으로 물기가 돈다. 남자는 슬퍼 보였다. 나는 그토록 슬픈 표정을 본 적이 없다. 남자의 슬픈 표정은 낙인처럼 내 가슴에 찍힌다. 그리고 나는 그 표정이 주는 억눌림 때문에 언젠가 내가 파멸에 이르게 될 거라는 예감이 들었다. 남자가 왜 그런 슬픈 표정을 지었는지, 남자의 슬픈 표정이 왜 그런 예감을 불러일으켰는지는 모르겠다. 그냥 남자의 눈에 핏대가 풀리며 물기가 감아도는 순간 그런 생각이 들었다. 어떤 불길한 것이 내 앞에 계속 준비되어 있을 것만 같은 예감. 그 불길한 것을 나 스스로 찾아나서게 될지도 모른다는 확신.

남자를 향해 손을 뻗는다. 손등을 부드럽게 감싸쥔다. 그리고 천천히 잡아끈다. 남자가 나를 올려다본다. 손목을 비틀며 내 팔뚝을 끌어잡는다. 내 손이 남자의 팔을, 남자의 손이 내 팔을, 두 마리 뱀처럼, 꽉 끌어안는다. 남자의 시선과 내 시선이 한곳에서 몸을 바꾼다. 남자를 똑바로 쳐다보며 내 쪽으로 끌어당긴다. 남자는 내게서 시선을 떼지 않은 채 엉덩이를 떼고 일어난다.

내가 한발 물러서자, 남자가 한발 다가온다. 무서워요? 무서워. 처음 남자를 만났을 때처럼 한발씩 물러서고 한발씩 다가온다. 겁나요? 겁나. 고함소리도 공포도 없는 조용한 한발. 그 사이로 미용실 쇠종소리가 맑게 울린다.


말해봐요. 아빠가 무슨 짓을 했는지. 알고 싶어요. 알아야겠어요. 알려줘요. 하나도 빼지 말고 다 말해줘요. 당신의 세포 하나하나에 살아 있는 그곳을, 내 몸에도 살게 해줘요. 모든 세포의 기억을 당신의 혀로 기억해내서 내 혀에 새겨줘요. 목구멍을 후려치고, 심장을 부수고, 내장이 찢겨나가도 상관없어요. 그곳이 지옥이라면 지옥으로 갈게요. 천국이라면 천국의 맛을 보여줘요. 그러고 나서 당신의 그 푸른 입술로 꼭 막아버려요. 그 이야기가 내 몸속으로 완전히 들어와서 다시는 새어나가지 못하게. 실핏줄 하나, 세포 하나가 다 느낄 수 있게. 그래야 내가 저 위에 계신 아버지를 배반할 수 있을 테니까.

내가 꿈꾸던 단 한 번의 운명적인 키스. 모든 감각을 혀의 감촉에만 집중하는 불꽃 같은 키스. 유황불에 휩싸인 마녀처럼 온몸이 달아오르게 만드는 단 한 번의 키스. 서로를 빨아당기고 내어주는, 깊이를 측정할 수 없는 감촉. 그것은 상대방의 입안에 혀를 집어넣고, 혀의 노래를 부르고, 혀의 노래가 밖으로 새어나가지 않도록 입술로 꼭 막아버리는 것. 그래서 그 노래가 상대의 몸속으로 완전히 들어갈 수 있도록 모든 감각을 집중하는 것. 단 한 번의 운명적인 키스.

다락방에 오르신 아버지, 보세요. 당신의 어여쁜 딸이 당신의 발밑에서 무슨 짓을 하고 있는지 보세요. 볼 수 없으면 들으세요. 거친 숨소리를 들으세요. 당신이 부숴놓은 사람이 나를 바스라뜨리는 소리를 들으세요. 당신이 새겨놓은 통증이 내 몸에 새겨지는 소리를 들으세요.


그가 내 몸에 들려준 이야기. 그의 몸에서 내 몸으로 건너온 이야기. 그의 몸속에 울려퍼지는 라디오 소리. 어깨에 내리꽂힌 불꽃의 이야기. 허벅지에 흘러내린 피의 이야기. 심장이 뿜어낸 얼음의 이야기. 당신이 그의 몸에 새긴, 바로 당신의 이야기. 당신의 혀가 내뱉은 이야기.


여기는 대한민국의 수도 서울에서 방송해드리는 대한민국 라디오의 중심, 언제나 청취자 여러분 곁에서 재미있고 즐거운 방송을 추구하고자, 방송위원회의 심의규정을 준수하고……

라디오가 있는 작은 방. 욕조가 하나, 침대가 하나, 책상이 하나. 문이 열리고 당신이 들어온다. 당신은 가죽 재질의 커다란 서류가방을 들었다. 책상 위에 서류가방을 내려놓고 점퍼를 벗고 넥타이를 풀고 구두를 벗는다. 서류가방을 열고 그 안을 들여다보는 당신은 고장난 물건에 맞는 연장을 선택하기 위해 고심하는 기술자처럼 보인다. 서류가방에서 원고지 뭉치를 꺼내 탁탁 쳐서 각을 맞춘 다음 책상 위에 놓는다. 국어사전, 모나미 볼펜, 삼십 쎈티 자가 그 옆에 나란히 놓인다. 문밖에서 비명소리가 들린다. 간헐적으로 사라졌다가 다시 들리는 비명소리. 짐승의 울부짖음을 닮은 처연한 소리.

편안한 밤 보내셨습니까. 오늘은 봄의 마지막 절기 곡우인데요, 곡우에 비가 내리면 곡식이 풍성해진다고 했는데, 자고 일어나니 땅이 정말 촉촉이 젖어 있네요. 연둣빛 새싹들이 한결 파릇파릇해진 것 같습니다. 봄비에 어울리는 곡으로 오늘 음악산책 첫 문을 엽니다.

어디 얼굴 좀 보자. 어이구 이쁘게 생겼다야. 내가 누군지 아나? 송장 치우는 장의사집 둘째 주인이라고 들어봤나? 네가 고분고분하게 말을 잘 들으면 송장 치우는 일은 없을 거다. 어렵게 가지 말고 쉽게 가자는 얘기야. 나한테 거짓말 같은 건 안 통해. 내 말 알아듣지? 애들이 심하게 다뤘구나. 살살 좀 다루지. 이렇게 두들겨패서야 어디 말이 나오겠냐. 어디 불알 좀 만져보자. 축 늘어진 게 아직 준비가 안되었구나. 아프냐. 불알 하나 터진다고 남자 구실 못하는 건 아니니까 걱정 마라. 철물점 금고에 수신기가 있는지 몰랐던 거지? 아 이 새끼 수신기가 뭔지 모르나. 접선용 기계다, 이 새꺄. 모르면 외워 이 새꺄. 맞아야 까먹질 않지. 정신이 좀 드냐. 일단 밥 좀 먹고 하자. 그러니까 그게 무슨 돈인지는 모르고 심부름만 한 거 아냐. 장부에 적힌 게 암호인 줄도 몰랐던 거 아냐. 그게 이상하다고 생각했지, 그렇지? 그래 넌 아무 잘못 없다. 그냥 하라는 대로만 한 거잖아. 내가 너 이쁘게 생겨서 신경써주는 거야. 설렁탕 말고 도가니탕으로 시켜. 그 집은 냄새난다니까. 나가면 언제 한번 놀러와라. 내가 도가니탕 사줄 테니. 관절에는 도가니탕만한 게 없다.

일을 마치고 책상에 앉은 당신. 국어사전과 한자사전을 나란히 펼쳐놓고 단어를 찾아가며 조서를 쓰는 당신은 너무나 평화로워 보인다. 이제 막 글자를 배운 어린아이처럼 입을 오므리고 정성스럽게 글자를 쓴다. 줄이 삐뚤어지지 않도록 자를 대고 글자 쓰기에만 골몰한다. 뭔가 골똘히 생각하다가는 고개를 들어서 맞춤법을 묻는다. 태연하고도 잔혹한 당신. 부드럽게 잔인한 당신. 무심해서 명징한 당신.


"몸의 통증은 견딜 수 있었다. 그런데 그 라디오 소리. 나는 눈물을 흘리고 소리를 지르고 있는데, 너무나 부드럽고 감미로운 목소리로 봄비에 젖은 나뭇잎을 얘기하는 그 아나운서의 목소리는 참을 수가 없었다. 저희들끼리 웃고 떠들고. 나와는 상관없이 너무나 한가롭고 평화롭게 돌아가고 있는 저쪽 세상이 더 무서웠다. 애국가가 울려퍼지고 삐이이, 프로그램이 모두 끝나고 나면 지옥의 시간도 멈추는 거야. 다시 애국가와 함께 프로그램이 시작할 때까지 잠시."

남자는 입을 다물고 두 팔로 몸을 쓸어내린다. 남자의 입술이 파랗게 질려 있다. 남자는 몹시 추워 보인다. 그 추위가 내 몸으로 건너온다. 내 몸에서 피리소리가 날 것 같다.

남자가 점퍼 안쪽에서 무언가 꺼내 손에 든다. 꼬깃꼬깃한 신문 조각이다. 남자는 한동안 신문 조각을 만지작거리다가 내게 건네준다. 신문 조각을 받아든다. 오래 손을 탄 탓인지 종이가 보들보들하게 닳아 있다. 손에 닿은 보드라운 종이가 칼날처럼 섬뜩하다. 하마터면 손을 털어 신문 조각을 떨어뜨릴 뻔했다. 나는 면도날을 움켜쥐듯 주먹을 꽉 쥔다.

"그게 내가 한 짓이야. 그가 아니라 바로 내가. 나도 잘 모르겠다, 내가 왜 자꾸 이리로 오게 되는지. 그냥 아무 생각 없이 걷다가 멈춰서면 이곳이야. 스피커에 바싹 붙어서 있으면 몸속에서 계속해서 울리던 라디오 소리가 멈추는 것 같아."

남자는 떠났다. 그리고 나는 혼자 남겨졌다. 바람도 불지 않는다. 라디오 소리도 사라지고 남자의 목소리도 지워진다. 내 몸에 연결된 무수한 줄들이 툭툭 소리를 내며 끊어진다. 손목에 채워졌던 줄도, 발목을 붙들었던 줄도 한번에 끊겨나간다. 나는 무중력의 공간에 혼자 붕 떠 있는 것만 같다. 발 디딜 곳도 손 짚을 곳도 없다. 몸에 닿은 것이 없으니 잡아당기거나 밀쳐내는 힘 또한 없다. 무게감 없는 시간이 한참 흘러가고 있다. 공중에 떠 있던 몸이 서서히 바닥에 내려앉는다. 무중력의 공간에서 돌아온 내 몸은 전보다 조금 차가워지고 조금 가벼워져 있다.

9

손톱만한 게 보기보다 호락호락하지가 않다. 돌멩이도 꿰뚫어보는 내가 이깟 어린애들 장난감 자물쇠 하나 못 열어서야 어디. 손으로 비틀어 뜯어버리면 그만이겠지만, 괜히 딸애 원성이나 살 테고. 머리핀을 찾아 구멍에 밀어넣어본다. 너무 두껍다. 이빨로 짓이겨 얇게 만든 다음 다시 넣는다. 톡톡 건드려도 보고 비틀어도 보고 당겨도 보고. 고것 참. 하도 작아 손에서 자꾸만 튕겨나가는 것이 여간 애를 먹이는 게 아니다. 쬐깐한 것이 참.

톡. 드디어 비밀의 문이 열렸다. 비닐 재질의 핑크색 수첩. 딸애의 행적이 담긴 비밀의 문. 어디 보자. 두 손을 비비고 나서 조심스럽게 첫 장을 넘긴다. 다섯 아이가 손을 붙들고 나란히 선 그림. 안경잡이 뚱땡이 샐쭉이 명랑이 소심이. 얼굴들에 하나하나 개성이 있다. 굳이 설명을 안 달아놔도 이름을 붙이라면 붙이겠다. 딸애에게 이런 소질이 있었나. 어울려다닌 친구들인가. 여기 샐쭉한 게 선이겠군. 비밀수첩을 하나씩 나눠갖고 교환해보고, 그런 게 계집애들의 앙증맞은 취미인 게지.

그리고 다음 장. 아무것도 없다. 그다음 장도 그다음 장도. 애써 열어본 보람도 없이. 마지막까지 빈 노트다. 너무 아끼느라 간직만 하고 있던 걸까, 아니면 마음에 안 들어서. 이렇게 깊숙한 곳에 넣어둔 걸 보면 의미있는 물건이 분명한데. 아무것도 안 적힌 빈 면들이 불길해 보이는 것은 뭔가. 자술서라면 분석팀에서 그냥 흘려보낸 것도 잡아내는 이 치밀한 눈이, 한낱 어린애 수첩 앞에서 절절매고 있으니. 계집애들은 도통 감을 잡을 수가 있어야지.

수첩을 이불 위에 올려두고 상자 속의 다른 물건들을 꺼낸다. 반짝이 스티커, 꽃무늬 메모지, 만화 캐릭터 엽서, 향기나는 형광펜. 딸애는 특히 빨간색을 좋아했나보다. 핀이 부러진 진주귀고리는 즈이 엄마가 하던 것이고. 사진을 넣을 수 있는 목걸이, 색색의 보석이 박힌 머리핀, 알 수 없는 하얀 덩어리부터 만질만질한 돌멩이까지 자질구레한 걸 잘도 모아놓았구나. 애들 적에는 사소한 것들이 보석이 되기도 하지.

상자 하나를 다 비웠다. 다락방의 상자들은 숨겨두고 아껴먹는 간식과도 같다. 상자 하나를 열어 물건들을 하나하나 꺼냈다가 다시 집어넣다보면 한나절이 간다. 아직 열어보지 않은 상자들이 많다. 물건들을 다시 챙겨넣으려는데 상자 밑바닥에 작은 상자가 하나 보인다. 정사각형의 벨벳 상자. 뚜껑을 연다. 기념주화처럼 생긴 작은 메달이 들어 있다. 정의로운 시민상.

그래, 메달도 있었지. 시민회관 회의실에서 조촐한 시상식을 마친 다음, 딸애를 목말 태우고 당당하게 집으로 돌아왔지. 딸애는 메달을 목에 건 채 겁도 없이 두 팔을 마구 흔들며 금메달 금메달, 소리를 질러댔지. 한동안은 자면서도 메달을 손에서 놓지 않았지. 머리에 두르고 손목에 차고 곰인형에 둘러주면서 새살거리더니, 이렇게 제 보물상자에 간직해두었구나.

메달을 목에 걸어본다. 그날의 뜨거운 박수소리가 귓가에 쟁쟁하다. 뜨겁고 습한 열기가 기승을 부리던 여름밤이었다. 통금시간이 멀지 않았고 거리의 불빛이 잦아들던 시간. 얼근하게 술을 마시고 집으로 돌아가는 길이었다. 여자의 비명소리가 들려왔다. 살려주세요! 비명소리는 길이 휘어져 사라지는 저편에서 들려오고 있었다. 위험에 처한 여자의 고함소리는 귀를 타고 곧바로 내 정의로운 심장으로 전해졌다. 술기운이 확 가시면서 온몸이 단단해지는 것이 느껴졌다. 나는 주먹을 쥐고 그곳을 향해 전력질주를 했다. 택시가 서 있었고 보조석 차문 쪽으로 튀어나온 여자의 상체가 보였다. 두 다리는 차 안에 든 채였다. 여자는 한 손으로 바닥을 짚으며 차 안쪽으로 몸을 일으키려 안간힘을 쓰고 있었다. 여자를 떼어놓으려는 차 안쪽의 힘과 끝내 놓치지 않으려는 여자의 힘이 줄다리기를 하는 중이었다. 택시강도다. 굳이 확인해보지 않아도 눈앞에 펼쳐진 상황이 어떤 것인지 대번에 알 수 있었다. 생각하고 재고 가늠할 필요가 없었다.

내 재빠른 두 다리는 범죄의 현장을 향해 달음질쳤다. 내 듬직한 손이 운전석 차문을 열고 놈의 목을 눌렀다. 놈은 칼로 핸드백 줄을 막 끊던 참이었다. 그 칼이 내 쪽을 향했다. 막무가내로 휘두르는 칼끝이 팔뚝을 스쳤다. 내 강력한 심장이 강도의 칼을 떨어뜨렸다. 놈의 목덜미를 잡아 바닥으로 끌어내리고, 두 팔을 꺾어붙이면서 무릎으로 등을 눌렀다. 꺾고 누르면서 굳히고. 이게 바로 유도의 기본이다, 이 빌어먹을 자식아.

놈을 앞세우고 인근의 파출소로 향했다. 놈은 반항은커녕 눈도 끔쩍하지 못했다. 반항하려도 반항할 수가 없는 상태였으니까. 두 팔의 관절이 빠져버렸으니 통증을 줄이기 위해서라도 순해질 수밖에. 파출소 문을 열고 그대로 바닥에 내동댕이쳤다. 그리고 외쳤다. 내가 강도를 잡아왔수다! 그때의 파출소 풍경이 눈에 선하다. 입을 헤벌린 채 사태를 파악하려고 눈알을 굴리던 순경들, 바닥에 몸을 비비며 어린애처럼 징징거리던 택시강도, 종종걸음으로 뒤따라들어와 등뒤에 바싹 붙어선 여자.

내 정의로운 심장과 재빠른 두 다리와 단단한 팔뚝이 여자를 위험에서 구해냈다. 나는 과연 정의로운 사람이고, 내 몸은 과연 정의에 적합한 몸이다. 그 사실을 강도를 잡고 나서야 깨달았다. 며칠 후 나는 정의로운 시민상을 목에 걸었고, 순경을 해보지 않겠느냐고 제안을 받았다. 머릿속이 환해지는 느낌이었다. 정의로운 심장과 정의로운 몸이 해야 할 일은 월부책 장사가 아니라 경찰 일이다! 그렇게 나는 경찰이 되었다.

내 나이 서른한살. 강도가 아니라 호랑이를 상대해도 무서울 게 없던 나이. 그 정의롭고 단단한 팔뚝은 지금…… 손으로 팔뚝을 쥐어본다. 아무래도 서른한살 몸과 같을 수는 없겠지. 탄탄하던 다리의 근육은 다 어디로 갔나. 다락방에 앉아만 있으니 정의로운 내 몸이 이렇게 무너지는구나. 금메끼는 벗겨지고 곰팡이가 슬었구나. 그렇게 다락방 상자에 처박혔구나.

메달을 벗어 손에 쥔다. 딸애의 물건들을 상자에 되담는다. 수첩을 넣었다가 다시 뺀다. 보석상자가 먼저다. 그다음은 문구류들. 스티커는 오른쪽에 엽서는 왼쪽에. 꺼냈던 순서대로 차곡차곡 넣은 다음, 메달을 맨 마지막에 올린다. 상자를 닫는다.

아빠 금메달, 금메달. 딸애가 나를 아빠라고 부르는 소리를 들은 적이 언제인가. 사내녀석들이라면 그저 몸으로 부딪치고 뒹굴면 되겠으나 어째 계집애들은 다루기가 쉽지 않다. 어릴 적에도 타이르는 것만으로 샐쭉하니 토라져버려 애를 먹이더니. 그래도 딸내미 키우는 재미가 있긴 하지. 아빠. 두 음절의 그 단어가 나를 기억의 한켠으로 이끈다. 월부책 장사를 하던 시절. 무거운 서류가방을 들고 거리를 헤매다 밤늦게야 지친 몸을 끌고 집으로 돌아오던 때, 아빠 팽이과자 사와, 졸음에 겨운 눈을 비비며 배웅을 하던 계집애의 목소리가 청량음료처럼 울려퍼지곤 했지. 그러면 나는 조금 멀리 돌아 센베이집에 들러 봉지 한가득 센베이를 담곤 했지. 술 한잔 걸치고 들어가는 날에도 참새 방앗간처럼 센베이집에 들러 팽이과자를 샀지. 봉지가 터진 줄도 모르고 센베이를 질질 흘리며 집에 들어간 적도 있었지. 잠이 든 딸애 코밑에 팽이과자를 슬그머니 얹어놓으면 어느새 일어나 눈도 못 뜬 채 팽이과자를 오물거렸지. 자면서도 잠꼬대처럼, 아빠 팽이과자 맛있어요, 소리를 했지. 나는 딸애의 잠을 깨우기 위해 생강 센베이를 입에 넣어주기도 했었지. 오만상을 찌푸리며 일어나 울어대던 딸애의 울음소리가 얼마나 우렁차던지. 울음소리만으로는 장군감이라고 놀려대기도 했었지. 그랬었지.

막 구운 팽이과자 냄새. 먼 추억의 달콤한 조각.

상자 속의 물건을 꺼내보듯 자꾸만 과거의 기억을 끄집어올리게 된다. 다락방의 시계는 이렇게 뒷걸음질을 좋아한다. 내 기억의 발걸음은 햇빛 찬란한 순간으로 재빨리 돌아가, 그곳에서 오래 머물다 오고 싶어한다. 그래야만 견뎌지는 시간들이다. 그렇게라도 견뎌야 할 시간들이다.

일년이다. 이제 일년만 버티면 된다. 봄이 오고 다시 봄이 올 즈음이면 다락방 신세도 끝이다. 일년만 참으면 된다.

\*

오늘도 노파가 보이지 않는다. 사흘째다. 첫날은 내가 놓쳤을 거라 무심히 넘겼지만 이틀이 더 지나자 노파에게 무슨 일이 생긴 건 아닌지 신경이 쓰인다. 사흘 전만 해도 다리를 좀 절기는 했지만 여느 때와 마찬가지로 성경책을 옆구리에 끼고 골목을 지나갔었다. 가로등 아래 잠깐 멈춰서서 허리를 펴고 길게 한숨을 내쉬고 다시 길을 나서는 것도 여느 날과 다르지 않았다. 하긴 겉으로 멀쩡해 보여도 한순간에 억 하고 가버리는 게 노인들이니까. 더욱이 이렇게 코끝 찡한 추위라면 볼일 보다가도 그냥 주저앉기 십상이다. 벽에 손을 짚어가며 빙판길을 걸어가던 노인의 마지막 모습이 눈에 선하다. 그늘이 져 빙판이 되어버린 이 골목에 봄이 오려면 아직 한참이나 남았다.

박은 파기환송심 선고공판에서 유죄판결이 나왔다. 2심에서 무죄를 받은 지 일년 반 만의 일. 집행유예를 받기는 했지만 운신의 폭이 좁아진 것만은 확실하다. 백과 은과 남의 재판은 계류중이다. 내가 없으니 재판을 이을 명분이 없을 것이다. 모든 걸 나한테 떠넘길 수도 있었겠지만 그들은 신의를 지켰다. 역시 내가 키운 아들들은 아버지의 이름을 더럽히지 않았다. 우선 내가 살아남고 볼 일이다. 그것이 모두가 살 길이다.

늦은 밥상을 받는다. 아내는 가스버너에 불판까지 준비해와 고기를 굽는다. 된장찌개에 숟가락을 담가 술적심을 한 다음 밥을 한 술 떠 입에 넣는다.

"냉이 냄새가 괜찮죠? 요 앞에 노인네가 강화 가서 직접 캐왔다네. 노인네가 보면 뭘 잡다하게 놓고 팔아. 다라이에다가. 여름엔 호박잎도 끊어오고 비비 꼬인 가지도 따오고."

아내가 고기를 한점 집어 밥에 올려준다. 나는 모른 척 된장찌개만 떠먹는다.

"내일 공사 때문에 좀 시끄러울 거예요. 세면실을 샴푸실로 만들려구요. 요즘엔 등받이 조절 안되는 샴푸대 쓰는 집, 우리밖에 없어. 이참에 아예 바닥 공사도 하고. 시끄럽고 부산해도 이틀만 참으셔. 그리고……"

나는 묵묵히 숟가락질을 한다. 냉이 냄새가 제법 진하다.

"다음주에 가야에 좀 다녀와야겠어요."

"뭐하러."

"아버지 제사잖아. 두 해나 못 간걸요. 그리고…… 미용사 하나 들였어."

"월급 줘야 하잖아. 뭐하러 시다까지 들여?"

"젊은 애 하나 있어야지 안되겠단 말야. 요즘엔 늙은이들도 젊은 애만 찾아. 감각이 다르다나 뭐라나. 내내 미용실에 붙어 있으니까 아무 일도 못하고……"

"선이 있잖아. 선이더러……"

"계집애가 아주 고집불통이야. 거기 헤어숍 실장이라는 사람하고 뭐 계획이 있나봐. 고데 기술 가르쳐달라고 조르더라구. 나도 뭐 굳이 선이 데려다 쓸 생각 없어. 그래도 받을 건 받아야지. 기술은 뭐 아무나 가르쳐줘? 이번 공사비도 그래서……"

"뭐하러 애 돈까지 써가면서 그걸 해?"

"그게 아니구, 지가 먼저 월급봉투 들이밀면서 고데 기술 가르쳐달라구, 선이가 먼저 그랬다니까요."

"박이 준 돈은 어쩌고. 백이 매달 돈 보내준다며."

"그거 다 쓴 지가 언젠데. 그게 또 얼마나 된다고."

불판에 돼지기름이 끓는다. 아내는 반찬통을 휴지로 돌려 닦고 또 닦으며 말을 삼키고 있다. 숟가락을 내려놓는다.

"박을 한번 찾아가봐. 돈도 돈이지만, 돌아가는 상황도 좀 물어 보고."

"싫어요."

"………"

"사모님 보는 것도 싫구, 박 만나는 것두 싫어. 표정이 얼마나 기분나쁜데. 당신이 다 잘못해서 그런 것처럼. 나 싫어요. 안 갈래요."

"그럴 리가 있나. 당신이 뭔가 잘못……"

"지난번엔 사모님이 뭐라 그랬는 줄 알아요? 사람들 눈도 있으니까 자주 찾아오는 건 좀 삼가달라구. 아니면 아줌마 올 때 맞춰서 오든가. 파출부처럼. 그래야 의심 안 받는다고."

"상황이 어렵다보니까……"

"식구라면서. 한가족이라면서. 근데 파출부가 뭐야. 옛날엔 그 멀리서 고데하러도 그렇게 찾아오더니만, 내가 해주면 사흘이고 나흘이고 흐트러지지 않는다고 그렇게 칭찬을 해대더니만."

"일년만 참아."

"참으면요?"

"………"

"참으면, 다시 써준대요?"

"………"


너는 이제 우리와 한식구다. 첫 심문을 마치고 나왔을 때 박이 내 어깨를 두드리며 말했다. 한식구라 함은 한입을 갖는다는 것이다, 같은 밥을 먹고 같은 말을 하는 것이다. 그럴 수 있겠는가. 그때 나는 박과 한세계에 속할 뿐 아니라 한식구가 되었다는 사실에 감격했다.

박을 처음 만났을 때 나는 경호원 신분이었다. 깡통 계급장을 달고 처음 맡은 임무가 박의 경호였다. 숨가쁜 추적이나 재빠른 검거 같은 역동적인 임무를 상상하던 내게, 옷이나 번듯하게 차려입고 남의 뒤꽁무니만 쫓아다니는 경호임무는 도통 생리에 맞지 않았다. 그나마 반년을 버틸 수 있었던 것은 박의 세계가 그만큼 근사해 보였기 때문이다. 박의 세계는 강인하고 정의로웠다. 패배자의 징표처럼 의족을 달고서 참새나 잡고 앉았던 내 아버지의 세계와는 전혀 다른 세계였다.

아버지는 참새를 잡아 읍내에 파는 일을 했다. 광주리덫을 만들어 주변에 쌀을 한줌 뿌려놓고 가만히 기다리기만 하면 되었다. 광주리덫에 연결된 줄을 잡고 깜빡깜빡 조는 아버지의 모습은 한적한 호수에 앉은 낚시꾼 같기도 했다. 적당한 순간 줄을 잡아당기면 끝. 아버지는 그렇게 해서 한번에 다섯 마리를 잡은 적도 있었다. 읍내에는 참새구이를 전문으로 하는 대폿집이 줄지어 있었다. 신선한 참새구이를 먹기 위해 먼 데서 찾아오는 손님들도 많았다. 나락이 익어갈 즈음 참새잡이는 마을행사나 다름없었다. 동네 남자들은 공기총이나 그물을 이용해서 참새를 잡았지만, 전쟁통에 다리 한 짝을 잃은 아버지는 광주리덫을 몇개 더 늘어놓는 방법을 쓸수밖에 없었다.

아버지는 참새를 잡으면 즉석에서 불을 피워 참새고기를 구웠다. 털을 태우고 배를 갈라 내장을 들어내고 꼬치에 꿰는 아버지의 손길은 침착하면서도 능숙했다. 덫을 놓고 참새를 잡아 고기를 굽는 과정을 아버지는 앉은자리에서 다 해냈었다.

진득하게 기다리는 법을 알아야 해. 절대로 조급해서는 안돼. 긴장을 늦춰서도 안돼. 참새들이 나락을 즐기도록 가만 두는 거야. 아무 의심도 없이 즐길 때까지 기다려. 그리고 줄을 잡아당겨. 신속하게. 속도가 중요해. 망설여서도 주저해서도 안돼. 일단 마음을 먹었으면 한번에 휙, 잡아당겨야 해. 새보다 빠르게. 아버지가 내 손에 줄을 쥐여주며 강조한 말이었다. 한번에 휙, 새보다 빠르게.

그것이 아버지가 내게 가르쳐준 전부였다.

나는 박의 세계에 속하고 싶었다. 비루한 아버지를 버리고 새로운 아버지를 모시고 싶었다. 나도 빨갱이 잡게 해주십쇼! 내가 사표를 내밀며 단호히 말했을 때, 박은 말없이 웃으며 사표를 되밀었다. 그렇게 두 번 더 사표를 내밀고 나서야 기회가 왔다.

자네가 한번 해볼 텐가? 박이 내 쪽을 보며 무심히 말했다. 아버지를 바꿀 절호의 기회였다. 심문을 잠시 멈추고 국밥 한 그릇으로 끼니를 때우고 있던 수사관이 손사래를 치며 끼어들었다. 지독한 놈이에요, 웬만해서는 눈도 끔쩍 안해요, 사람을 살살 약올리는데 아주 미치겠어요. 그 말이 내 속에 숨은 승부욕을 자극했다. 그대로 심문실로 달려갔다. 놈도 막 식사를 시작하려던 참이었다. 널찍한 쟁반에 차려진 음식을 보자 피가 끓었다. 일단 쟁반부터 엎어치웠다. 쇠그릇들이 요란한 소리를 내며 나동그라지고 그 위로 모락모락 김이 피어올랐다. 잠시 시간을 둔 다음 배에 힘을 주고 소리를 질렀다.

경찰은 국밥 한 그릇으로 겨우 끼니를 때우는데, 네놈은 찌개에 생선구이에, 어쭈 후식으로 사과까지? 야! 가서 국밥 한 그릇 가져와!

놈은 팔꿈치로 잽싸게 이마를 가렸다. 들고 있던 숟가락은 채 놓지도 못한 상태였다. 쟁반에서 굴러떨어진 사과가 내 발밑에 멈추기까지, 놈은 그 상태로 얼어붙은 듯 멈춰 있었다. 팔꿈치를 내리며 나타난 놈의 얼굴에서 나는 비겁과 배반의 징후를 찾아냈다. 참견 좋아하게 생긴 입가의 팔자주름과 여자깨나 밝히게 생긴 눈밑 주름과 얇은 입술. 놈의 비겁을 온전히 끌어낼 힘이 필요한 순간이었다. 나는 바닥에 나동그라진 사과를 주워 한 손으로 으깨면서 놈의 면전에 던졌다. 놈의 얼굴에 사과 조각이 튀고 과즙이 흘러내렸다. 그리고 가만히 다가가 불알 두 쪽을 한 손에 움켜쥐었다. 힘을 준 것도 아니었다. 그냥 움켜쥐고 눈을 맞추었을 뿐이다. 그것으로 끝이었다. 누런 갱지 한 더미와 모나미 볼펜을 내밀었을 때, 놈은 기대 이상의 것들을 갱지 가득 토해낸 다음 식은 국밥으로 빈속을 채웠다.

놈의 상을 엎어서 얻은 것은 새로운 아버지가 차려준 상이었다. 한상 가득 차린 그 상은 황홀하고 아름다웠다. 같은 밥을 먹고 같은 말을 하면서 우리는 진정 한식구가 되었다. 나는 한식구가 되었을 뿐 아니라 아버지의 권좌를 물려받을 강력한 아들로 지목받았다. 자넨 나를 꼭 닮았어, 자넬 보면 나 젊었을 적을 보는 것 같아. 거나하게 취한 박이 어깨에 팔을 걸치며 그렇게 말했을 때, 나는 아버지의 신세계를 영원히 지키겠노라고 다짐했다.

지금 나는 아버지의 세계가 아니라 아내와 딸의 세계에 있다. 그것이 추방인지 귀향인지는 모르겠다. 분명한 것은 지금 나를 감싸고 있는 세계가 냉이향을 품은 된장찌개 냄새라는 것이다. 나는 과연 아버지의 세계로 돌아갈 수 있을까. 아버지의 권좌를 물려받을 수 있을까. 그 권좌는 영원할 것인가.

아버지를 의심해서는 안된다. 의심이 끼어드는 순간 세계는 몰락한다. 내가 지켜낸 아버지의 세계는 견고하다. 견고할뿐더러 아름답다. 그러므로 여편네들이나 하는 사사로운 걱정에 휘말려서는 안된다. 일년만 참으면 된다. 일년만.


다락 바닥이 들썩인다. 망치질 소리가 뒤통수를 때린다. 전기드릴 소리가 귀를 후벼판다. 들썩이면 들썩이는 대로 후벼파면 후벼파는 대로, 눈을 감고 가만히 누워 소리를 듣는다. 오래된 온수기나 샴푸대는 그렇다 치고, 바닥 타일 공사까지 비용도 만만치 않게 들 텐데. 굳이 선이 돈까지 써가면서 다락방까지 들썩이게 만드는 공사를 고집하는지. 잠도 안 오고 책도 눈에 안 들어온다. 인부들이 다락 밑을 수시로 드나드니 옴짝달싹을 못한다. 정신 사나운 날이다.

갑자기 미용실이 조용해졌다. 갑작스러운 정적은 소란보다 더 위험하고 불길하다. 다락 외의 공간에서 벌어지는 일은 볼 수가 없으니 장님이나 매한가지다. 소리만이 위험을 알려주는 유일한 정보다. 때로는 냄새가 될 수도 있다.

짜장면 냄새. 달큰하고 기름지고 약간 탄 듯한 냄새. 시큼한 탕수육 냄새도 섞여든다. 짜장면은 향원이 맛있었는데. 심문 중간에 짬을 내서 먹는 짜장면은 그야말로 꿀맛이었는데. 이불 속에 넣어둔 도시락을 꺼낸다. 공사 때문에 세면대까지 이어지는 전선을 뺄 수밖에 없고, 전선이 없으니 전기장판은 냉골이고, 도시락은 이불 속에서도 차갑게 식어버린다. 짜장면 냄새를 맡으며 찬밥을 먹는다. 입맛은 없는데 짜장면 냄새 때문인지 식욕은 더 왕성해진다. 찬밥을 남김없이 다 먹는다. 면발을 감아올리는 후루룩 소리가 환청인 듯 들려온다.

빈 도시락을 내려다본다. 수많은 잠복근무를 해봤지만 이렇게 외롭지는 않았다. 밥은커녕 딱딱한 빵으로 끼니를 때우며 한뎃잠을 잤지만 이렇게 춥지는 않았다. 몸에는 기운이 넘쳤고 마음에는 흥분과 열기가 가시지 않았다.

언제 나타날지 모르는 적을 기다리며 숨어 지내는 것은 결코 쉬운 일이 아니다. 확신은 있지만 기약은 없는 날들. 시간을 다투는 일이지만 그만큼 신중을 기해야 하는 일이었다. 접선장소가 들통났다는 걸 들키기 전에 잡아들여야 했다. 우리가 할 수 있는 일은 무작정 기다리는 것뿐이었다. 음습한 야산 폐가에서의 잠복근무라면 더욱 힘들다. 우리는 폐가 안 아궁이에서 활동비로 짐작되는 돈다발과 수신기와 간첩지령카드를 접수했고, 물건을 인수할 자를 기다리고 있었다. 장마철이었고 내내 비가 왔다. 우리는 폐가 밖으로 한발짝도 나가지 않았다. 볼일은 아궁이에 보고 끼니는 차가운 빵과 음료수로 때웠다. 밤에는 담뱃불도 삼갔다. 돌아가며 눈을 붙였고 씻는 것은 아예 포기했다. 폐가 안은 축축하고 기분나쁜 냉기로 가득 찼다. 냄새도 지독했다. 가두어야 할 개를 잡기 위해 갇혀 있어야 하는 상황이었다. 개를 몰기 위해 개처럼 굴러야 하는 신세였다.

내가 가진 확신에 의심이 들기 시작할 무렵, 지긋지긋하게 이어지던 빗줄기가 멎은 아침, 아궁이에 오줌을 싸려고 바지 지퍼를 내리는데 밖에서 인기척이 들렸다. 물웅덩이 밟는 소리. 짧은 기침소리. 방에 있던 후배들도 그 소리를 들었다. 손짓으로 위치를 지정해주고 문 옆쪽으로 갔다. 위치는 충분히 확보된 상황이었다. 문틈으로 밖을 살펴보았다. 등산복 차림의 남녀였다. 등산로도 없고 이어지는 도로도 없는 야산에 등산복 차림이라니. 그것도 장마철에. 그들이 등산객이 아니라는 건 의심의 여지가 없었다.

남녀는 한동안 말없이 마루에 앉아 있었다. 가방에서 물을 꺼내마시고 산세를 관망하기라도 하는 것처럼 여유를 부리고 있었다. 마음이 조급했지만 성급한 행동은 금물이었다. 숨을 죽이고 동태를 살폈다. 남자가 일어나 부엌 쪽으로 슬금슬금 걸어오는 것이 보였다. 벽에 몸을 바싹 붙이고 남자가 들어오길 기다렸다. 문이 열렸다. 남자가 턱을 내려와 아궁이 앞에 섰다. 아궁이 속을 확인하기 위해 허리를 굽히는 순간, 나는 번개처럼 날아갔다. 내가 행동을 개시하는 것과 동시에 후배들도 여자를 덮쳤다. 남자는 격렬하게 반항했지만 제압하는 데 그리 오래 걸리지는 않았다. 여자는 순순히 굴복했다. 길고 지루한 잠복이 끝나는 순간이었다.

놈들의 검거는 생각보다 큰 성과를 거두었다. 그날 내 손에 잡힌 연놈은 열두 명에 달하는 간첩단을 일망타진하는 데 결정적인 역할을 했다. 그들은 간첩단의 주요 연락책이었고, 간첩단의 명단과 소재지를 순순히 불었다. 그 공적으로 특진을 했고 훈장까지 받았다.

그런 날이 있었다. 모두가 내게 엄지손가락을 추켜올리며 최고라고 칭송하던 날. 그날의 짜릿함이 생생하게 되살아난다. 분뇨통이 되어버린 아궁이에 놈의 얼굴을 처박아넣던 순간. 손목에 수갑을 채울 때 들리던 경쾌한 쇳소리. 온몸을 짜릿하게 감아오르던 승리감과 안도감. 파르르 떨리던 놈의 검푸른 입술과 계집년의 허옇게 질린 낯빛은 정말 볼만했었지. 놈들을 앞세우고 당당하게 내려가는 산길의 햇살은 얼마나 뽀송뽀송했던가. 내 몸에서 풀풀 풍겨나던 쉰내조차 향기로웠지. 그런데 그곳의 까마귀들은 아직도 담장 위에 앉아 있을까? 들통난 개들의 은닉처. 개들은 얼씬도 못할 곳.

기다렸다는 듯 솟아오른 아내의 웃음소리가 머리채를 잡아당긴다. 아양을 떠는 듯 간드러지는 웃음소리. 나잇살이나 먹어서 기껏 바다 공사 하는 사내놈들한테 부리는 교태라니. 지나칠 정도로 조심하고 불안에 떨던 아내가 언제부턴가 부주의해진 것 같다. 단정하게 말아올려 목선이 드러난 머리 모양조차 의심스럽다. 화장품 냄새 옷차림 하나가 허투루 지나가지지가 않는다. 공사가 끝나고 샴푸실이 되면 사람들도 끊임없이 들락거리게 될 텐데. 아내는 어쩌자고. 속 좁은 의심과 짓쩍은 푸념만 늘어간다.

모서리 구멍에 눈을 들이댄다. 가재도구를 다 들어낸 탓에 세면실이 휑하다. 구멍으로는 세면실만 겨우 보인다. 미용실 내부까지는 시야가 확보되지 않는다. 손가락을 쑤셔넣어본다. 야스리가 있으면 좋을 텐데 공구함은 미용실에 있다. 가위를 찾아 틈을 살짝 벌려본다. 문구용 가위라 힘이 없다. 손톱으로 조심스럽게 나무합판의 결을 뜯어올린다. 조금씩 소리나지 않게 한 줄씩. 손톱 사이로 나뭇조각이 파고든다. 쓰읍. 코끝이 찡하다.

쓰윽쓰윽 씨멘트 바르는 소리가 난다. 다시 공사가 시작된 듯하다. 구멍을 통해 아래를 내려다본다. 옛날엔 미장 기술 하나면 먹고 살 만했었는데. 남자들은 기술이 있어야 가솔을 이끄는 법이라고 했지. 뭉개고 치대고 바르고. 끊어짐 없이 매끈하게 이어지는 면. 흙손을 다루는 기술이 예사롭지가 않다. 씨멘트를 치댈 때마다 손등의 힘줄이 살짝살짝 움직인다. 사내 손등의 힘줄이 움직일 때마다 내 손등의 힘줄에 경련이 인다.

손잡이를 쥔 네 손가락을 잡고 손회목 반대방향으로 뽑으면서 꺾으면 저 흙손질을 멈추겠지. 그러고 나서 손톱 끝으로 속손톱을 눌러주면 정수리까지 전기가 오르겠지. 손톱보다는 볼펜심이 낫지. 볼펜심보다는 바늘귀가 낫지. 바늘귀보다는 펜촉이 낫지. 받쳐주는 힘도 있고 섬세하기도 하고. 속손톱보다는 손톱 사이가 낫지. 손톱 사이보다는 손회목의 옴폭한 부분이 낫지. 손목보다는 팔오금이나 다리오금이 낫지. 오금아 날 살리라는 말이 달리 나온 게 아니지. 내 전용 모나미 볼펜은 여전히 그 서랍 안에 들어 있을까. 틀린 글자를 긁어내려고 버튼 틈에 펜촉을 끼워둔 것이 꽤 유용한 도구가 되었었는데. 볼펜 뒤에 꽂은 펜촉 하나만으로도 많은 걸 알아낼 수 있었는데. 애송이 녀석들은 고깟 전기에도 오줌을 지렸었는데.

바닥 미장을 마친 사내가 턱에 걸터앉아 담배를 피운다. 한고비를 넘어서고 피우는 담배만큼 맛있는 게 없지. 다 피운 꽁초를 바닥에 탁 던지면서 숨을 들이마실 때 싸하게 도는 쌉쌀한 맛이야말로 진짜 짜릿하지. 바닥에 튀어오른 불똥을 발로 짓밟으며 다시 전장으로 투입되는 순간의 소름 돋는 설렘은 아는 사람만 알지.

사내가 연기를 두 모금 빨고 입술을 모아 연기 장난을 치는가 싶더니 슬그머니 뒤를 돌아본다. 손잡이를 툭툭 건드린다. 문을 잡아당긴다. 한 뼘만큼 열고 기웃거린다. 조금 더 열고 머리통을 밀어넣는다. 이런 쳐죽일 놈이 있나. 어디 감히 내 딸애 방을 기웃거리느냐.

뭐가 궁금한 것이냐. 여자 속곳이라도 널려 있을 것 같으냐. 너 따위가 훔쳐볼 곳이 아니다. 어디 감히 방문을 여는 것이냐. 딸애 방이다. 담배연기 들어온다. 문 닫아라. 나도 함부로 안하는 방을 어디 감히 너 따위가. 눈구멍을 쑤셔파도 모자랄 놈. 모가지를 비틀어 요절을 내도 시원찮은 놈.

되는대로 발치에 있는 오줌통을 넘어뜨린다. 반쯤 찬 오줌통이 계단을 굴러 다락문에 부딪힌다. 놈이 위쪽을 쳐다보고는 태연스럽게 문을 닫는다. 다락 쪽을 향한 시선은 거두지 않은 채다. 놈이 담배를 끄고 몸을 일으킨다. 입맛을 다시는 소리가 들린다. 놈이 다락 바닥을 툭툭 올려친다. 머리 쪽에서 툭툭, 발치에서 툭툭. 구멍에서 눈을 떼고 바닥에 얼굴을 박는다. 이게 무슨 꼴이냐, 비루먹은 개처럼, 화들짝 놀란 쥐새끼처럼. 그리고 이어지는 고양이 울음소리. 야옹야옹. 씨발놈.

*

이틀에 걸친 공사에 내 몸이 다 뻐근하다. 숨을 죽인 채 뒤척이

지도 못하고 내내 누워만 있은 탓이다. 한낮의 라디오 소리도 없고 여편네들 수다도 없고 괜한 의심을 불러일으키는 아내의 웃음소리도 없는 밤. 발각에 대한 두려움보다 혼자 남겨지는 외로움이 더 견디기 힘들다. 혼자 있을 때는 먼 데서 들려오는 경적소리조차 반갑다. 멀리서 들려오는 기척만으로도 몸에 냉기가 가신다.

딸애의 상자를 챙겨 방으로 내려간다. 메달이 든 상자를 책상에 올려놓고 책상자도 내린다. 서먹함을 좀 풀어보자고 시작한 것이 물건을 쥐고 거래나 하자는 셈이 되었으니. 상자 두 개와 상자들 틈바구니에서 찾아낸 손톱만한 유리인형까지. 이 정도면 딸애 마음을 좀 붙들 수 있을까.

그런데 요런 걸 뭐라고 부르나. 연애소설이라기에도 뭐한, 말도 안되게 근질거리는 이야기들. 주부생활에 연재중인 「벌거벗은 도둑」과는 또다른 재미가 있다. 도둑을 미화하는 불순한 소설보다 오히려 순도가 높다고나 할까. 어차피 쫓고 쫓기고 헤매는 건 도둑 얘기나 사랑 얘기나 별반 다를 것도 없고. 몇권 들춰보다보니 손바닥만한 표지에 적힌 문구들만으로도 그 내용이 충분히 짐작된다. 어처구니없는 제안과 비겁한 요구로 시작된 숨막히는 사랑, 파괴적이고 매력적인 외모에 끌려 시작된 고통스러운 사랑, 지울 수 없는 사랑의 기억에 아파하는 형벌 같은 사랑, 서로의 감정을 숨기고 속이면서 불구가 된 사랑. 몸이 배배 꼬이게 근질거리는 로맨스가 뭐 그리 숨막히고 고통스럽다는 건지.

아무래도 상자는 문앞에 두는 것이 낫겠다. 상자를 옮기고 나서 딸애 이부자리에 손을 넣어본다. 보일러가 고장이라도 났나. 그러고 보니 방바닥도 냉골이다. 구들이 사람 덕 보자 하겠다. 그런 줄도 모르고. 전기장판을 가지고 내려온다. 요 위에 전기장판을 깔고 그 위에 얇은 이불을 하나 더 덮는다. 이제 다 되었다. 딸애가 돌아오면 라면 냄비를 사이에 두고 도란도란 얘기를 나눠야지. 오래전에 그랬던 것처럼 냄비 뚜껑에 면발을 얹고 후루룩후루룩 소리내며 먹어야지. 생각만으로도 입안에 군침이 돈다.

쇠종소리가 들렸다. 딸애가 왔다. 다락문에 기대앉아 걸음 수를 센다. 하나, 둘. 어째 조용하다. 신발 끄는 소리가 들렸어야 하는데. 열 걸음의 시간이 지났는데, 문이 열릴 때가 되었는데, 아무 소리도 들리지 않는다. 기대로 부푼 귀가 환청을 만들어냈을까?

무언가 와르르 무너지는 소리. 부딪치고 넘어뜨리고 뒤치는 소리. 이게 무슨 소리냐. 냅다 다락방으로 뛰어오르다가 계단에 턱을 찧는다. 기듯이 올라가 구멍에 눈을 댄다. 아무것도 보이지 않는다. 비명소리가 들린 것도 같다. 창문을 조금 열고 밖을 본다. 차가운 바람만 몰아친다. 골목에는 쥐새끼 한 마리 보이지 않는다. 이건 흐느낌 소리인가. 딸애에게 무슨 일이 생긴 것이 분명하다.

다시 방으로 내려온다. 방문을 밀어본다. 문은 밖에서 잠겨 있다. 다시 다락으로 방으로 다락으로. 지옥과 천국을 오간다. 무슨 일이 일어난 건지 알 수만 있다면 이렇게 애가 타지는 않을 텐데. 머릿속에 삼라만상이 다 지나간다. 온갖 범죄와 끔찍한 사고들이 소용돌이친다. 도대체 무슨 일이 벌어진 것이냐. 울음소리가 들린 것도 같다. 밤중에 다 큰 계집애를 밖에 내보낸 내가 잘못이다. 무슨 맛을 보겠다고. 무슨 영화를 보겠다고 자리에 누운 애를 일으켜세

왔나. 여기 아빠가 있다. 그러나 나는 없다. 엄연히 있으나 기필코 없어야 하는 존재. 정의로운 심장과 정의로운 두 다리는 어디로 간 것이냐. 제 딸애 하나 지키지 못하는 정의로운 몸뚱이가 무슨 소용 이란 말이냐. 결박당하고 감금당한 이 비루한 몸뚱이. 아가, 소리를 질러라. 누구라도 듣게 큰 소리를 내라. 뭐라도 들어 유리창에 던져 라. 아빠는 신경쓰지 말고 큰 소리로 사람을 불러라.

갑자기 조용하다. 웅얼거리는 목소리. 남자 음성과 여자 음성. 두 사람인 건 분명하다. 선이의 음성인가 아니면 아내의 음성인가. 짐 작과는 다른 일이 벌어지고 있는 걸까. 라디오 소리가 들린다. 신경 을 거스르는 바이올린 선율. 이어지는 웅얼거림. 도무지 알 수 없고 짐작조차 되지 않는 이 암흑의 상태. 저놈의 라디오 소리. 음악소 리. 볼륨을 낮추어라. 도대체 무슨 일이 일어난 것이냐.


밤새 모르는 얼굴들이 다녀가셨다. 신념에 찬 얼굴과 비굴한 얼 굴. 파랗게 질린 얼굴과 검게 그을린 얼굴. 깨끗한 얼굴과 더러운 얼굴. 눈이 없는 얼굴과 입이 없는 얼굴. 얼어붙은 얼굴과 불타는 얼굴. 침묵하는 얼굴과 고함치는 얼굴. 어린아이의 얼굴과 늙은이 의 얼굴. 그 얼굴들은 하나같이 목이 잘린 채 공중에 떠 있었다. 잘 린 목의 단면에서 피가 뚝뚝 떨어졌다. 한 얼굴이 사라지면 새로운 얼굴이 나타났다. 새 얼굴이 나타날 때마다 새로운 피가 내 몸을 적셨다. 그 모든 얼굴과 핏물이 한 사람의 것인지도 몰랐다. 누군가 가면 바꿔쓰기 놀이를 하는 것 같았다. 가면과 가면 사이 잠깐씩 드러난 맨얼굴은 어찌 보면 내 얼굴인 듯도 하였다.

밤새 소리들이 내 몸에 다녀가셨다. 고함소리가 두 팔과 두 다리를 묶었다. 울음소리가 머리를 쪼고 거친 숨소리가 혈관을 뚫었다. 드릴소리 망치소리 경적소리 기차바퀴 소리 비명소리. 그 소리를 들으며 나는 무덤을 파듯 구멍을 팠다. 손톱을 세워 나무합판을 뜯었다. 피 묻은 손이 내 입을 틀어막고 구멍으로 밀어넣었다. 구멍난 손이 내 가슴에 말뚝을 박았다. 구멍난 손바닥, 구멍난 가슴.

심문과 취조는 내 확신과 상대방의 확신을 걸고 싸우는 한판 게임이었다. 가면과 가면의 싸움이었다. 나는 냉철한 심문관의 가면을 쓰고 상대는 신념의 가면을 쓰고 싸운다. 어쨌든 내가 믿는 확신을 밀어붙이고 그것을 진실로 만들어야 한다. 나는 그 싸움에서 져본 적이 없다. 아니 단 한 번 있었다.

우후죽순으로 생겨나는 중소기업 노조와 노조들의 연합으로 골머리를 앓던 시기였다. 학출들이 경쟁적으로 노동판에 뛰어들어 문제를 일으키고 다닌 탓이었다. 분석팀의 분석결과가 아니더라도 녀석이 위장취업을 했다는 건 확실했다. 녀석의 손은 기름칠할 손이 아니었다. 펜대나 굴리며 책장이나 넘길 손이었다. 상처 하나 없는 보드라운 손이었다. 굳은살이라고는 중지 첫번째 마디에 난 펜 자국뿐이었다. 글씨체만 봐도 알았다. 내가 펜글씨 학원을 다니면서까지 배워 익힌 글씨체보다 훨씬 격조있고 온화한 글씨체였다. 그런 글씨체를 가진 녀석을 함부로 대할 생각은 애초부터 없었다.

처음 보았을 때 녀석은 눈만 부릅떠도 놀라 까무러칠 것처럼 순한 얼굴이었다. 뽀얀 살결과 부드러운 턱선과 홍조가 도는 볼에서는 채 벗지 못한 소년티가 물씬 풍겼다. 금세 굴복할 거라고 생각했다. 소리만 질러도 오줌을 지리며 뭐든지 원하는 대로 하겠다고 매달릴 녀석이었다. 녀석이 궁극적인 목표가 아니었으므로 이름 몇 개만 대면 끝날 일이었다. 제시한 이름에 고개만 끄덕여도 되었다. 그림은 이미 완성되어 있었고 녀석은 그 그림에 필요한 사소한 붓칠에 불과했다.

짐작과는 다른 일이 벌어졌다. 녀석은 시종 모르쇠로 일관했다. 경제학과씩이나 나온 놈이 뭐한다고 자동차부품공장에 가서 기름 때를 묻히고 사느냐 물으면 가정형편이 어려워 그랬다고 대답했다. 시골에 사는 홀어머니를 들먹이며 감정적인 접근을 하면 그러니 더욱 돈을 벌어야지 않겠느냐고 반문했다. 다른 동료가 이미 다 불었다고 하면 불 것이 없는데 무얼 부느냐고 어깃장을 놓았다. 녀석의 대답은 일관되었고 완벽하게 준비된 것이었다. 인생자술서라 불리는 자백서를 열 장에서 스무 장, 사십 장으로 늘려도 틈이 보이질 않았다.

녀석은 도통 가면을 벗으려 들질 않았다. 그것이 신념의 가면인지 진짜 얼굴인지 확신이 서질 않았다. 어느 순간 녀석의 말간 얼굴이 진짜인지도 모른다는 생각이 들었다. 녀석은 정말 불 것이 없고 아는 것이 없는지도 몰랐다. 녀석의 확신이 진실이라면 내 확신을 거두어들일 용의가 있었다. 결과적으로 싸움에서 패배하게 되더라도 기꺼이 그래줄 수 있었다. 애초부터 비린내나는 학생 녀석들은 내 상대가 아니었다. 격조있는 글씨체를 가진 녀석을 보호해주고 싶기도 했다. 나는 간첩만 잡았다. 간첩이라고 확신하는 것들만 잡아들였다. 적당히 매운맛만 좀 보여주고 돌려보낼 생각이었다.

분석팀에서 내려온 명단이 아니라 다른 이름을 몇개 대보았다. 그야말로 그냥 한번 대본 것이었다. 그 순간 녀석은 긴장이 풀리며 결정적인 실수를 범했다. 녀석은 피식 웃으며 모르는 이름이라고 대답했다. 몰라야 하는 것과 진짜 모르는 것의 차이. 녀석이 보호하고 싶은 것과 보호하지 않아도 되는 것의 차이. 상대방이 알고 있는 것에 대한 태도와 모르고 있는 것에 대한 태도의 차이. 그 순간 녀석의 입가에 스쳐지나가는 조소의 기미를 보고야 말았다. 녀석은 나를 갖고 놀고 있었다. 녀석은 나를 여태 비웃고 있었다. 내가 거두어들이려던 확신이 바로 진실이었다.

나는 이성을 잃었다. 짐승처럼 포효하며 달려들었다. 미친 당나귀처럼 쥐약 먹은 개새끼처럼 날뛰었다. 주먹으로 얼굴을 후려갈기고 구둣발로 머리를 찍고 의자로 등짝을 내리꽂고 철제서랍을 꺼내 휘둘렀다. 이 새끼야, 네 엄마가 너 공부하라고 서울 보냈지 데모하라고 보냈냐? 홀어머니가 고생해가며 곱게 키운 그 손에 기름을 묻히고 싶더냐? 녀석을 응징해야만 했다. 나를 농락한 그 고운 손에 벌을 내려야 했다. 바닥에 떨어진 것 중에 되는대로 집어 녀석의 손등에 내리꽂았다. 녀석의 비명소리가 심문실을 가득 메웠다. 녀석의 손등을 관통해 책상에 꽂힌 그것은 서류철 구멍을 뚫는 송곳이었다. 녀석이 콧물을 질질 흘리며 웅얼거렸다. 난 아무것도 몰라요, 정말 몰라요, 엄마한테 보내줘요. 엄마한테 효도하고 살게요. 으어엉.

내 취조의 역사 중에 이성을 잃은 단 한 번의 과실이었다. 뒤늦게 들어온 백이 말리지 않았더라면 목을 졸라 죽여버렸을지도 몰랐다. 나는 녀석의 일에서 손을 떼었다. 내가 손을 뗀 다음 다른 팀에서 맡아 꽤 높은 실적을 올렸다는 이야기가 들려왔다. 하지만 녀석이 어떻게 되었는지는 듣지 못했다.

갱생원의 그 사내. 온몸을 긁어대던 그 더러운 손이 예전에는 아주 곱고 보드라운 손이었을지도 모른다. 사내의 손에 흉터가 있었던가? 그걸 보았으면서도 외면했던 것은 아닐까? 내가 외면한 것은 그뿐이었을까? 어차피 죽은 놈이다.


쇠종소리가 환청인 듯 들려온다. 지긋지긋한 라디오 소리가 멈췄다. 몸을 일으켜세운다. 자물쇠가 덜그럭거린다. 스프링처럼 튕겨나가 문을 밀어젖힌다. 아내의 얼굴이 보인다. 문짝을 잡은 채 몸만 내밀어 미용실 쪽을 본다. 블라인드가 쳐져 어둑신한 미용실은 밤새 아무 일도 없었던 듯 말끔하다.

"선이는! 선이 지금 어딨어? 응? 엄마가 되어가지고 딸애 간수도 못하고! 계집애가 여기 혼자 이러고 있으면 밤에 와서 들여다보고 그래야 할 거 아냐! 응? 응? 응?"

"여보, 무슨……"

"도대체 여편네가 어디다 정신을 팔고 다니는 거야. 낮엔 왜 문 안 잠가. 왜 아무나 벌컥벌컥 문을 열게 만드는 거야. 저녁엔 꼬박꼬박 잠그고 가면서!"

"여보!"

"어젠 또 뭐가 바빠서 들여다보지도 않고 가. 사내놈들이랑 시시

덕거릴 시간 있으면 보일러나 봐달라고 하지. 방은 냉골이고 먹을 것도 없고, 계집애가 어디 붙어 있기나……"

"야아아아아!"

길게 이어지는 아내의 고함소리. 아내는 눈을 질끈 감고 주먹을 쥔 채 소리를 지른다.

"야, 아? 당신 지금……"

"선이랑 같이 지내는 건 당신 아냐? 아니야? 왜 나한테 물어봐. 여편네들이 방에서 고스톱 치고 가겠다고 고집 피우는데, 그럼 데리고 들어가서 판 벌일 걸 그랬나? 내려와서 광이라도 팔래? 왜 이래 아침부터. 누군 할말 없어 이러고 있어? 응? 누군 소리지를 줄 몰라서 이러고 있냐고. 그리고 당신! 여태까지 살면서 나한테 소리 한번 지른 적 있어? 응? 당신이야말로 왜 이래. 내가 뭐 잘못했다고 이래! 왜! 왜! 왜!"

삭여지지 않는 아내의 거친 숨소리. 입술이 파르르 떨린다. 턱이 움찔거린다. 등을 돌린다. 가만히 서서 심호흡을 한다. 나는 꼼짝없이 서서 아내가 분을 삭이는 과정을 낱낱이 지켜본다.

"연장됐대."

아내는 암호 같은 말만 남기고 세면실을 나간다. 아내가 사라지고 난 자리. 바닥에는 신문과 우유와 찬합이 나뒹굴고 있다. 침이 꼴딱 넘어간다. 바닥에 있는 물건들을 챙겨 다락으로 올라온다. 도대체가, 도대체가. 엉망진창이다.

신문을 펼친다. 도대체 뭐가 연장이라는 건지. 남북관계 청신호. 빨갱이 새끼들하고 손이라도 잡겠다는 말인가. 정치 경제 사회면

다 뒤져봐도 뭐가 연장되었다는 건지 도통. 다시 사회면. 환경사범 50명 구속. 안 공소시효 95년 9월까지. 공소시효가 95년?

잠적중인 안의 공소시효가 당초 알려진 것보다 삼년 늘었다. 같은 혐의로 재판에 회부된 관련 경찰관 네 명에 대한 재판이 확정되지 않아 형사소송법에 따라 공소시효가 중단되었기 때문. 형사소송법 253조에 따르면 공범의 공소시효는 다른 공범의 공소제기 시점부터 재판확정 때까지 정지된다.

그렇다면 백과 은의 재판이 끝나지 않으면 공소시효도 그만큼 연장된다는 뜻이다. 앞으로 사년을 더, 다락방에서, 일년이 아니라 사년! 그리고 더 연장될 수도 있다는…… 도대체 이게 무슨…… 도대체가 도대체가.

방문을 연다. 후드득, 나무계단을 기어오르는 발걸음 소리. 어둠
속으로 숨어드는 바퀴벌레처럼, 발톱을 세우고 줄행랑을 치는 쥐
새끼처럼, 구역질나게 재빠른 도피. 방문턱에는 상자 두 개가 방어
벽처럼 쌓여 있다. 상자를 밀쳐내고 방으로 들어간다. 형광등 스위
치를 올린다. 몸의 형상이 그대로 남은 이부자리. 함부로 내팽개쳐
진 신문. 다락문은 미처 다 닫지 못해 반 뼘쯤 열린 상태다. 이불을
발로 차 한쪽으로 밀어버린다. 등을 꼿꼿이 세우고 앉아 다락문을
쏘아본다.

숨으려거든 꼭꼭 숨으시지요. 도망을 치려면 흔적이나 남기지
마시든가. 구더기처럼 진물을 질질 흘리고 다니지 말고. 방어벽을
쌓으려면 더 높게 더 단단하게 쌓으셔야죠. 저깟 상자 가지고 되겠

어요? 벽돌을 쌓으세요. 철갑을 두르세요. 참견을 하고 싶거든 모습을 보이세요. 버려지든 쥐새끼든. 그렇게 놀란 발걸음 소리만 들려주지 말고.

자, 물어보세요. 한밤중에 심부름을 나간 딸아이가 왜 이제야 돌아왔는지, 밤새 그 시끄러운 소리는 뭐였는지, 지난밤에 도대체 무슨 일이 있었는지. 궁금해죽겠잖아요. 듣고 싶은 말을 하게 만드는 게 당신 특기잖아요. 애쓰시지 않아도 돼요. 당신이 재촉하지 않아도 순순히 다 불 테니까. 하나도 빼지 않고 소상히 들려줄 테니까. 어서 물어봐요. 뭐가 무서워서 그렇게 몸을 숨기고 있어요. 무얼 망설이고 있는 거예요. 물어야 하잖아요. 무슨 일이 있었느냐고, 대체 어디서 뭐 하다 이제 오느냐고, 혼이라도 내야 하잖아요. 그게 사람이잖아요. 소리라도 내보시지요. 그 지랄맞던 발뒤꿈치의 힘은 다어디로 갔나요.

조용하다. 몸을 뒤치는 소리도 발뒤꿈치 소리도 없다. 집요하게 이어지는 정적. 무언가 다락문을 건드린다. 반쯤 열리다가 멈출 만큼의 힘. 머뭇거림. 한숨소리. 그리고 이어지는 목소리.

"부탁 하나만 들어다오."

그게 무슨 말이에요. 부탁을 들어달라니요. 무슨 일이냐고 추궁을 해야죠. 대답을 하라고 명령을 해야죠.

"박을 좀 찾아가다오. 집은 네 엄마가 알 거야."

그러면 그렇지요. 사람이 아니었지요. 중요한 건 당신의 안전뿐이지요. 그것 말고는 보이지도 들리지도 않겠지요. 저 상자들, 그냥 방어벽이 아니었어요. 그 정도 부탁이라면 스웨터나 장갑 따위로는 안되겠지요. 상자를 통째로 내주어야 거래가 되겠지요. 어김이 없는 거래방식. 이것이 당신의 생존방식.

인터폰을 눌러 신분을 밝히고 나서도 한참이 지났다. 흰색 철제 대문 안쪽으로 잘 정돈된 정원이 보인다. 집채는 무성한 나무와 돌계단에 가려 지붕만 겨우 드러나 있다. 적막한 동네다. 이마에서 식은땀이 난다. 지붕 위에서 나무 우듬지로 날아가는 까치 울음소리가 정적을 깬다. 새의 날갯짓 소리가 멈추고 나자 거대한 집은 다시 고요에 잠긴다.

나는 왜 여기 서 있는가. 무얼 확인하고 싶은 건가. 아버지는 무얼 알고 싶은 건가. 돌아가자. 여기서 얻어갈 것은 없다. 다시 인터폰을 누르려던 손을 거두어들인다. 미처 몸을 돌리기도 전에 문 안쪽에서 검은 양복을 입은 남자가 나온다. 철문이 열린다. 남자는 문밖으로 고개를 내밀어 주위를 둘러본 다음 길을 비켜준다. 나는 선뜻 발을 들이지 못한다. 남자가 헛기침을 하며 재촉한다. 내가 들어서자마자 남자는 다시 철문을 닫고 돌계단을 뛰어올라간다. 신속하고 빈틈없는 몸놀림이다. 남자를 뒤쫓아 천천히 돌계단을 오른다. 계단을 따라 이어진 측백나무는 전지를 막 끝낸 듯 단정하다. 남자가 번호 키를 눌러 문을 열고 다시 길을 비켜준다.

실내에 발을 들이자 시큼한 냄새가 코를 찌른다. 청결하지만 자극적인 느낌의 소독약 냄새. 장식이라고는 거의 찾아볼 수 없는 벽과 베이지색 톤의 육중한 가구들. 신경증적인 집착이 엿보이는 기이한 거실. 베이지색 가죽 쏘파에 앉은 사내가 보인다. 사내는 작은 돋보기를 코끝에 걸치고 책을 읽고 있다. 검은 양복의 남자는 어느새 현관문을 잠그고 두 손을 가지런히 모은 채 내 옆에 부동자세로 서 있다. 신발을 벗고 거실에 발을 들인다. 발바닥으로 대리석 바닥의 선뜩한 기운이 전해진다.

사내에게서 가장 멀리 떨어진 위치에 자리를 잡고 앉는다. 사내가 읽던 책을 덮으며 고개를 든다. 돋보기를 벗어 탁자에 올려놓고 내 쪽을 올려본다. 사내는 기력은 쇠하고 오기만 남은 못돼먹은 노인의 얼굴을 하고 있다.

"성경 좀 읽어봤나?"

사내가 책을 내 앞쪽으로 밀며 말한다. 그제야 사내가 보고 있던 것이 성경책이라는 걸 깨닫는다. 금가루로 테두리를 칠한 성경책은 오랫동안 읽은 듯 손 닿는 부분이 닳아 있다.

"나는 말이야, 이걸 처음부터 끝까지 네 번 봤어. 네 번. 아가씨도 시간 내서 꼭 한번 읽어봐. 인생이 어째 좀 고달프다 싶어지면 말이야, 나도 모르게 이걸 찾아 읽게 되더란 말이지."

말을 할 때마다 입맛을 다시는 듯한 쩝쩝 소리가 따라붙는다. 축 늘어진 입가의 살이 추임새처럼 덜렁거린다. 나는 밉살스럽게 움직이는 살덩이에서 눈을 돌려 성경책에 고정한다.

"교회도 좀 나가고 그러나?"

대답하지 않는다. 가죽 커버의 성경책 표지는 바깥쪽으로 말려 있다.

"나는 말이야, 성경은 네 번이나 봤는데 말이야, 교회라는 데는 한번도 가본 적이 없어. 왜 그런지 아나?"

고개를 들어 사내를 본다. 사내는 내 얼굴을 빤히 쳐다보며 입맛을 다신다.

"알아, 몰라?"

사내의 축 처진 입매가 움찔거린다. 사내는 미간을 모으고 내 눈을 쏘아본다. 이유를 알고 싶지는 않지만, 계속해서 응대를 추궁받고 싶지는 않다. 몰라요. 나는 입술만 달싹여 말한다.

"모르겠지. 아가씨가 어떻게 알겠어. 우리 같은 일에 종사하는 사람들의 고충을 말이야. 하긴 누군들 알겠어?"

사내는 기다렸다는 듯 무릎을 치며 몸을 곧추세운다. 그러곤 검지를 치켜들고 천장을 가리킨다.

"쩌어 위에서 말이야?"

"………"

"쩌어 위에서 전문가를 내려보냈잖아. 나를 암살하겠다고. 내가 하도 저쪽 애들을 처넣으니까 말이야, 내려보내는 족족 내가 다 잡아넣으니까 말이야, 나만 없으면 살겠다 이거지. 그러니 어디 암살자들 무서워서 함부로 나갈 수가 있어야지. 교회랍시고 나갔다가 총 맞아 죽으면, 누구 좋으라고. 안 그래, 아가씨?"

썩은내가 난다. 어디선가 맡아본 익숙한 냄새다. 퀴퀴하고 불쾌한 냄새. 다락방에서 썩어가는 아버지의 냄새.

"그래…… 안은 잘 있다던가?"

"………"

"그러니까…… 돈이 필요하단 말이지? 그걸 벌써 다 쓴 게야?"

"………"

"오늘은 준비된 게 없으니 내 곧 사람 시켜 보내도록 하지. 하지만 이번이 마지막이야. 이렇게 자꾸 찾아오면 곤란해. 다들 내가 안을 감췄다고 그러는 판에 식구들이 번갈아 찾아오면 되겠나 어디. 식구들이라고 하나같이 원……"

"당신이 시켜서 한 거잖아. 한식구였다면서. 한편이었다면서!"

"어허 이 아가씨, 얌전하게 앉아 있더니 꽤나 성깔을 부리네? 하긴 누구 딸인데 성질이 없겠어. 시키긴 누가 시켰다고 그러나. 다지가 알아서 한 거지. 경호원으로 있으면서 가끔 마싸지나 좀 해주고 그랬으면 오죽 좋아? 먼저 나서서 빨갱이 잡겠다고 한 건 네 아버지다. 물론 네 아버지 손기술이야 기가 막혔지. 마싸지할 때부터 알아봤어. 사람 몸을 기가 막히게 잘 알아. 관절이며 근육이며 모르는 게 없었단 말이지."

그렇게 사셨어요? 이 걸레 같은 남자 살 주무르며 사셨어요? 그렇게 살아남아야만 했어요? 당신이 믿고 따르던 조직이란 게 그런 거였어요? 뭘 위해서 그렇게까지 하셨어요. 도대체 거기서 무슨 짓을 하신 거예요. 뭘 확인시키려고 날 여기 보내셨어요.

"거기서, 무슨 짓을 한 거야!"

"거기서 무슨 일이 있었는지 알고 싶으시다 이 말이지? 전기, 물, 뭐 이런 거 말인가? 그걸 알고 싶은 게냐? 나는 모르지. 내가 한 게 아니니까. 하지만 네가 상상하는 것보다 훨씬 많은 일이 일어났다고는 말할 수 있지."

"내 아버지가 한 게 아냐."

"안은 말이야, 그 방면에는 아주 타고난 사람이야. 힘은 오죽 좋

아? 손은 보통 커? 그 손으로 귀싸대기 한방이면 고막이 터지고 눈
알이 빠져. 애송이들은 눈만 부릅떠도 오줌을 질질 쌌을 정도라니
까. 왜정 때 나보다 훨씬 힘도 좋고. 나야 뭐 힘이 있나 덩치가 있
나. 보다시피 다 늙어가는 노인넨걸. 안 그런가 아가씨?"

사내가 내 쪽을 쳐다보며 웃는다. 더럽고 불쾌한 웃음이다. 눈길
에서조차 썩은 냄새가 난다. 이대로 있다가는 내 몸까지 썩어들어
갈 것 같다. 자리에서 일어난다.

"이 조직이란 게 말이야……"

사내의 목소리가 머리채를 잡아당긴다.

"불가사리 같은 거란 말이지. 불가사리 아나?"

불가사리.

"발이 하나 잘려나가면 그 자리에 새로운 발이 생겨나는 게 불가
사리야. 발이 썩으면 발을 잘라내면 되고, 손이 썩으면 손을 잘라
내면 되고. 가끔은 말이야, 일부러 발을 잘라내기도 해. 새 발이 필
요할 때는 말이야…… 나도. 내 윗사람도. 그 윗사람도. 예전에 끝
났어. 가서 전해라, 이제부터 도꼬다이로 살아야 한다고. 우리 모두
졌다고. 다른 불가사리가 다 차지했다고. 온통 불가사리 천지라고.
그러니 잘 살아남으시라고 해라."

불가사리의 썩은 발. 새 발을 만들기 위해 일부러 잘라낸 발. 아
버지는 잘려나간 불가사리의 썩은 발이었다.

"아버지한테 성경책 읽으시라고 전해드려라. 거기 좋은 말씀이
마안타."

문을 열고 밖으로 나온다. 현관문 앞에 서 있던 남자는 기계처럼

뛰어나와 앞서 걸어간다. 들어올 때처럼 철문을 열고 주변을 둘러본 다음 길을 터준다. 등뒤로 철문 닫히는 소리가 들린다. 몇걸음 걸어가다 뒤를 돌아본다. 높은 담장과 우거진 나무에 가려 지붕만 보이는 집이 공중에 뜬 감옥처럼 보인다. 그 속에서 거대한 불가사리 한 마리가 꿈틀거리며 썩어가고 있다. 담장에 얼룩진 빗물 자국이 꼭 썩은 불가사리의 몸에서 흘러나온 진물 같다. 썩은 불가사리의 감옥.

    미용의자를 최대한 높게 올리고 앉아 거울을 본다. 거울 속에 비친 초원미용실 내부는 기괴한 정적으로 일그러져 있다. 높이조절 발판을 누른다. 푸스슥 공기 빠지는 소리와 함께 의자가 내려간다. 잠깐의 기분좋은 하강. 발끝으로 다시 발판을 밟아 의자를 올린다. 거울 속의 낯선 여자가 상승과 하강을 반복하며 표정을 지운다.
    라디오를 켜고 다시 의자에 앉는다. 음악소리에 맞춰 발을 굴러본다. 어린애처럼 휘휘 발을 젓는다. 내가 발을 저을 때마다 의자도 박자를 맞춰 쇳소리를 낸다. 라디오 소리. 내 몸을 타고 흐르던 라디오 소리.
    남자가 남기고 간 신문 조각을 꺼낸다. 접힌 면을 한겹 한겹 펼쳐낸다. 고대의 양피지 조각을 발굴하는 기분이다. 먼지와 곰팡이를 털어내고 접힌 면을 펼치면 비밀의 문을 여는 주문이 나올 것 같다. 이윽고 하나의 그림이 내 앞에 펼쳐진다.
    피라미드 모양의 사건체계도. 북이라는 꼭짓점을 시작으로 아래로 넓게 가지를 뻗어내려간 그림. 가지마다 열매처럼 매달려 있는 얼굴들. 한쌍의 열매처럼 얼굴 옆에 매달린 설명들. 그리고 가지처럼 삐죽이 나온 크고작은 글씨들. 손을 많이 탄 탓에 인쇄된 사진과 글자가 선명하지는 않지만, 굵게 강조된 글자와 사진 속 얼굴들을 분간할 수는 있다. 기사가 실린 지면이나 날짜에 대한 정보도 없다. 알아볼 수 있는 것은 열매처럼 매달린 사람들의 이름과 나이 정도. 22세의 젊은 남자부터 89세의 할머니까지 모두 열두 명. 사촌 오촌 형과 같은 표식과 성씨를 보아서는 평범한 가계도처럼 보인다. 시골마을 어디서나 만날 수 있는 할머니나 아낙의 얼굴. 사진기 앞에만 서면 표정이 굳어버리는 촌부의 얼굴. 물방울 원피스를 입은 앳된 여자의 얼굴. 사진 속에 남자의 얼굴은 없다. 남자는 신문 조각을 건네주며 자신이 한 짓이라고 말했다. 그가 아니라 남자가 한 짓이라고. 남자는 무얼 했다는 것일까.

신문을 찬찬히 들여다본다. 손으로 쓴 단정하고 정갈한 글씨체. 반듯하고 흐트러짐이 없는 아버지의 글씨체. 아래로 내리긋는 선은 힘차면서도 절도가 있었지. 넓게 자리잡은 받침이 다른 획들을 중후하게 받쳐주며 글자의 위엄을 완성하는, 글자들 하나하나가 하나의 이야기와도 같았던 아버지의 글씨체. 이것은 남자가 그린 그림. 남자가 그린 그림에 토를 달아놓은 아버지의 글씨. 남자는 이 체계도의 어느 즈음에 숨어 있는 걸까. 그리고 아버지는 어디에 있는가. 피라미드의 밑변 한구석에 있는 89세의 할머니가 내 쪽을 보고 웃는다.

전화벨이 울린다. 여명의 전화벨 소리. 끊어졌다가 다시 울린다. 수화기를 들어 가만히 귀에 댄다. 미안해 선아, 엄마 안 올라가. 당분간 여기서 지낼 거야. 미안해. 그리고 갑자기 터져버린 흐느낌 소리. 엄마가 울고 있다. 훌쩍이는 소리가 귓속을 파고든다. 엄마의 울음소리를 들으며 거울을 본다. 거울 속에 89세의 할머니가 웃고 있다. 할머니의 얼굴 위에 앳된 여자의 얼굴도 있다. 그리고 그 위에 내가 있다. 거울에 손가락을 갖다댄다. 그림을 그리듯 손가락으로 입매를 살짝 올려준다. 거울 속 얼굴들에 화색이 돈다. 할머니가, 여자가, 그리고 내가 웃는다.

새소리와 함께 시간을 알리는 신호음이 들린다. 이어서 애국가가 울려퍼진다. 새로운 날을 알리는 라디오 소리. 여기는 대한민국의 수도 서울에서 방송해드리는 대한민국 라디오의 중심, 언제나 청취자 여러분 곁에서 재미있고 즐거운 방송을 추구하고자…… 거울 속의 여자들을 일별하고 의자에서 일어난다.

블라인드를 걷어올린다. 새날 아침의 첫 방송 씨그널과 함께 미용실 문을 활짝 열어젖힌다. 차갑고 신선한 공기가 밀려들어온다. 해가 뜨면 초원미용실에도 따사로운 햇살 한자락이 들어오도록 문을 열어두어야지. 숨을 깊이 들이마시고 안으로 들어온다. 수납장 앞에 선다. 차곡차곡 개켜놓은 수건들을 치운다. 수건이 사라지고 난 자리에 숨겨진 두꺼비집이 드러난다. 뚜껑을 연다. 스위치를 모두 내린다. 라디오 소리가 사라진다. 냉장고가 쿠루룩 숨넘어가는 소리를 내며 멈춘다.

세면실로 들어가 방문 앞에 선다. 신문을 잘 펴서 방문 틈으로 집어넣는다. 89세의 할머니와 그의 가족들이 들어간다. 가족들을 모두 들여보내고서 천장을 올려다본다.

당신과의 거래는 이제 끝났어요. 내 물건들 다 가져요. 그거 필요 없어요. 어떤 거래도 하지 않겠어요. 어둠과 손잡지 않겠어요. 내가 허락할 때만 내려오세요. 내가 주는 것만 받으세요. 전쟁을 시작하지요.

미용실 문을 활짝 열어놓고 앉아 남자를 기다린다. 남자가 없는 레코드점 앞은 뭔가 빠진 듯 허전하다. 미용실에서 레코드점까지 걸어본다. 뒷짐을 지고 천천히 걷는다. 작은 보폭으로 열 걸음. 다시 미용실까지 열 걸음. 이번엔 구령에 맞춰 걷는 군인들처럼 두 팔을 저으며 걸어본다. 여덟 걸음. 일곱 걸음. 레코드점과 미용실의 거리가 점점 좁혀진다. 남자가 앉았던 자리에 엉덩이를 걸치고 앉는다. 벽기둥에 머리를 기대고 미용실을 본다.

한귀퉁이가 깨진 초원미용실 간판. 웨이브진 머리를 날리고 있는 여자 씰루엣 그림도 반쯤 벗겨져 있다. 남자는 여기 앉아 무엇을 보고 있었을까. 폐허가 된 초원을 보았을까. 초원 위에서 활활 불타는 집을 보았을까. 무너진 집터 위에 서서 잔해들을 헤아리는 여자를 보았을까. 여자의 등뒤로 피어오르는 연기를 보았을까.

저기 남자가 온다. 어김없이. 주머니에 손을 넣고, 머리를 삐딱하게 어깨에 붙이고 땅만 보며 걷는다. 트럭 한 대가 경적을 울리며 지나가는데도 남자의 자세는 변함이 없다. 길 한가운데로 나가 남자를 맞는다. 남자가 고개를 들어 나를 본다. 남자의 눈을 똑바로 쳐다보며 말한다.

"갈 곳이 없어요. 나 좀 어디 데려가줘요."

*

"헤어숍에서 불고데를 할 수 있는 팀은 우리밖에 없어요. 예약 손님이 밀려서 폐점시간이 지나고서도 한참을 더 해야 해요. 수석의 손놀림은 정말 화려해요. 가위춤을 추는 것 같아요. 꼭 그렇게 요란을 떨어야 하는지는 잘 모르겠어요."

"귀도에서 제일 큰 배를 가진 사람은 황씨 아저씨였어. 황씨 아주머니는 젓갈을 잘 담갔고, 황씨의 어머니는 노래를 맛깔나게도 잘 불렀지. 황씨 동생은 육지에서 철물점을 했어. 자기가 가진 기술에 속는 사람들이 꼭 있기 마련이야."

"어제 어떤 남자가 공연 티켓을 주고 갔어요. 아주 유명한 가순데, 한국에는 처음 오는 거래요. 어렵게 구한 거라네요. 올림픽을 치렀던 운동장에서 일요일에 만나재요. 일주일에 한번은 꼭 머리를 하는 남자예요. 난 노래는 잘 못해요."

"철물점 황씨는 일본에서 공부하는 막내아들 덕분에 일본으로 첫 해외여행을 떠났어. 형네 식구도 다 데리고 갈 만큼 그들은 우애가 깊었어. 노래를 잘하던 할머니는 올림픽 때 돌아가셨어. 제일 큰 배를 가진 황씨 아저씨도. 황씨 아주머니는 그다음 해에 죽었어."

"불고데 때문에 실적이 좋아서 월급이 많이 올랐어요. 두피관리나 헤어제품을 권하지 않아도 될 만큼요. 그런 얘기는 아무리 노력해도 입이 안 떨어져요. 그냥 머리나 자르고 롯드나 말았으면 좋겠는데. 말이 없으면 무시하는 것처럼 보이나봐요. 막내아들이 일본이 아니라 다른 나라에서 공부를 했으면 달랐을까요?"

"철물점 황씨는 집 구하는 데 보태라고 두 달치 월급을 선뜻 내주기도 했어. 철물점 황씨네 아주머니의 고추장찌개는 내가 먹어본 음식 중에 최고로 맛있는 음식이었어. 하지 말아야 할 말을 하는 것보다는 나아. 그게 무슨 말인지도 모르고 아무 말이나 다 해버리는 것보다도."

"나는 만두는 안 먹어요. 사람들은 왜 김치를 먹다가 생강을 씹으면 싫어할까요? 어떤 사람들은 나를 김치 속에 든 생강 조각처럼 골라내고 싶어해요. 말을 안했으면 죽을 수도 있었잖아요. 무슨 말이든 하게 만드는 게 더 나빠요."

"황씨네 할머니가 끓여주신 생강물이 생각나. 생강 도라지 배꿀. 그냥 먹어도 맛있는 걸 많이도 넣어 달였지. 그걸 먹으면 겨우내 감기 걱정은 안했어. 예뻐서 그래. 시샘해서 그러는 거야. 김치에는 생강이 꼭 들어가야 해. 생강이라면 다 좋아. 생강절임 생강차 생강과자."

"그런 얘기 처음 들어요. 내가 예쁘다고 우쭐해하면 꼭 무슨 일이 생겨요. 난 생강과자 싫어요. 설탕을 잔뜩 입혀서 달기만 할 거 같은데 먹어보면 쓰거든요. 이 흉터는 뭐예요? 초승달 같아요."

"일곱살 때 그네에서 떨어졌어. 턱에 금이 갈 정도로 세게 부딪쳤는데 아픈 것도 몰랐어. 그네를 밀었던 친구가 먼저 우는 바람에 울고 싶어도 울 수가 없었어. 그게 생강과자 맛이지. 쌉쌀한 단맛. 달달한 쓴맛."

"나도 흉터가 있어요. 엄마 심부름으로 동지팥죽을 들고 옆집에 갔어요. 그 집에는 개가 한 마리 있었는데, 정말 큰 개였어요. 목줄을 하고 있어서 괜찮을 줄 알았어요. 쟁반을 받쳐들고 조심조심 걸어간 건 기억나는데, 그다음엔 모르겠어요. 어른들 말로는 개가 허벅지를 물어버렸대요. 내가 너무 무서워하니까 얕본 거래요. 보지 마세요. 초승달처럼 매끈하면 좋을 텐데 너저분해요. 뜨거운 팥죽에 이빨 자국까지."

"달의 지도처럼 보여. 여기 아래 하얀 건 티코 분화구, 그리고 여긴 구름의 바다, 그리고 여긴 고요의 바다. 어릴 적엔 천문학자가 되는 게 꿈이었는데. 천문학자가 뭐 하는 건지도 모르고 그냥 별이 좋아서. 거북바위 위에 누워서 별을 보곤 했어."

"흉터에 이름이 생겼네요. 내 허벅지 흉터가 보름달처럼 환해 보인 건 처음이에요. 그 개는 다음날 그 사람이 잡아먹었어요. 인간을 얕잡아본 죄라면서. 어릴 적 꿈은 엄마가 되는 거였어요. 꿈이 엄마라고 말하면 그건 누구나 되는 거라면서 꼭 다른 걸 말해보라고 했어요. 그런데 그 팔에 생긴 흉터는 뭐예요?"

"보름달만 아니었으면 황씨 아저씨가 그렇게 멀리 가진 않았을 거야. 그날따라 유난히 빨랐던 조기떼의 북진 속도를 따라잡으려고 하지 않았으면, 보름달이 그렇게 환하지만 않았으면, 황씨 아저씨가 뱃길을 놓치는 일은 없었을 거야. 별과 달을 보고 날씨를 점치는 걸 가르쳐준 사람도 황씨 아저씨였어. 얕잡아본 게 아니라 무서워서 그랬는지도 몰라. 아니면 네가 너무 좋았거나."

"사람한테도 개 꼬리가 있었으면 좋겠어요. 꼬리를 흔들면 좋은 거고, 감추면 무서운 거고, 바짝 세우면 화난 거고. 눈빛을 살피지 않아도 상대방의 진심을 금방 알아차릴 수 있을 텐데. 지금 생각해보면 내가 먼저 넘어지면서 팥죽 그릇을 엎어버렸는지도 모르겠어요. 종아리가 아니라 허벅지를 문 걸 보면요. 팔뚝에 구멍이 났었나봐요?"

"동물이 가진 것 중에 하나를 가질 수 있다면 꼬리가 아니라 더듬이를 갖고 싶어. 어둠속에서도 길잡이가 되어주고 위협보다 먼저 위험을 알려주고."

"어떤 곤충은 더듬이에 이천개의 털이 있대요. 달팽이 더듬이는 빛과 어둠 정도만 겨우 감지한대요. 학교 다닐 때 생물책에서 봤어요."

"그럼, 달팽이 더듬이를 가져야겠어."

"그럼, 굳이 가져야 할 이유가 없잖아요."

"그 정도만 느끼면서 살아가면 좋겠어서."

"이거 만져봐도 돼요?"

"응."

"다 이렇게 이상하게 생겼어요?"

"아니."

"왜 웃어요?"

"그걸 그렇게 만든 사람 손이 생각나서."

"그런데 내 생일은 어떻게 알았어요?"

"생각했던 것보다 손이 참 작네."

"생일파티 얘기 해줄까요?"

"생일이라면 파티를 해야지. 그런데 올림픽운동장에서 하는 그 공연은 가보지그래?"

"반장의 생일파티가 있다는 소식을 들었어요."

"재밌을 텐데."

"책상 서랍에 숨겨둔 새 연필들을 골라 포장을 했어요. 아까운 마음은 들지 않았어요. 더 많은 연필을 갖고 있지 못한 것이 서운할 뿐이었죠. 제일 예쁜 옷을 골라입고 직접 포장한 선물을 들고 반장네 집을 찾아갔어요. 달콤한 음식 냄새와 왁자한 웃음소리와 음악소리. 와, 이게 진짜 생일파티구나, 그러면서 발을 들였어요. 반장 엄마 손에 이끌려서 거실 한가운데에 섰을 때 그 소리가 딱 멈추었어요. 나는 손을 흔들며 인사를 하는데 내게 돌아온 것은 영문을 알 수 없다는 표정의 얼굴들이었어요. 그곳에 가기 위해서는 초대장이 필요했다는 걸 몰랐거든요. 반장이 크레파스로 직접 그린 초대장요. 물론 나는 초대장을 받지 못했구요."

"황씨 아저씨 환갑잔치가 생각나. 고기 잡는 큰아들과 뭍에서 어판장을 하는 작은아들과 이제 막 결혼한 막내딸 식구들이 다 모였지. 철물점 동생과 그 가족들도. 뭍에서 제일 큰 뷔페에서, 밴드까지 불렀어. 한복을 곱게 차려입고 앉아만 있는 게 심심했던지 황씨 아저씨가 아주머니를 끌고 나와 덩실덩실 춤을 췄어. 황씨 아저씨는 고기는 잘 잡아도 춤은 젬병이었어. 그래도 환갑잔치에 춤이 빠질 수는 없는 법이지. 그날 잔치에 있던 황씨 일가들 중에 지금 살아 있는 사람은 막내딸뿐이야."

"반장에게 선물을 내밀었어요. 자랑스럽게. 반장은 어쩔 수 없다는 듯 선물을 받아 그 자리에서 포장을 풀었어요. 리본도 없이 스카치테이프로 덕지덕지 붙인 엉성한 포장이 자꾸 신경쓰였어요. 선물이 공개되자 여기저기서 터져나온 비웃음 소리가 내 귀에도 분명히 들렸어요. 한 다스도 아니고 제각각인데다가 책상을 굴러다니면서 때도 조금 탄 연필 꾸러미가 환영받을 리가 없었죠. 반장은 내가 준 선물을 식탁 위에 던지고는 등을 돌렸어요. 고맙다는 말은 물론 없었어요. 연필 하나가 식탁을 굴러 바닥으로 툭 떨어졌어요. 그걸 신경쓴 사람은 나밖에 없었어요. 다들 제자리로 돌아가 춤을 추고 노래를 부르기 시작했을 때, 나는 연필을 주워 식탁에 가만히 올려놓았어요. 그날 선물보다 더 한심했던 건, 나라는 아이였어요. 반장은 눈길조차 주지 않았죠. 내 말에 귀를 기울이는 사람은 아무도 없었죠. 아이들을 따라 내가 웃으면 아이들이 웃음을 멈췄죠. 아이들과 함께 노래를 부르면 아이들은 금세 다른 노래를 불렀죠. 나는 입을 다물고 조금씩 뒤로 물러섰어요. 결국 초대받지 않은 사람이 갈 자리는 텔레비전 옆 귀퉁이밖에 없었어요. 벽에 뒷짐을 지고 서서 아이들의 즐거운 한때를 물끄러미 바라보았어요. 거기서 나는 유령이었어요. 엄연히 존재하지만 느껴지지 않는. 그래서 아주 없는 것이라고 믿고 싶은. 나는 유령이 되어도 상관없었어요. 유령으로라도 그곳에 그들과 함께 있고 싶었어요. 아이들이 파티를 마칠 때까지 난 꿋꿋이 그 자리를 지켰어요.”

"초대받은 자리에서 파티를 망치는 사람도 있어. 선물을 빼앗고 맛있는 음식을 깔아뭉개고 사람들을 아프게 하는, 그런 배은망덕한 사람도 있는걸. 용감한 유령이었네. 그들을 지켜봐주고.”

"그때 보란 듯이 돌아서 나왔어야 했는지도 몰라요. 그렇게라도 자존감을 지켰어야 했는지도. 그후로 초대받지 않은 자리에는 절대로 가지 않게 되었지만…… 초대받지 않은 자리와 초대받은 자리를…… 지금도 잘 구별할 수가 없어요."

"공연은 가봐도 좋을 것 같다. 초대장을 줬잖아."

"우리집에도 유령이 하나 살아요. 초대장도 안 줬는데 제멋대로 들어앉은 막돼먹은 유령요."

"사람들은 누구나 유령 하나쯤 품고 살아."

"그 사람 정말 악마였을까요?"

"악마였을까?"

"지옥을 보여줬잖아요."

"영혼을 팔면 천국을 주겠다고 약속했지."

"누구 죽이고 싶었던 적 있어요?"

*

종이를 오린다. 미용학원에 등록한 첫날처럼 정성들여 가위질을 한다. 종이를 오리는 일이 살을 잘라내는 것처럼 아프다. 자꾸만 가위질을 멈추고 눈을 감게 된다. 눈을 감아도 글자들은 피처럼 내 몸에 번진다.

울고 있는 이 여자. 남편을 잃은 이 여자. 오래전 어느 방에서 여자는 지금처럼 눈물을 흘리고 있었다. 남편이 어디 있는지 알려달라고 울었다. 무섭고 겁나고 두려워서 울었다. 우는 것 말고는 아무

것도 할 수 있는 게 없어서 울었다. 울음을 멈추면 고함소리가 들려서 울었다. 그렇게 울다보면 금방이라도 남편이 돌아올 것 같아서 울었다. 그 울음소리를 남편이 아주 가까운 곳에서 듣고 있다는 것도 모른 채 기를 쓰고 울었다.

지금 이 여자가 우는 건 뒤늦게 돌아온 남편이 죽었기 때문이 아니다. 남편의 억울한 옥살이가 분해서 우는 것도 아니다. 여자는 그날 자신의 울음소리를 탓하며 우는 것이다. 그날 그곳에 없었더라면, 그곳에서 울지 않았더라면, 차라리 남편을 배신하고 도망이라도 갔더라면. 그날 이후 여자는 아무리 울어도 소리는 내지 않게 되었다. 아무리 아파도 신음소리조차 못 내게 되었다. 그날을 떠올리면 눈물은 어김없이 흐르지만 소리는 나지 않게 되었다.

당신은 이 여자를 모른다고 할 것이다. 당신이 직접 손을 댄 것은 아니니까. 이 여자도 당신을 직접 본 것은 아니니까. 당신은 여자의 남편과 옆방에 있었으니까. 당신은 두 방의 문을 슬그머니 열어놓았을 뿐이니까. 당신은 정말로 이 여자를 모를 수 있을까.

오려낸 종이를 스케치북에 붙인다. 떼어지지 않도록 전면에 풀칠을 하고 손으로 꾹꾹 누른다. 빈 공간에 날짜를 적어넣는다. 스케치북의 사람들은 한목소리로 말한다. 당신은 인간이 아니었다고. 피도 없고 눈물도 없는 고문기계였다고. 인간 백정이었다고. 악마였다고. 당신은 정말 그런가?

나는 당신이 무슨 일을 했는지 몰랐다. 알고 싶지도 않았다. 알려고도 하지 않았다. 몰라야만 살 수 있었다. 모르며 살고 싶었다. 당신과 아무 상관 없이 살 수 있다고 믿었다. 내가 진짜 몰랐던 것은,

모르는 것이 죄가 될 수 있다는 사실이다.

당신은 내게 신이었다. 보살펴주고 쓰다듬어주는 자비로운 신이었다. 다락방에 전기를 연결해주고 고통 없이 송곳니를 뽑아주는 어진 신이었다. 다시 돌아온 당신은 다락방을 차지하고 앉아 내 운명을 내놓으라고 호통을 쳤다. 내 목줄을 거머쥐고 흔드는 당신은 포악한 신이었다. 옹졸하고 비열한 신이었다. 운명을 거스르고 싶었지만 당신을 벗어날 수는 없었다.

당신은 장물이었다. 담벼락에 숨겨둔 스티커 쎄트처럼, 내가 직접 훔친 것은 아니지만 그 죄에서 자유로울 수는 없는, 께름칙한 장물이었다. 나는 그 장물이 누군가에게 발견되기를 바라기도 했지만, 내가 그걸 직접 들고 나갈 자신은 없었다. 당신을 생각하면 한무리에 들고 싶어서 애를 태우던 시절과 비밀을 지키려고 입을 꾹 다물던 내 모습이 생각났다. 그래서 담벼락을 허물어 스티커 쎄트를 묻고 기억을 지웠다.

당신을 잊고 싶었다. 무시하고 외면하고 아주 없는 것이라고 믿고 싶었다. 잊을 만하면 신문에 당신의 이름이 실릴 때나 연례행사처럼 미용실을 찾아오는 기자들을 마주할 때면, 그제야 그들이 지목하는 사람이 당신이라는 사실을 깨닫곤 했다. 그렇게 당신은 유령이 되었다. 다락방의 유령. 보이지는 않지만 엄연히 존재하는, 가끔씩 자신의 존재를 어떤 신호나 징후로 보여주는, 한밤중에 다락 바닥에 덧댄 나무합판을 들썩이는 소리로 자신의 존재를 각인시키는, 당신은 다락방의 유령이었다.

당신은 신이었고 장물이었고 망령이었다. 그리고 그 모든 것에 숨겨진 공포였다. 당신이 각인시켜준, 내 속에 잠복된, 모든 종류의 공포. 언제라도 내 몸을 뚫고 나와 목줄을 거머쥐고 숨통을 조일 포악한 짐승. 그 짐승은 내게 변명과 거짓말을 가르쳤다. 탓을 돌리고 잘못을 덮어씌우게 했다. 감옥을 만들어 스스로 그 감옥에 갇히게 종용했다. 그 감옥에서 나는 살의를 배웠다.

당신이 그 모든 공포였기에 나는 당신을 제대로 볼 수가 없었다. 공포란 피를 얼리고 몸을 굳게 만드는 것이므로. 눈을 마주치는 순간 돌처럼 굳어 산산이 부서질 것이므로. 그것을 똑바로 쳐다보기란 처음부터 불가능한 일이었다. 그런데 어느 순간 당신을 똑바로 쳐다보고 싶어졌다. 당신이 그 모든 것이라도 상관없었다. 내 몸이 부서지고 먼지처럼 흩날려 사라진다 해도, 당신이 행한 악행과 당신의 악행으로 만들어진 그 모든 것을, 당신의 그 지옥을, 내 몸에 새기기로 했다. 그렇게 감은 눈을 뜨고 막았던 귀를 열었다. 당신을 똑바로 쳐다보기 시작한 순간, 더이상 당신이 두렵지가 않았다.

스케치북을 찢어 방문 틈으로 집어넣는다. 울고 있는 여자가 들어간다. 당신은 다시 이 여자의 울음소리를 들어야 한다. 당신이 여자의 몸에 새겨넣은 지옥을 보아야 한다. 똑똑히 듣고, 똑똑히 보아라. 이것이 당신의 지옥이다.

"도대체 이게 무슨 일이냐. 전기도 안 들어오고 밥도 안 들어오고. 너 지금 뭐 하는 짓이냐."

문짝 하나를 사이에 두고 당신과 내가 서 있다. 문 두들기는 손길이 포악해진다. 문짝이 들썩거린다. 당신의 거친 숨소리가 내 심장에 발길질을 한다. 당신이 거칠어질수록 내 심장은 더 차갑고 더 단단해진다.

"어서 문을 열어라. 엄마는 대체 어디 간 거냐."

"엄마는 안 와요. 가야에 계시겠대요."

"박은 만나봤느냐. 문 좀 열어봐라."

"다시는 찾아오지 말래요."

"그런 거짓말이 나한테 통할 거 같아? 아버지한테 이게 무슨 짓이야, 이게. 어서 문 열지 못해! 내가 뭐 잘못했다고 이런 말도 안되는 짓을 하는 거야! 어디서 감히."

"당신은 썩은 발이래요. 불가사리의 썩은 발."

"내가 이 문짝 하나 못 열 것 같아? 어디서 감히 말도 안되는 거짓말로 나를 시험하려 들어!"

"일부러 잘라낸 거래요. 불가사리가 너무 썩어서. 모르시겠어요? 그 잘난 조직은 예전에 끝났대요."

"감히 네깟 것이 어디, 감히 네가 뭘 안다고, 감히……"

"혼자 잘 살아남으시래요. 당신 아버지가 그렇게 전하라네요. 아시겠어요?"

불꽃이 튀었다. 눈앞에서 번개가 치는 듯했다. 순간적으로 눈을 감았다 뜬 사이, 뜨거운 액체가 이마에서부터 볼을 타고 흘러내렸다. 피. 내 몸속에 흐르던 당신의 피. 콸콸 쏟아져라, 남김없이 다 빠져라. 가슴을 적시고 배꼽을 지우고 허벅지까지 발끝까지 흘러라. 고개를 떨구고 내 몸에서 흘러나온 피를 본다. 문짝이 열리면서 되밀려나온 여자의 얼굴에 눈물처럼 피가 떨어지고 있다.

그리고 당신이 보였다. 거친 숨을 내쉬며 발을 내뻗은 자세로 굳어버린 당신. 거대한 몸집의 짐승이 무너진다. 울음소리가 들린다. 당신이 운다. 콧물을 들이마시며 컥컥 소리를 내며 운다. 무릎을 끌어안고 얼굴을 파묻은 자세로 운다. 웅크린 어깨를 들썩이며 운다. 고개를 들며 내 쪽을 향해 손을 내민다. 선아.

눈물범벅이 된 아버지의 얼굴. 어둡고 탁한 눈동자. 축 처진 눈밑을 적신 끈적한 물기. 근거없는 원망과 터무니없는 투정을 부리는 어린애의 눈물. 잠깐 빌려와 가지고 놀던 장난감을 돌려주기 싫어서 제 엄마에게 눈물로 호소하는 막돼먹은 어린애의 거짓 눈물. 그것은 누군가를 향한 눈물이 아니라 자기 자신을 안쓰러워하는 진액이었다. 내가 짐작한 것과는 전혀 다른 성분을 가진 물기. 지독한 자기애에서 나온 눈물. 불가사리의 썩은 진물.

조용히 등을 돌린다. 당신은 그곳에서 그냥 살아라. 당신의 감옥, 불가사리의 감옥에서 그냥 영원히 살아라. 진물을 흘리며 썩어가라. 영원히.

개들의 우두머리가 되고 싶어 안달이 난 그 개자식. 그놈은 내가 아버지의 권좌를 물려받기 위해 통과해야 할 마지막 관문이었다. 내 자리를 확고히하기 위해서는 아버지의 자리가 흔들림이 없어야 했다. 아버지의 자리를 위해서는 왕의 자리가 지켜져야 했다. 왕의 자리를 위해서는 더 많은 적을 제거해야 했고, 더 많은 적을 없애기 위해서는 더 많은 아들들이 있어야 했다. 그해 아버지가 새로 들인 아들과 아들의 아들들이 수백명이었다. 무조건 성공해라. 뒷일은 조직이 책임진다. 아버지는 모든 아들들에게 그렇게 말했다. 장남인 내가 보는 앞에서, 모든 아들들에게, 내게 그랬던 것처럼 한식구라고 강조했다. 아버지의 사랑을 차지하기 위해 사방에서 모여든 애송이들이 실적을 올리느라 정신이 없었다. 확실한 성과가 필요했다. 피라미들 가지고는 안되었다. 그 개자식만 굴복시키면 어떤 아들들도 내 자리를 넘보지 못할 것이었다. 내 담당이 아니었음에도 불구하고 취조를 자처하고 나선 것은 그 때문이었다.

쉽지는 않았다. 그 자식이 쓴 신념의 가면이 너무 두껍고 단단했다. 얼마큼의 압력과 협박과 공포가 있어야 그 자식의 가면을 벗길 수 있을지 가늠이 되지 않았다. 하지만 그 자식이 가진 신념보다 내가 처한 상황이 더 급했다. 그 자식은 죽을힘을 다해 버텼고, 나는 죽기를 각오하고 덤볐다. 그 자식이 붙들고 있는 것은 신념의 허울이었고, 내가 붙들고 있는 것은 위태로운 밥줄이었다. 내가 가진 모든 기술과 힘을 총동원했다. 그 자식의 알량한 신념은 내 완벽한 기술을 버틸 만큼 강하지 못했다. 길고 지루한 대결 끝에 결국 놈을 엎어뜨렸다. 어느 누구도 굴복시키지 못한 놈을 상대로, 내가 해낸 것이다.

그렇게 봄날은 왔다. 아버지가 원하는 것을 바치고 맞이한 봄날. 내 인생의 가장 화려한 봄날. 그 개자식을 무릎꿇게 한 그날 분분히 날리던 꽃잎들은 얼마나 화려했던가. 아버지가 원하는 것을 아버지 손에 꼭 쥐여주었던 그날. 조직은 3부 9과를 신설하며 확대되었고, 아버지의 위치는 5차장 치안감으로 확고해졌다. 대공업무를 전담하는 5차장. 무소불위의 힘을 상징하는 그 직책이 아버지를 위해 만들어진 것이다. 그리고 나는 아버지의 사랑을 독차지한 유일한 장남이 되었다. 아버지가 새로운 권좌를 향해 한발 내디딘 만큼 나 또한 아버지가 물려줄 자리에 한발 다가선 것이다.

무조건 많이 잡아들여라, 뒷일은 조직이 책임진다, 내 새끼들은 내가 지킨다. 아버지의 그 말이 어리석은 아들들을 만들어냈다. 어리석은 아들을 믿은 것, 그것이 바로 아버지의 실수였다. 류와 원은 아버지의 영역에 뒤늦게 합류한 이들이었다. 아시안게임을 앞두고 인력 부족으로 끌어들인 서자들이었다. 젊은 혈기만 믿고 신중하지 못하게 날뛰는 모습이 처음부터 마음에 들지 않았다. 백과 은을 제치고 3단에 투입되었을 때 무슨 사단이 나도 날 거라고 짐작했었다.

그들이 함부로 날뛰지만 않았더라면 일이 이렇게까지 커지지는 않았을 것이다. 아니면 잡히지나 말든가. 그들이 병신같이 잡혀들어왔을 때 아버지는 최선을 다해 신변을 보호해주었다. 코를 제외하고는 얼굴의 어느 부분도 공개되지 않았다. 하물며 똑같은 옷을 입고 수송차에 함께 탄 백과 은도 있지 않은가. 아버지는 못난 아들들을 끝까지 지켜주었다. 그런데 나만. 내 얼굴만, 만천하에 공개되고 만 것이다. 죽인 것도 아닌데. 내가 한 실수라고는 전기충격 자국을 미처 지우지 못한 것뿐인데. 놈에게 남은 발뒤꿈치 허물 조각 몇개에 내 발뒤꿈치를 물릴 줄 몰랐다. 왜 나만. 그깟 작은 허물 가지고, 왜.

애송이들이 세상모르고 날뛸 때부터 조심했어야 했다. 기술도 없이 잡아올린 고기들을 사랑한 아버지의 잘못이다. 내가 땅에서 어렵게 거두어올린 곡식들을 사랑했어야 했다. 내게 약속했던 권좌를 다른 아들들에게도 보여준 아버지의 잘못이다. 아버지는 나만 믿었어야 했다.

왕보다도 무서운 것이 조직이라고 하지 않았던가. 왕은 우리가 만든다. 무조건 실적을 올려라. 뒷일은 조직이 책임진다. 내 뒷일은 누가 책임지고 있는가. 나는 누구에 의해 보호되고 있는가. 나는 진정 보호를 받고 있기는 한 걸까? 내 적은 누구인가. 개들인가? 개들의 아버지인가? 아니면 내 아버지가 아닌 또다른 아버지인가? 그런데 내 아버지는 누가 책임지나? 아버지는 과연 안전한가? 조직이 아버지를 보호하고 있다면 이런 기사가 나올 리가 없다. 왕의 목이 베어졌을 때 내 아버지의 목도 이미 베어진 것은 아닐까? 아버지의 아버지, 그 아버지의 아버지는 누구인가. 조직은 이미 내 아버지를 버린 것은 아닐까?

빛이 사라지고 어둠이 내려앉았다. 어둠이 내게 남은 모든 온기를 가져갔다. 지금 나를 견딜 수 없게 하는 것은 어둠과 추위와 허기가 아니다. 외로움이다. 뼛속까지 스며드는 외로움이다. 바닥에 귀를 대고 소리를 듣는다. 쇠종소리가 울리기만을 간절히 기다린다. 딸애는 여직 소식이 없다. 아내의 웃음소리가 그립다. 누군가 나를 지켜봐주는 시선이 필요하다. 계집애의 차갑고 냉랭한 시선이라도 있으면 좋겠다. 질타하고 꾸짖고 책망하는 목소리라도 들려왔으면 좋겠다.

선아, 나를 혼자 두지 마라. 알 수 없는 짐승들의 울부짖음이 가득하구나. 빨리 와서 내 아버지의 소식을 들려다오. 어서 기쁜 소식을 들려다오. 이것이 모두 거짓말이라고 말해다오. 드디어 네가 왔구나. 이 가련한 아비를 위해 네가 왔어.

라디오 소리가 들린다. 지긋지긋한 라디오 소리. 음악을 멈추고 어서 모습을 보여다오. 문을 열어다오. 문을 열고 빛을 보여다오. 이게 다 거짓말이라고 말해다오. 망설이지 말고 어서 와다오.

픽 소리와 함께 형광등이 나간다. 스위치를 내렸다가 다시 올려본다. 불이 들어오지 않는다. 라디오 소리도 멈추었다. 이 기괴한 정적. 딸애의 발걸음 소리가 들린다. 방문 앞에 멈춰선다. 한숨소리가 들린다. 그리고 문틈으로 무언가가 밀고 들어온다. 꼬깃꼬깃한 신문지. 신문지를 집어든다. 이것은 귀도간첩단 사건체계도. 조서를 다 쓰고 나서 내가 전지에 직접 작성한 것이다. 증명사진을 붙이고 직책과 역할까지 깔끔하게 써서 사건 발표 때까지 사용되었다. 딸애가 이걸 어떻게. 신문지를 찢어발긴다.

무엇이냐. 들어오지 않는 전기. 말없이 들이민 신문 조각. 도대체 뭐 하자는 거냐. 나한테 뭘 원하는 것이냐.

*

내게 거짓된 자백을 강요하지 마라. 나는 잘못한 것이 없다. 내가 가진 긍지와 자부를 해치려 들지 마라. 내가 지금 이렇게 비루한 모습으로 숨어 있다고 해서 내가 지켜낸 세상까지 부정해서는 안 된다. 내가 지키고 아버지가 지켜낸 세상, 아버지의 아버지들이 만들어낸 오래된 신화는 뒤바꿀 수 없다. 이깟 종이쪽지로 무얼 증명할 수 있단 말이냐.

한낱 종이일 뿐이다. 인간이 아니었다. 가죽과 비계로 이루어진 덩어리일 뿐이었다. 음습한 곳에 잠복한 병균이었다. 병균을 실어

나르는 쥐새끼들이었다. 어둠속에 집을 짓고 지하세계를 누비며 전복의 날을 꿈꾸는 불온한 쥐새끼들이었다. 인간성이라는 것은 이들에게 해당되는 것이 아니었다. 이것들은 돌멩이와 다를 것이 없었다. 생명도 없고 감정도 없는 무기물이었다. 그리고 나는 돌멩이에서 눈물을 뽑아내 병균을 없애는 임무를 맡은 사람이었다. 이것들에게 인간성 자체를 금지해야 했다. 그것이 내 일이었다.

그것은 불가능한 것을 꿈꾸는 자들에 대한 경고였다. 제비 한 마리가 깝친다고 봄이 오겠는가. 제비 때문에 봄이 오는 것이 아니다. 봄이 왔으므로 제비가 설치는 것이다. 자신들이 설쳐대면 봄이 온다고 믿는 자들의 거짓 신념을 부서뜨려야 했다. 저들이 부르짖는 봄은 봄이 아니었다. 저들의 이상은 공허한 황무지일 뿐이었다. 저들이 꿈꾸는 봄이야말로 악으로 가득 찬 세상이었다. 그것이 가능하도록 놔두어서는 안되었다. 그것이 내 일이었다.

악의 무리들이 스스로 악이라고 인정하겠는가. 스스로 깃발을 들고 자백을 하러 걸어들어오겠는가. 선의 가면을 쓰고 신념의 갑옷을 두르고 결사항전을 외치는 자들이었다. 그들의 단단한 가면을 벗기기 위해 주어진 시간은 많지 않았다. 악은 순식간에 다른 악을 불러들이고 세력을 확장하고 스스로를 보호하려 들 것이었다. 악의 자백을 얻기 위해서는 때때로 악의 힘을 빌려쓸 필요가 있었다. 어쩔 수 없는 일이었다. 내가 치지 않으면 도리어 내가 당하는 긴박한 시간들이었다. 그들은 훈련된 자들이었다. 민첩하고 영악하고 난폭한 놈들이었다. 성급하게 공격했다가 놓치면 더 깊은 곳으로 잠적할 터이니 언제 다시 기회가 올지 모를 일이었다.

내가 하지 않더라도 누군가 해야만 하는 일이었다. 누구보다 먼저 내가 그 일을 해냈어야 했다. 그것이 내 일이었다.

그것들이 악이고 내가 선이다. 나는 선을 행사했던 것뿐이다. 선을 위해서 악을 처단하는 것은 당연한 일이 아닌가. 도대체 뭐가 문제란 말인가. 나는 악을 처단하는 자다. 그것이 내 일이었다. 아버지가 내게 맡긴 내 일이었다.

나는 잘못한 것이 없다. 그것은 내 일이었을 뿐이다. 나는 짓지도 않은 죄를 반성하지 않을 것이다. 어떤 시련과 고난이 온다 해도 내 신념을 꺾지는 않을 것이다. 견딜 것이다. 선아, 악의 속삭임에 귀를 기울이지 마라. 아버지를 의심해서는 안된다. 아버지의 세계가 무너져서는 안된다. 아버지의 세계를 부정하는 것은 내 세계를 부정하는 것이고 그것은 내 존재 자체를 부정하는 것이다.


불순한 밤이 지나가고 있다. 내 손이 기억하는 것들이 착란을 일으키는 밤이다. 내 손에 와닿던 물컹한 살의 느낌조차 그리운 밤이다. 그것은 목숨을 가진 사람의 살이 아니었다. 나는 잘못한 것이 없다.

밤이 지나고 다시 아침이 왔다. 하루 낮이 지나고 다시 밤이 오기까지 아무도 나를 찾지 않았다. 추위를 피해 숨어들어온 쥐새끼 한 마리 없었다. 이틀 낮밤이 지나가는 동안 나는 관 속의 시체처럼 누워 있었다. 나는 모두에게 잊혀진 것이다. 전쟁놀이를 한 것뿐인데 진짜 총에 맞아 죽어가는 사람처럼, 관 속에 들어가 잠깐 잠이 든 것뿐인데 영원히 땅에 묻혀버린 사람처럼, 나는 허망하게 죽어가고 있는 것인가. 누군가 관뚜껑을 열고 숨을 불어넣어주기를 기다리며 죽어간다. 아무도 나를 찾지 않을 것이다.

나는 음습한 동굴 속에 혼자 숨은 어린애다. 몸을 웅크리고 앉아 먼 데서 울려오는 천둥소리를 듣는다. 온갖 벌레들이 몰려든다. 돌멩이를 들어 벌레들을 내리친다. 반토막난 덩어리들이 꿈틀거린다. 꿈틀거림이 사라질 때까지 짓이겨놓는다. 공포를 잊기 위해 손톱을 물어뜯는다. 피가 날 때까지 잘근잘근 씹는다. 피가 나는 손가락을 젖꼭지처럼 물고 잠이 든다.

어렴풋이 종소리가 들린다. 죽음의 길로 인도하는 요령소리인 것만 같다. 끌리듯 몸을 일으킨다. 밖에 와 있는 것이 저승사자라도 기꺼이 따라나설 용의가 있다. 딸애가 왔다. 발걸음 소리가 들린다. 방문 앞에 멈춰선다. 문짝에 귀를 가만히 대본다. 내가 머리를 기댄 문짝에서 무게감이 느껴진다. 문짝 저편에서 계집애의 숨결이 느껴지는 듯하다. 깊은 한숨소리가 들린다. 계집애의 고른 숨소리에 맞춰 숨결을 고른다. 문짝을 사이에 두고 나와 계집애의 숨소리만 고즈넉하다.

나는 잘못한 것이 없다. 나는 나를 증명하고 내 능력을 증명해야만 했다. 그러기 위해서는 그깟 병균들은 희생되어도 상관없었다. 사라져야 마땅했다. 내 능력을 증명하기 위해 악의 무리에게서 인간성을 빼앗는 것이 무슨 잘못이란 말인가. 어차피 그들은 병균이었다. 병을 옮기고 이 세계를 악으로 물들일 보균자들이었다. 아직 일어나지 않았으나 일어날 수 있는 일을 막은 것뿐이다.

내 인생의 봄날. 우리에겐 자유가 있었다. 악을 지명할 자유. 내가 지명한 악을 처단할 자유. 내 인생의 봄날을 즐긴 것이 뭐가 문제인가. 나는 아버지의 사랑을 독차지하고 싶었을 뿐이다. 나는 아버지를 사랑했다. 누군가를 사랑한다는 것은 그 사람의 세계를 사랑한다는 것이다. 그러므로 사랑을 지키는 것은 하나의 세계를 지키는 것이다. 사람들이 자신의 사랑을 지키려고 애를 쓰는 것처럼 나도 그랬을 뿐이다. 나는 순정을 다해 내 사랑의 세계를 지켰다. 순정을 다한 사랑은 후회하지 않아야 한다. 내가 사랑한 사람이 변한다 해도, 그 사람이 죽어 없어진다 해도, 내가 순정을 버리지 않는 한 그 사랑은 영원하다.

무조건 성공해라. 아버지의 숨은 뜻을 찾아야 했다. 그것이 진정한 장남의 몫이었다. 빨갱이들 갖고는 안되었다. 개들의 왕을 잡아서도 안되었다. 그래봐야 개들의 울부짖음만 더할 것이었다. 왕의 자리를 위협하지 않는 미천한 존재들. 공포심은 우리 안에 있다. 뻔히 보이는 적은 적이 아니다. 가장 선해 보이는 자들 속에 숨은 빨갱이들. 빨갱이가 아닌 빨갱이들. 아버지가 원하는 것을 알아낸 것이다. 우리 안에 존재하는 적. 가장 선한 것의 가장 악한 공포. 결코 악일 것 같지 않은 악. 그것이 최고의 공포다. 한둘로도 안되었다. 적어도 열은 되어야 했다.

십년 전에 담당했던 납북어부들이 생각난 것은 그때였다. 납북된 지 열흘 만에 돌아와 사상검증을 받았던 어부들. 내가 직접 두달에 걸쳐 납북인지 월북인지를 가늠했던 어부들. 그때 선장 노모의 고향이 황해도 어디라고 했었다. 그때 어부들이 다섯. 그걸로는 부족했다. 우선 그들의 소재를 파악하고 주변 친인척들을 모두 조

사했다. 납북. 일본 해외여행. 조총련. 황해도. 그림이 그려졌다. 월
척이었다. 내가 놓아준 고기를 다시 잡는 것은 내 기술에 대한 부
정이었다. 하지만 내 과거를 부정해서 순정을 지켜낸다면, 그 과거
도 순정해지는 것이다.

북에 가서 온갖 고초를 다 당했는데 나가 뭐 한다고 간첩질을 한
단 말이오. 빨갱이라면 치가 떨리는데. 경관님도 인정했지 않았소.
고생했다고, 다음부터 조심하라고, 경관님 입으로 그러지 않았소.
그때는 그리 보내고 왜 이제 와서 이런답니까. 나 간첩질하라고 내
보냈소? 간첩질 안했으니 하고 오라고 내보냈소? 다 늙어빠진 인
간이 뭘 알아서 간첩질이고, 뭔 영화를 보겠다고 빨갱이짓이겠소,
안 그렇소? 내 자식을 간첩 자식으로 만드느니 차라리 여기서 혀
깨물고 죽을라요. 차라리 죽여주시오, 네?
죽으면 안되지. 함부로 죽어서는 안되지. 여기가 어디라고 네 맘
대로 죽겠다는 것이냐. 죽으려거든 나가서 죽어라. 너는 죽더라도
나는 좀 살아야겠다. 내가 사는 게 네가 사는 길이다. 널 죽이려는
게 아니라 살리려는 거다. 나를 탓하지 말고 네 욕심을 탓하라. 그
깟 조기 몇마리 더 잡으려고 북으로 배를 향한 네놈 욕심이 문제
다. 틀린 길인지도 모르고 발을 들인 네놈 잘못이다. 네 죄를 물어
야만 네 무리가 같은 실수를 하는 일이 없을 것 아니냐. 다시는 광
주리의 한톨 쌀을 찾아 위험을 무릅쓰는 참새가 되지 않도록 해야
하지 않겠느냐. 다시는 길을 잘못 들어 빨갱이들에게 고초를 당하
는 일이 없도록 해야 하지 않겠느냐. 진짜 위험이 무언지, 진짜 공

포가 무언지, 네 죽음이 네 무리에게 확실히 알려줄 것이다. 그리하여 네가 네 무리를 구하는 것이다. 그러니 나를 고마워해라. 말귀를 못 알아듣는구나. 포기를 못하는구나. 임신한 네 딸년이 여기 오면 어떻게 될 것 같으냐. 네 딸년까지 간첩 만들고 싶으냐. 네 딸년의 딸년까지 간첩 자식으로 살게 하려느냐. 네가 포기해라.

존경심을 표해라. 내 세계를 어디 감히 네깟 것이 부정을 하려 하느냐. 내 기술에 대해 어디서 함부로 지껄이느냐. 내가 그렇다면 그런 것이다. 내가 만든 세상에 고개를 숙여라. 내가 신이다. 무릎을 꿇어라.

다시는 찾아오지 말래요, 혼자 잘 살아남으시래요, 아시겠어요?

몸이 무너진다. 내 사랑이 무너지고, 한 세계가 무너진다. 내가 죽고 이 세계가 죽었다. 감은 눈에서 한줄기 눈물이 흘러내린다. 딸애가 운다. 소리는 들리지 않지만 분명히 느낄 수 있다. 터져나오는 울음을 억누르는 몸부림이 전해져온다. 손을 좀 잡아다오. 나를 좀 잡아다오. 나를 버리고 가지 마라. 나를 위로해다오.

내 사랑을 지키고 싶었을 뿐이란다, 애야. 내 사랑을 지키기 위해 죽을힘을 다했단다. 내가 울고 네가 운다. 서로 다른 아버지를 애도하며 운다. 애도하는 대상은 다르지만 그 이유는 다르지 않다. 아버지…… 나는 딸애의 머리를 쓰다듬듯 내 머리를 쓰다듬는다. 이렇게 우리는 각자 상주가 되어 한자리에 섰구나. 서로 위로할 수 없는 죽음을 맞았구나.

12

당신은 더이상 내 속에 숨은 공포가 아니다. 신도 장물도 유령도 아니다. 당신은 허물어진 담벼락에 깔려 죽은 짐승이다. 당신은 썩은 살에서 꾸물꾸물 기어나오는 구더기다. 거기서 흘러나온 오수다. 오수에서 풍기는 악취다. 내 눈두덩에 당신의 발길질을 새긴 그날, 당신은 악취를 풍기며 다락방으로 기어올라가서 다시는 모습을 보이지 않았다. 무언가를 요구하거나 발뒤꿈치 소리로 존재를 알리지도 않았다. 악취로라도 살아남고 싶은 당신을 더이상 손대고 싶지 않았다.

당신은 한줌 뼛가루와 같다. 아무 영향력도 없이 유골 항아리에 담긴 뼛가루. 다락방은 유골함을 넣어둔 납골당이다. 아무도 찾지 않고, 아무 소리도 들리지 않는 고요한 납골당. 가끔은 당신이 진짜로 죽은 것은 아닐까 궁금해지기도 한다.

나는 당신의 죽음을 확인하기 위해 상을 차린다. 다시 빈 그릇이 되어 돌아온 상을 보면서, 아직 죽지 않고 살아 있는, 당신의 지독한 죽음을 확인한다. 그렇게 나는 당신의 납골당을 장식하며 살아간다. 오늘도 납골당에 꽃을 꽂고 사진을 붙이고 글씨를 쓰며 당신의 죽음을 애도한다. 그렇게 시린 가위질을 하며 시간을 버틴다. 사진일 때도 있고 신문기사일 때도 있고 전단지이거나 자서전의 일부일 때도 있다. 스케치북을 스무 권째 쓰고 있지만, 아직도 붙일 것이 너무나 많다. 얼마나 더 많은 걸 붙여야 이 가위질이 끝날지는 모를 일이다.

스케치북을 찢어 책상에 올려놓고 방을 나온다. 오늘의 신문과 오늘의 우유. 그리고 어제의 스케치북. 당신의 일용할 양식.


가야에 내려갔던 엄마는 한 달 만에 돌아왔다. 팔에 깁스를 한 채였다. 그리고 나는 헤어숍을 그만두고 초원미용실의 새 미용사가 되었다. 엄마가 가위를 쓸 수 없기 때문이기도 했지만 헤어숍에서 내가 손님의 귀에 가위로 상처를 내는 사고를 일으켰기 때문이기도 했다. 그날 나는 손님이 무심히 넘긴 여성지에서 당신의 얼굴을 보았다. 당신의 사진 옆에는 엄마의 뒷모습이 담긴 우리집 사진이 함께 실려 있었다. 당신의 악취는 그렇게 기를 쓰고 나를 쫓아왔다.

그리 큰 상처도 아니었고 무료 마싸지 쿠폰으로 별탈 없이 해결되었지만, 내 존재를 내내 껄끄러워하던 다른 시다들이 마침 잘되었다는 듯 원성과 음해의 말들을 쏟아내자 원장도 어쩔 도리가 없었다. 물론 나도 미련 같은 건 남아 있지 않았다. 그들 사이에서 나는 처음부터 잘라내고 싶은 불가사리의 썩은 다리와도 같은 존재였으니까. 내가 잘려나가야 누군가 그 자리를 차지할 테니까. 그곳에서 살아남기 위해 괴물이 되고 싶지는 않았으니까.

헤어숍을 그만두기로 결정하고 이틀을 더 나갔다. 새로운 사람이 충원될 때까지는 내가 책임지는 것이 최소한의 배려라고 생각했다. 하지만 그 사람들의 생각은 달랐다. 내게 특별혜택을 주었던 원장조차 내 배려를 의심스러워했다. 아무나 볼 수 있던 고객카드를 금고에 숨기고 단골손님이 왔는데도 다른 팀에게 머리를 맡겼다. 아무래도 상관없었다.

처음에 남자가 그랬던 것처럼 미용실 주변을 서성이며 아버지의 행방을 물어오는 사람들이 더러 있었다. 기자들일 때도 있었고 아버지를 현상수배한 단체의 사람들일 때도 있었다. 사람들은 식목일 기념식수를 하는 인사들처럼 잠시 수선을 피우고는 팻말만 남겨둔 채 다시 오지 않았다. 그들이 가고 나면 가슴에는 온갖 분노와 결의와 질타가 적힌 팻말들이 무성하게 자라났다.

남자는 레코드점 앞에 가만히 서 있다가 돌아가기도 했고, 과일 봉지를 불쑥 내밀고 말없이 사라지기도 했다. 때때로 내가 오리고 붙여야 할 종이들을 건네주기도 했다. 남자의 새로운 직장 이야기나 미장원에서 일어난 사사로운 이야기들을 주고받기도 했다. 때로는 아무 얘기도 하지 않고 불꺼진 레코드점 앞에 나란히 앉아 있기도 했다. 우리는 초원미용실을 쳐다보며 침묵의 소리를 들었다.

사나흘에 한 번씩이던 남자의 방문이 일주일에서 열흘, 한 달 간격으로 뜸해지더니 어느 겨울 갑자기 뚝 끊어졌다. 나는 빗질을 하다가 틈틈이 레코드점을 보며 오지 않는 남자를 기다렸다. 내가 남자를 기다리게 된 것은 남자만이 제가 심은 나무를 보러 오는 사람이기 때문인지도 몰랐다. 남자는 팻말이 아니라 나무를 심은 유일한 사람이었다.

아버지의 공소시효가 오년 더 연장되었다는 기사가 실렸다. 특별법을 제정해서 공소시효를 무기한 연장해야 한다는 목소리도 있었다. 그리고 그 옆에는 어김없이 아버지의 사진과 함께 아버지가 저지른 일들이 일목요연하게 정리되어 있었다.

사진 속의 아버지는 여전히 서른몇살의 젊은 남자였다. 눈매에 장난기가 가득하고 입매와 턱으로 이어지는 선이 결단력 있어 보이는, 처음 경찰이 되었을 무렵 내 아버지의 얼굴. 그것은 아버지의 얼굴이기도 했고 전혀 아니기도 했다.

봄이 오고 다시 몇번의 봄이 오는 동안, 납골당의 아버지는 그곳에서 영원한 안식을 누리는 듯했다. 나는 오늘도 내 아름다운 천사와 함께 종이를 오린다. 시간은 더디게 흘렀고, 스케치북에 무언가를 붙이는 일은 여전히 마치지 못했다. 언제쯤 이 가위질이 끝날지는 알 수 없었다.


고요하다. 곁방에 밥상을 차려놓고 나와 미용실 의자에 앉아 라디오를 듣는다. 한 남자가 미용실 문을 열고 들어온다. 흰머리가 나긴 했지만 단정한 머리 모양에 피부색이 맑은 남자다. 동그란 안경테 속에 쌍꺼풀이 깊게 진 두 눈이 반짝이며 미용실을 훑는다. 말하지 않아도 남자가 머리를 자르러 온 손님이 아니라는 걸 알겠다. 남자는 두 손을 모은 채 서 있다가 내 아버지의 이름을 댄다.

"아버지가 어디 있는지 저도 몰라요."

"도와주고 싶어서 그래."

도와주고 싶어서. 낯선 말이다. 욕설이나 흐느낌이나 외침이 아니라 도움을 자청하는 제안. 아버지에게는 어울리지 않는 단어.

"이렇게는 안돼. 앞으로 십년, 아니 어쩌면 영원히 도망자로 살아야 할 거야."

"무슨 말이에요?"

"공소시효가 없다는 거지. 차라리 죗값을 치르고 나오는 편이 나아. 잠적한 지가 벌써 몇년이야…… 처단하고 복수하자는 게 아니야. 잘못된 과거를 그냥 숨겨두고 묻어두면, 언젠가는 그게 다시 유령처럼 튀어나와서 똑같은 과오를 저지르게 되어 있거든. 난들 그때의 일에서 자유로울 수 있겠니? 내가 내뱉은 이름들, 누군가를 보호하기 위해 희생되어야만 했던 사람들. 아무리 부정하려 해도 그건 어쩔 수 없는 사실인걸. 그러니까 역사는 말이야, 그런 과거의 유령들 때문에…… 그래 그냥, 도와주고 싶어서 그래. 예전에 안이 나를 도왔던 것처럼."

"도와주다니요. 그럴 리가 없어요. 그 사람은 악마였는걸요."

"악마였지. 악마이면서 존경까지 받고 싶어했지. 그가 가진 기술과 그가 보여준 모든 걸 존경해주길 바랐지."

"신이 되고 싶었나보죠."

"내가 만났던 안은…… 물론 무섭고 겁나기는 했지만 그때의 안은…… 적어도 괴물은 아니었는데. 안의 기사를 보았을 때 믿어지지가 않더구나. 내가 한순간 의지했던 그 사람이 맞는지. 어쩌다가 그런 괴물이 되었는지."

"뭘 원하시는지 잘 모르겠어요."

"그냥 그 얘길 해주고 싶었다. 네 아버지가 나한테 했던 말처럼, 당당하게 내가 했다, 그래야 하지 않겠냐, 진짜 사나이라면. 혹시라도 아버지를 만나게 되면 그 말을 전해다오."

"얘기해주세요. 악마가 아닌, 괴물이 아닌, 그 사람 얘기. 그런 얘긴 들어본 적이 없어요."


당신은 이 남자를 기억하지 못할지도 모른다. 너무나 오래전 일이라서. 잡지에서 오려낸 중년의 남자와 당신이 만났던 청년을 연결시키지 못할 수도 있으니까. 이십년 전 청년의 사진은 구하지 못했다.

이십년 전 한 대학 옥상에서 유인물이 뿌려졌다. 그 유인물은 청년이 사흘 동안 고심해서 직접 작성한 시국선언문이었다. 유인물을 뿌린 학생들은 사복경찰에 의해 모두 연행되었다. 두 팔은 뒤로 결박당하고 머리에는 점퍼를 뒤집어쓴 채였다. 철문 열리는 소리가 났고, 긴 복도를 지나갔고, 이윽고 어느 방에 던져졌다. 창문 하나 없는 작은 방이었다. 그곳에 던져지자마자 남자는 무차별적인 발길질과 주먹질을 받았다. 요구사항도 근거도 없는 발길질이 멈추고 나자 당신이 들어왔다. 청년은 당신 앞에서 자신이 간첩이 아니라는 걸 증명해야만 했다. 청년은 사흘 동안 자술서를 썼다. 청년이 자술서를 쓰고 나면 당신이 빈틈을 지적하고 처음부터 새로 쓰게 했다. 처음에는 세 장, 그다음은 열 장, 스무 장으로 점점 양이 늘어났다. 그것은 자술서를 사이에 두고 당신과 청년이 벌이는 두 뇌싸움과도 같았다. 당신은 묻고 청년은 대답했다. 청년이 대답하면 당신이 진위를 파악했다.

청년은 당신의 눈빛이 어느 순간 결정을 내리는 것을 보았다. 이글거리던 눈빛이 안도의 숨을 쉬며 부드러운 빛으로 변하는 찰나. 청년이 간첩이 아니라고 증명해낸 순간. 당신이 청년을 믿기 시작한 그 순간. 당신의 눈빛을 보고 남자는 생각했다. 살았다. 청년이 연루된 사건이 간첩단사건에서 학생운동 지하조직사건으로 변하는 순간이었다. 간첩 혐의를 벗기는 했지만 그것으로 끝난 건 아니었다. 지하조직의 조직도가 필요했다. 네 피를 보자는 것이 아니다, 그러니까 관련된 사람들 이름만 몇 개 대면 된다, 당신이 말했다. 당신이 대는 이름들 중에는 아는 이름도 있었고 모르는 이름도 있었다. 청년은 어느 것도 선택할 수가 없었다. 그래서 청년은 조직과 전혀 상관없을 것 같은 사람들 이름을 댔다. 그것이 최선이라고 청년은 생각했다. 그 선택이 어떤 결과를 가져오게 될지는 청년도 알지 못했다. 청년은 이년형을 받았다. 그때 청년과 함께 지하조직 조직도에 포함된 사람이 수십명이었다.

때마침 주말을 맞아 당신이 우리에게 와 있는 동안, 다른 취조팀에서 실적을 올리기 위해 청년에게 무차별적인 폭행을 가했다. 무섭고 끔찍한 고문을 당하는 동안 청년은 당신이 돌아오기만을 기다렸다. 그곳에서 청년을 믿어준 단 한 사람. 그래서 청년을 버티게 한 사람. 그것은 가족이나 동료나 연인이 아니라 바로 당신이었다.

당신은 기억하는가. 당신이 돌아갔을 때 당신에게 매달려 어린 애처럼 훌쩍이던 청년의 얼굴을. 피투성이가 된 얼굴을 닦아주던 당신의 손을 기억하는가. 그리고 당신이 청년에게 처음 했던 말을 기억하는가. 기억해야 한다.

내가 제일 싫어하는 인간이 어떤 놈인 줄 아느냐, 잘못을 저질러 놓고 당장 모면해보자고 거짓말하는 놈들이다, 사나이라면 말이 다, 그래 내가 했다 어쩔래! 하고 당당하게 나서야지 않겠냐, 한 건 한 거고 안한 건 안한 거다, 알겠냐? 그러니 거짓말할 생각은 말아라, 알겠냐?

*

이것은 당신에게 바치는 마지막 스케치북이다. 아직 붙일 것이 남아 있기는 하지만, 그만두기로 했다. 스케치북의 사람들은 어김 없이 손가락을 들어 악마를 지목한다. 그리고 그들은 지옥에서 살 아돌아오기 위해 어쩔 수 없이 영혼을 팔아버린 데 대해 스스로를 탓하며 살아간다. 제 가슴에 못을 박으며 제 가슴을 치며. 어찌해서 때린 사람이 아니라 맞은 사람이 죄책감을 갖고 살아가야만 하는 지 당신은 아는가. 이 청년만은 모른다고 하지 않았으면 좋겠다. 이 청년의 얼굴이 당신의 기억을 되살리고, 당신이 했던 말을 떠올리 게 했으면 좋겠다. 당신이 못하면 내가 할 것이다. 이것이 내가 할 수 있는, 당신에 대한 최대한의 배려다. 당신이 삼켜버린 내 아빠를 위한 마지막 몸부림이다.

당신은 누구인가. 허벅지 사이에 밥그릇을 긴 채 숟가락질을 하고 있는 당신. 탐욕스럽게 늘어진 볼을 덜렁거리며 꾸역꾸역 밥을 밀어넣는 당신. 누가 그릇을 빼앗기라도 할 듯 놀란 눈을 희번덕이며 다리를 오므리는 당신. 허옇게 버짐이 핀 입가에 밥풀을 매달고서 먹는 데만 열중하고 있는 당신. 당신은 무엇인가.

당신의 육체와 숨결과 목소리는 다 어디로 갔는가. 생생하던 눈빛과 단호하게 다문 입매는 어디 있는가. 단단한 어깨와 곧은 허리는 다 어디로 가고, 불안을 꼽추처럼 등에 업고 구부정하게 앉아 있는가. 빛나던 눈의 광채는 다 어디로 가고 어둡고 탁한 물기만 넝마처럼 주워왔는가. 따뜻한 숨결은 다 어디로 가고 비참한 탄식만 남았는가. 쩝쩝거리고 쿵쿵거리는 이 구역질나는 괴물이 정말 당신인가.

다락방에 전기를 연결해주고 모나미 볼펜으로 송곳니를 빼주던 내 아버지는 어디에 있는가. 공포와 고통을 주던 냉혹한 악마는 어디로 갔는가. 내 아빠가 아니면 악마로 남아 있을 것이지, 악마일 거면 차라리 거칠고 포악할 것이지, 괴물일 거면 흉물스럽고 끔찍하기만 할 것이지, 왜 치욕스러울 정도로 측은하게 늙어버렸는가.

억지와 변명으로 비대해진 몸뚱어리에, 슬픔과 외로움으로 독이 오른 검버섯은 무엇인가. 기름기로 떡진 머리칼은 왜 그렇게 세어버렸는가. 더러운 손과 발은 무슨 불만과 원망으로 퉁퉁 부었는가.

짓이겨진 손톱과 휘어진 발톱은 왜 자포자기로 뒤틀렸는가. 기름 기로 번들거리는 이마에 고집스럽게 모은 굵은 주름은 도대체 무엇인가. 탐욕스러운데다가 늙어버리기까지 한 당신.

이것이 내가 그토록 미워하고 혐오하던 악마의 실체인가. 죽일 수도 살릴 수도 없는, 버릴 수도 도망갈 수도 없는, 증오할 수도 용서할 수도 없는, 내 아버지의 실체인가. 꼭 이렇게까지 연명하며 숨어 있어야 하는가. 내가 결정을 내릴 때마다 왜 매번 다른 모습으로 나타나 내 의지를 꺾고야 마는가. 왜 증오도 마음껏 하지 못하게 하는가. 당신. 제발 이제 그곳에서 나오라.

저것은 무엇이냐, 수의라도 준비해놓은 거냐. 기회를 드리려는 거예요. 무슨 기회를 말하는 거냐. 당신 딸을 밀고자로 만들지 않을 기회요. 그럴 리가 없다. 그럴 거예요. 신고할 거면 진작에 했을 거다. 내가 왜 당신을 신고하지 않았을까요. 네 아버지니까. 아버지는 죽었어요, 당신 아버지와 함께. 나를 신고하면 평생 죄책감에 시달릴 거다. 당신을 위한 죄책감이란 어디에도 없어요. 손가락질이 두려운 게지. 두려운 건 딱 하나예요, 아버지가 고문당할까봐, 그게 두려워요, 아버지가 그들에게 했던 것처럼. 고문을 당한다고 내가 굴복할 것 같으냐. 고문은 없는 죄도 만들어내는걸요, 잘 아시잖아요. 아무것도 기억나지 않는다. 기억나게 해드릴게요. 손에 든 것은 무엇이냐. 가위예요. 위협이라도 하겠다는 것이냐. 누우세요, 머리를 감겨드릴게요. 천장이 더럽구나. 당신의 바닥이기도 하죠.

물이 차갑다. 더운물을 틀어드릴게요. 너무 뜨겁다. 내 손도 뜨거워요. 난 잘못한 것이 없다. 사람을 때리는 건 어쨌든 나빠요. 내가 때린 건 사람이 아니었다. 사람이었어요. 틀린 사람들이었다. 다른 사람이었지요. 맞을 만해서 맞은 거다. 맞을 만해서 맞았다고 믿게 만드는 게 더 나빠요. 정의를 위해서였다. 당신을 위해서였어요. 아버지를 위해서였다. 아버지는 당신을 버렸어요. 가족을 지키려고 그랬다. 그래서 다른 가족들이 사라졌죠. 이제 곧 끝난다. 끝은 없어요. 나한테 왜 이러는 거냐. 그들한테 왜 그랬어요. 할일을 했을 뿐이다. 하지 말아야 할 일을 한 것이죠. 내가 죽기를 바라는 것이냐. 살기를 바라는 거죠. 수건을 다오. 거울을 드릴게요. 보고 싶지 않다. 보셔야만 해요. 이건 내가 아니다. 그게 당신이에요. 내가 한 일이 아니다. 당신이 한 짓이에요. 내가 아니다. 당신 맞아요.

찰칵찰칵 가위질 소리가 들린다. 코끝에 앉은 머리카락에 온몸이 근질거린다. 잘린 머리카락이 부드럽게 떨어져내린다. 머리칼을 쓸어내리는 부드러운 손길. 가운이 걷히고 내 어깨에 가만히 내려앉는 보드라운 손.

봄날 나른한 오후의 손길. 창으로 들어온 햇살이 볼을 부드럽게 감싸던 오후. 조그만 두 손을 어깨 위에 올려놓던 여자가 있었지. 내 어깨 위에 가녀린 여자의 손이, 여자의 손 위에 두툼한 내 손이 차례로 얹히던 날이 있었지. 모든 소음이 사라지고 여자의 숨결과 내 숨결만 나지막하던 오후.

후우, 부드러운 바람이 목덜미에 감긴다. 머리카락이 귓불을 스쳐 아래로 떨어진다. 어디선가 느껴본 숨소리. 언젠가 내 귀에 훈기를 불어넣던 익숙한 입김. 내 등의 경련을 잠재우던 가냘픈 속삭임. 내 발을 데워주던 촉촉한 입맞춤.

다 되었어요.

눈을 뜬다. 거울 속에 딸애의 얼굴이 보인다. 그리고 늙고 지친 짐승의 얼굴이 있다. 거울 속 저 짐승은 무엇인가. 나를 쏘아보고 있는 핏발 선 저 눈동자는 누구의 것인가. 저것은 내가 아니다. 거울에 주먹을 날린다. 산산조각난 얼굴 위로 피가 튄다. 손등이 찢어지며 뼈가 튀어나온다. 이것은 내 손이다. 피와 뼈와 살로 이루어진 사람의 손이다. 아프다.

처음 내 손에 피를 묻힌 때를 기억한다. 내 손에 와닿던 물컹한 살의 감촉. 그 살이 터지면서 유리파편처럼 와박히던 피의 서늘함. 뜨겁게 후려치던 고통의 울부짖음. 온몸을 타고 오르던 이상한 전율. 참고 있던 오줌을 지려버린 느낌. 불쾌하면서도 후련하고, 부끄럽지만 시원한 느낌. 손을 툭 놓아버린 순간의 자유로움.

그날 나는 어두운 방 안에 홀로 앉아 피 묻은 내 손을 오래도록 들여다보았지. 어린애처럼 징징대던 녀석의 목소리가 귓가에 쟁쟁했지. 숨을 들이마실 때마다 피냄새가 나서 입을 벌리고 코를 막았지. 그런데 언제부터였을까. 발길질을 하고 소리를 지르고 주먹을 휘두르지 않으면 불안하게 된 것은. 피를 보고서야 마음이 놓이고, 눈물을 보아야만 숨이 쉬어지고, 굴복을 시켜야만 편안해지기 시작한 것은. 살이 타는 냄새와 피와 오줌 냄새가 향기롭게 느껴지기 시작한 것은. 취조실에 들어가야만 식욕이 돌고, 취조를 마쳐야만 묵은 변이 돌기 시작한 것은. 조서를 쓸 때에만 집중이 되고 성과를 올려야만 힘이 나기 시작한 것은. 언제부터였을까, 내가 짐승이기 시작한 것은.

그 느낌도 얼마 가지 않았다. 아무리 후려치고 찢고 부수어도 충족이 되질 않았다. 굴복을 받아내는 시간이 점점 줄어갔지만, 그만큼 안도의 시간도 짧아졌다. 취조실을 나오면 머리가 왕왕 울리고 식은땀이 흘렀다. 조용히 있는 시간에는 귀울림이 들렸다. 숨통을 틔울 곳이 필요했다. 삿된 생각이 침범할 시간을 없애야만 했다. 몸을 쓸 곳이 필요했다. 무언가 다른 굴복이 필요했다. 그래서 나는 어김없이 붉은 유리집의 거리로 갔다. 머리채를 휘어잡고 윽박지르고 주무르고 쑤셔넣고 후려치면서 머리를 비웠다. 그것으로도 해결되지 않았다.

그래, 그 계집애. 원피스 속으로 손을 넣어 온몸을 긁어대던 부스럼투성이 그 계집애. 비루먹은 개처럼 두려운 눈동자를 굴리며 몸을 떨던 그 계집애. 내 등에 올라타 노래하듯 중얼거리다가 잠이 들던 그 계집애. 숨쉴 때마다 야윈 갈비뼈의 도드라진 느낌이 등짝에 전해지던 그 계집애. 점점점 희미해지던 목소리가 뚝 끊기는 순간, 흐느낌과도 같은 숨소리와 함께 전해져오던 미세한 떨림. 그 아릿한 감촉. 그 계집애가 필요하다.


구두 한 켤레만 사다다오.


처음이다. 다락방에서 내 물건이 아닌 당신의 물건이 내려온 것은. 오래 신지 않아 뻣뻣하게 뒤틀린 낡은 구두. 이 구두는 이렇게 오랫동안 다락방에 처박혀 있게 될 줄 알았을까. 도망자의 마지막 숨가쁜 기억을 간직한 채 굳어버린 당신의 구두. 이 구두도 당신처럼 남은 날만 꼽아보며 하루하루 뒤틀어져갔을까.

나는 낡은 구두보다 두 싸이즈 큰 구두를 샀다. 아무 장식도 없는 부드러운 재질의 검은색 구두다. 이 구두가 당신에게 자신감을 가져다주길. 당당하고 우아한 발걸음은 될 수 없겠으나 비겁한 도망자의 발걸음은 되지 않길. 날아오는 모든 돌을 가만히 받아안길. 짓밟히면 짓밟히는 대로, 차이면 차이는 대로 잘 견뎌주길. 이것이 당신과 나의 마지막 거래이길.

구두코를 바깥쪽으로 향하게 가지런히 놓아둔다. 나는 미용실 의자에 앉아 세면실 커튼 밑으로 드러난 당신의 새 구두를 본다. 날이 지고 어둠이 내린다. 덧없는 시간이 흐르고 있다. 드디어 방문이 열린다. 당신의 발이 방문턱에 나타나고도 한참. 두 발을 바닥에 늘어뜨리고도 한참. 무얼 망설이는가. 이제 그 아름다운 구두를 신고 나갈 때다. 그러고도 한참이 지나 드디어 당신의 두 발이 구두 속으로 들어간다. 발부리가 들어가고 미끄러지듯 뒤꿈치가 따라들어간다. 이제 걸어라. 막 걸음마를 뗀 아이처럼 발을 내디뎌라. 커튼이 열리고 주저하는 구두가 세면실을 나선다.

나는 그 구두가 당신을 괴물이 아니었던 시절로 이끌어주길 바랐다. 비겁한 은신을 마치고 죗값을 받으러 가게 하길. 죽어서도 다 갚지 못할 죗값의 먼지의 먼지만큼이라도 치르게 하길. 하지만 지금 당신은 자수를 하려는 자의 행색이 아니다. 이것은 잠행의 차림이다. 벙거지 모자와 마스크와 목도리로 얼굴을 칭칭 감은 비굴한 행색. 그렇게까지 하지 않아도 사람들이 신문에 실린 그 유명한 사진과 지금의 당신을 연결시키기는 쉽지 않은 일이다. 당신에게 과연 용서라는 말을 쓸 수 있겠는가. 당신에게 과연 자비라는 말을 갖다붙일 수 있을까. 그리고 지금은 봄이다. 누구에게나 오는 봄조차 꽃을 틔울 수 없는 당신. 당신의 몸은 그 자체가 불타는 지옥이다. 당신이 지금 자수를 하러 가는 것이든 아니든, 다시는 그 문을 열고 들어오지 않았으면 좋겠다. 그 지옥을 끌고, 그 지옥 속으로 들어가, 영원히 나오지 말길.

나는 지금 어디로 가고 있는가. 벽에 손을 대고 잠시 걸음을 멈춘다. 오랜 항해 끝에 땅을 밟은 뱃사람이 멀미를 하듯 울렁증이 인다. 작은 광장이 있던 전철역에는 대형 백화점 건물이 들어섰다. 역으로 가는 입구를 찾을 수가 없다. 불 밝힌 쇼윈도우를 따라 걷는다. 두 팔을 벌리고 선 마네킹의 얼굴이 무섭도록 환하다. 미끄러지듯 맨바닥에 주저앉는다. 벽에 등을 기대고 앉아 멍하니 사람들을 쳐다본다. 오랫동안 본다.

손을 맞잡은 연인들이 까르르 웃으며 지나간다. 짧은 치마를 입은 여자가 나를 피해 저만치 돌아 시끄러운 구두굽 소리를 내며 뛰어간다. 누군가 동전 두 개를 던지고 지나간다. 길바닥에 떨어진 동전을 본다. 보고 또 본다. 달리 할 것이 없어서 본다. 바닥의 동전이 할일을 일깨워준다. 동전을 들고 일어난다. 주위를 둘러본다. 아무리 둘러봐도 찾을 수가 없다. 역전에 그 많던 공중전화박스는 다 어디로 갔을까. 백화점 건물이 끝나는 지점 공중전화박스가 보인다.

수화기를 든다. 동전을 넣는 구멍이 없다. 전화카드가 필요하다. 수화기를 내려놓는다. 그 옆칸도 그 옆칸도 마찬가지다. 공중전화 박스 안에 엉덩이를 걸치고 앉는다. 목도리를 풀어 주머니에 넣는다. 마스크도 벗는다. 나는 다시 멍하니 앉아 인적 없는 거리를 본다. 걷는 것보다 앉아 있는 것이 익숙하다. 소리를 죽이고 움직여야만 안심이 된다.

고등학생쯤으로 보이는 남자애 둘이 박스 옆쪽에 와서 선다. 주머니에서 담배를 꺼내 불을 붙인다. 몸을 일으켜 남자애들에게 다가간다. 남자애 하나가 주머니에 손을 넣고 삐딱하게 담배를 문 채 내 눈을 쏘아본다.

"뭐요, 민증 보여달라구요? 조용히 지나가시죠? 설교할 거면 딴 데 가서 알아봐요, 네?"

"전화카드, 좀 빌려주겠나?"

녀석이 담배를 바닥에 툭 던지고는 주머니를 뒤진다.

"아, 진짜. 요즘 누가 전화카드 갖고 다녀. 아 나 참. 내가 이거 빌려주긴 하는데요, 대신 용건만 간단히 해요, 네?"

"혹시, 나 모르나?"

"내가 아저씨를 어떻게 알아요? 뭐 왕년에 잘나가던 가수라도 돼요? 핸폰이나 빨리 쓰고 줘요. 야, 한 까치 더 줘봐. 이 아저씨 전화하는 동안 한 대 더 빨고 가게."


부장님, 저 이제 그만 끝내려고요. 변호사 말이 이삼년 나올 것 같대요. 집행유예도 생각해볼 수 있고. 길어야 오년이라는데. 그래도 상관없어요. 진작에 해치워버릴 걸 그랬어요. 그럼 속이나 편했을 텐데. 지겨워요, 이제. 잠 한번 제대로 잔 적이 없어요. 잠드는 것도 무서워요. 꿈꿀까봐. 내가 손댔던 놈들이 번갈아 찾아와요. 놈들이 찾아온 날엔 나도 모르게 아내한테 손찌검을 해요. 아내는 두번이나 유산을 하더니 떠났어요. 이 나라에서 살기 싫대요. 미국 가겠다고, 거기서 접시라도 닦겠다고. 그래서 그냥 보내줬어요. 이제 그만할래요.

속았어요. 처음부터 계획된 거였어요. 못 잡은 거 아니에요. 안 잡은 거지. 부장님이 출장 나간 건 빼도 박도 못하잖아요. 그때 정이 우리 소속 검사였으니까. 정이 박의 자리를 차지하고 앉은 동안에는 부장님이 잡히면 안되니까. 그다음엔 정이 금딱지 달았으니까. 그래서 안 잡은 거예요. 그리고 지금은, 그래요, 다들 그 고름 터뜨려 뭐하나 하는 생각인걸요. 죄송해요. 세상이 바뀌지 않으면 안 끝나요. 세상이 바뀌어도, 글쎄요. 모르겠어요. 다른 건 몰라도, 우리 같은 일은 아무도 용서하지 않아요. 부장님도 이제 그만 끝내세요…… 그런데 부장님, 부탁이 있어요. 저희 재판 끝날 때까지만, 그때까지만 더 버텨주세요. 우리야 시키는 대로 했다면 그만이지만, 부장님이랑 나란히 서서 재판받을 순 없어요. 어머니까지 돌아가시면 저 못 살아요. 부탁이에요.

*

오래전 기차를 타고 떠났던 역사 주변은 길을 가늠할 수 없을 정도로 변했지만, 붉은 유리집 골목만은 마지막 기억을 그대로 간직하고 있다. 그 변함없음이 오히려 그곳을 격리시키고 있는 듯하다. 골목의 마지막 유리집도, 사방 벽이 거울로 된 작은 방도 그대로다. 계집애의 소식은 들을 수 없었다. 맨바닥에 누워 거울을 보며 계집애의 얼굴을 떠올려보지만 어쩐 일인지 아무것도 기억나지 않는다. 계집애의 목소리가 꿈결인 듯 들려온다.

백구 얘기 해줄까요? 배내털이 채 가시지 않은 백구를 본 건 갈대숲이 시작되는 낡은 창고 옆이었어요. 버려졌는지 해코지라도 당했는지 붉은 상처가 나 있었어요. 엄마는 백구가 곧 죽을 거라고 그랬어요. 밥알을 으깨 입안에 넣어줘도 그냥 눈만 힐쭉 뜨고는 자꾸 구석으로 몸을 숨기잖아요. 그래서 나도 따라 구석으로 기어가서 후후 입김을 불고 자장자장 등을 두드려주었어요. 까무룩 잠이 들었는데 내 배가 따뜻해지는 게 느껴졌어요. 눈을 떠보니 백구가 내 셔츠 아래로 기어들어와 겨드랑이 사이로 얼굴을 내미는 거예요. 신음소리가 멈추고 어느 순간 한숨소리가 들렸어요. 후우. 그리고 바르르. 죽은 줄 알았어요. 가만히 귀를 기울이니 쌔근쌔근 숨소리가 들려요. 백구가 내 겨드랑이 사이에서 잠이 드는 순간의 떨림을 느끼려고 나는 매일매일 셔츠를 들어올려 백구를 품었어요. 아무리 졸음이 와도 백구가 잠들 때까지 기다렸어요. 후우.

나도 계집애의 후우, 한숨소리를 들으려고 잦아드는 목소리에 귀를 기울이곤 했지. 계집애가 셔츠 안에 백구를 품듯, 나도 등 위에 계집을 업었지. 가냘픈 흐느낌이 지나고 난 후 쌔근쌔근 숨소리를 들었지. 등에 와닿는 들숨 날숨을 느끼며 내 숨을 골랐지. 강물

위를 흐르는 배처럼 그렇게 너울댔었지. 잠의 문 안쪽에서 그렇게 영원히 머물고 싶었지. 그랬었지.

그래서 백구는 어떻게 되었지? 무럭무럭 잘 자랐지요. 날렵하고 용맹한 청년 백구가 되었어요. 쥐약을 먹기 전까지는 그랬어요. 옛날엔 쥐약을 많이도 놓았어, 쥐가 쥐약을 먹고, 쥐약 먹고 죽은 쥐를 개가 먹고, 그 개를…… 그래서?

백구는 온 동네를 뛰어다녔어요. 강둑 이편에서 저편으로 쉭쉭, 논두렁을 쉭쉭, 갈대숲을 헤치고 쉭쉭. 혀를 빼고 그렇게 냅다 달리기만 했어요. 난 백구가 그렇게 빨리 뛸 수 있다는 걸 처음 알았어요. 바람의 전사 같았어요. 집으로 돌아온 백구가 장독 하나를 깨먹고 양은 세숫대야를 엎어뜨린 다음 거품을 물고 마당에 뻗을 때까지도 난 입으로 쉭쉭 소리를 내며 바람의 전사 흉내를 냈죠. 백구는 내 품에서 죽었어요. 백구가 숨을 거두는 순간, 후우, 그 한숨소리가 들렸어요. 몸을 바르르 떨면서요. 그래서 나는 백구가 그냥 깊은 잠에 빠져든 줄만 알았어요. 죽을 때도 잠들 때처럼 그렇게 후우, 한숨소리가 난다는 걸 몰랐으니까요.

아무리 입김을 불어넣어도 차가워진 백구는 따뜻해지지가 않았어요. 셔츠를 들어올려 가슴에 품었으면 좋겠지만 그러기에는 백구가 너무 커버려서 그럴 수가 없었어요. 그래서 뜨거운 물을 떠다가 백구 몸에 부어주었어요. 김이 모락모락 올라왔어요. 눈을 살짝 뜬 것도 같았어요. 나는 밤새도록 부엌을 들락거리며 따뜻한 물을 부어주었어요. 다음날 백구와 함께 쉭쉭 소리를 내며 논두렁을 달릴 생각을 하면서요. 그런데 사람들도 죽을 때 후우 숨소리를 내며 죽는 걸까요? 잠이 드는 것과 죽는 걸 어떻게 구분할 수 있을까요? 죽는 것도 자는 것과 같은 걸까요?

계집은 그 말을 하고 후우 옅은 숨을 내쉬었지. 계집의 고른 숨소리에 마음을 놓으며 나도 한숨을 내쉬었지. 오래전 내 손에서 죽어간 그 작은 새도 후우 숨소리를 내며 죽었을까? 계집의 겨드랑이를 파고들던 강아지처럼 그렇게 온몸을 내맡기고 잠이 들었던 걸까? 내가 어린아이였을 때 나도 그 아이처럼, 죽은 새에게 따스운 물을 부어주었던 걸까?

아버지의 광주리덫을 지키고 앉았던 마당의 가을볕. 깜빡깜빡 졸면서 참새가 오기만을 기다리던 오후. 잠결에 들려오는 참새의 투명한 지저귐. 침을 닦을 틈도 없이 얼결에 잡아당기던 노끈. 조심스럽게 광주리를 열어 참새를 잡던 긴장된 순간. 살아 있는 참새를 손에 꼭 쥐었을 때의 따뜻함. 내 손안에서 팔딱이던 작은 심장. 그리고 옅은 숨소리와 함께 전해지는 떨림. 그 작은 움직임 때문에 놀라 내팽개치듯 손을 펼치고 말았던 순간. 날개를 펼치고 날아갈 줄 알았던 새가 그대로 바닥으로 떨어졌을 때의 허망함.

그날 나는 내 손에서 죽어간 작은 새를 땅에 묻어주었지. 봉곳하게 무덤을 만들고 나뭇잎들을 모아 그 위에 덮어주었지. 씨앗을 심은 듯 물을 흠뻑 부어주었지. 그랬었지.

후우, 숨을 내쉰다. 아버지의 임종 순간을 기억한다. 아버지는 마지막 순간까지 살고 싶어 발버둥을 쳤다. 있지도 않은 발바닥이 가려워 견딜 수가 없다고 징징거리는 바람에 나는 발바닥 대신 팔뚝을 긁어주었다. 아버지의 마지막 말은 가려워,였다. 그 말을 할 때의 눈빛은 간지러움을 참을 수 없을 때 그렇듯이 약간의 흥분과 약간의 고통이 뒤섞여 있었다.

죽음의 징조는 없었다. 어느 순간 동공이 확장되었다가 줄어드는 것이 보였다. 흰자위가 살짝 흔들리는 듯도 했다. 형광등이 나갈 때 환하게 밝아졌다가 순식간에 어두워지는 것처럼, 눈동자가 맑고 선명하게 빛나다가 연기에 휩싸인 듯 뿌예졌다. 그러곤 예의 그 간지러워죽겠다는 눈빛을 되찾았다. 나는 한동안 야윈 팔뚝을 긁어주기를 멈추지 않았다. 그렇게 계속 긁고 있으면 한순간 시원한 느낌이 아버지의 눈동자에 축복처럼 드리워질 것만 같았다.

이대로 잠이 들면 좋겠다. 허기에서 오는 빈곤한 잠이 아닌 햇살과 더불어 드는 잠. 공포의 순간에 어이없이 뒤따라오는 맥없는 잠이 아닌, 고요에 깃들어 스스로 고요가 되는 잠. 그렇게 스스로 햇살이 되고 바람이 되고 고요가 되는 잠.

"이것 봐요."

문 두드리는 소리가 들린다.

"이것 봐요, 아저씨! 아저씨, 시간 다 됐어요. 혼자 뭔 짓을 하는지 모르겠지만, 죽을 거면 딴 데 가서 죽어요. 재수없이 송장 치우게 하지 말고, 네? 들어올 때부터 내가 알아봤어. 오입질할 게 아니면 여긴 뭐한다고 기어들어와. 에잇, 변태새끼."

*

마른수건으로 얼굴을 훔친다. 수건에서 좋지 않은 냄새가 난다.

자주 빨아 얇아진데다 올이 툭툭 튀어나와 있다. 올 하나를 잡아 빼본다. 실 한 오라기가 쭈욱 딸려나오다 툭 끊긴다. 수건에는 실 한 오라기만큼의 가느다란 빈 공간이 생긴다. 고리 모양이 재빠르게 풀리며 사라지는 모습이 재미나다. 고리를 하나 더 잡아뺀다. 실이 끊어지지 않도록 조심하며 천천히 잡아당긴다. 이번에도 끝까지 가지 못하고 툭 끊겨버린다. 자주 빨아 나달나달해진 수건이라 실오라기에 힘이 없다. 하나 더. 손에 힘조절을 하며 천천히 세심하게. 성공이다. 빠져나간 실만큼의 길이 생겼다. 열을 맞춰 모심기를 하는 것 같다. 실을 빼내니 추수라고 해야 하나. 뜨개질한 스웨터를 풀어낼 때처럼 뭔가 후련하고 아까운 기분이 든다. 어쨌든 아무 생각 없이 시간을 죽이는 일 하나를 더 발견했다. 다시 고리를 손가락으로 잡고 쭉 잡아뺀다. 두꺼운 손가락에 두 고리가 한꺼번에 잡히지 않도록 조심하면서 하나씩 천천히 세심하게.

아무 생각 없이 잡아빼다보니 수건의 반이 금세 아작이 났다. 가로로 길게 난 길들. 실을 빼내고 나니 날아놓은 날실과 날실에 질러넣은 씨실의 조직이 보인다. 이것이 수건의 조직이다. 씨실을 빼내도 위아래에서 단단히 붙잡고 있는 날실은 끊어지지 않는다. 뜨개질한 스웨터처럼 올이 풀리면 스웨터 자체가 사라지는 것이 아니라 수건의 조직이 헐거워질 뿐이다. 무릎 위에 사뿐히 올라앉은 실오라기들을 보니 생각보다 양이 많다. 가볍다. 이런 식으로 무작정 실을 뽑다보면 하루에 수건 열 개라도 모자라겠다. 이번엔 뽑아낸 실무더기에서 실 한 올을 잡아빼 손가락에 돌돌 말아본다. 몇줄 건져내기도 전에 남은 실오라기들이 엉키고 만다. 엉킨 실타래를 푸는 것만큼 시간 죽이는 데 좋은 일은 없지. 수건에서 실을 뽑아내고 뽑은 실을 감아 실패를 만들고, 나중에는 그 실로 수건을 짜도 되겠다. 실패라니.

*

남자가 왔다. 드라이를 마치고 헤어스프레이를 뿌리다가 창문 너머로 남자가 서 있는 걸 보았다. 남자는 막 담배에 불을 붙이고 한 모금의 담배연기를 내뱉는 참이었다.

여자에게 거울로 뒷머리 모양을 확인해주고 일을 마친다. 여자는 거울에 얼굴을 바싹 대고 화장을 매만진 다음 만족스러운 표정으로 미장원을 나간다. 여자를 배웅하고 나서 미장원 문을 열어놓은 채 건너편에 서 있는 남자 쪽을 본다. 남자는 나와 잠깐 눈을 맞추고는 길 저편으로 시선을 돌린다. 남자는 전보다 좀 야윈 듯하다.

머리에 수건을 말고 갔던 할머니가 부산스럽게 미용실로 들어선다. 롯드 하나를 풀어 펌 상태를 확인한 다음 중화제를 뿌린다. 남자는 여전히 레코드점 앞에 서 있다. 머리를 감기고 의자에 앉힌다. 드라이기로 머리를 말리면서 나는 어느 작은 섬에 밀려드는 파도소리를 듣는다. 남자가 레코드점에서 신발가게 앞으로 자리를 옮긴다. 빗질로 뒷머리를 살짝 부풀려서 갈라진 부분을 가려주자 할머니는 방법을 배워야겠다며 수선을 떤다. 알큰한 파마약 냄새에서 바다 냄새가 나는 것도 같다. 할머니가 내민 돈에서 슬그머니 이천원을 거슬러준다.

"할머니가 예뻐서서 십 프로 빼드리는 거예요."

예쁘다는 말에는 할머니들도 언제나 얼굴을 붉힌다. 허리를 꼿꼿이 펴고 미용실을 나서는 할머니의 뒷모습이 더 예쁘다. 조금 일찍 간판불을 끄고 밖으로 나온다.

"밥 먹을래요?"

남자는 가만히 고개를 끄덕인다. 내가 먼저 길을 나서고 남자가 뒤를 따른다. 우리는 이별을 예감한 연인처럼 저만치 떨어져서 걷는다. 내 몸속에 거대한 나무 한 그루가 뿌리를 점점 깊이 뻗어가는 소리가 들린다. 남자와 나는 사거리 입구에 있는 레스또랑으로 들어간다. 오래전부터 한번쯤 꼭 가보고 싶었던 곳이다.

조도가 낮은 조명과 덩굴식물 장식이 예상과는 다른 분위기다. 커다란 접시에 담겨나온 음식을 나는 묵묵히 비워낸다. 남자는 수프만 조금 떠먹고는 고기와 야채를 포크 끝으로 찍기만 하고 있다.

"안 드세요?"

"이가 아파서 고기는 좀 힘드네."

남자가 고기 몇점을 내 접시로 옮겨준다. 나는 접시에 있는 음식을 남김없이 비운다. 빈 접시가 치워지고 커피가 나온다. 제목을 알 수 없는 피아노곡이 어두침침한 실내에 무겁게 가라앉는다. 남자가 주머니에서 작은 상자 하나를 꺼내 식탁에 올려놓는다.

"받아. 생일선물이야. 꼭 한번은 주고 싶었다."

"생일인지도 몰랐어요."

"네 생일날 무슨 일이 있었는지 궁금하지 않니?"

"아직 남은 게 있어요?"

"그날은 아무 일도 일어나지 않았어. 아무 일도."

"그런데 내 생일은 어떻게 알았어요?"

"들어버렸어. 그가 내게 들키고 싶지 않아하는 어떤 비밀을."

"얘기해줘요. 아무 일도 일어나지 않은 날의 일."

"그가 왜 내게 손을 대지 않는지, 왜 가만히 앉아 모형자동차나 조립하고 있는지, 그게 더 무섭더라. 뭔가 더 끔찍한 일이 일어나기 전의 고요 같아서."

"그래서요?"

"옷은 홀딱 벗겨진 채로 의자에 앉아 졸다 깨다 하고 있었는데, 그가 전화기를 들고 복도로 나갔어. 전화선 때문에 문이 완전히 닫히지 않아서 전화 목소리가 들렸어. 선이 생일인데 가야지. 당신이 좀 사다놓으면 안되나? 누군가 복도를 지나가며 묻는 소리가 들렸어. 오늘은 왜 공장 돌아가는 소리가 안 들려? 기계가 고장이라도 났나? 그가 대답했어. 야 이 새꺄, 내일이 딸내미 생일인데, 저 빨갱이 새끼 불알 쥔 손으로 가야겠냐? 오늘은 좀 쉬자, 응?"

"그런데 왜 하루예요? 내 생일이었으면 적어도 이틀은 쉬었을 텐데. 내 생일, 한 번도 거른 적 없었어요."

"내가 그 비밀을 알고 있다는 걸 발설해버렸거든. 우쭐해져서. 따님 선물은 뭘로 하실 건데요?라고 물어버렸어. 새벽녘에. 매를 벌었지. 누구 이름을 입에다 올리느냐고. 네가 함부로 입에 담을 이름이 아니라고. 뭘 아는 척하느냐고. 방을 나서기 바로 전까지 미친 듯이 날뛰더라. 그날 이후 며칠 동안 피똥이 멈추질 않았어."

"그거 그때 그렇게 된 거예요?"

"책상 위에 소형 용접기가 있었거든."

"팔뚝에 남은 그 구멍 자국도요?"

"여기서 살아나가면, 놈이 보호하고 싶었던 걸 꼭 찾아내 짓밟아주리라, 맞으면서 그 생각만 했어. 그래도 그 하루, 참 달콤했었다. 하루 쉬었다고 버틸 힘이 좀 있더라. 네가 미치도록 밉고, 고마웠다. 네가 태어난 걸 나만큼 고마워했던 사람은 없을 거야."

발레 인형이 빙글빙글 돌아가는 오르골 보석상자였어요. 그날 그 사람 생일선물. 그가 두툼한 손가락으로 발레 인형을 집어올릴 때 나는 사기로 만든 그 작고 예쁜 무용수가 바스러질까봐 얼른 빼앗아버렸죠. 그는 그저 웃으면서 오르골 태엽을 열심히 감아주었어요. 그리고 그날 다락방에 나무판자를 대주고 전기를 연결해주었죠. 내가 발레 인형 보석상자를 받고 나만의 궁전이 생긴 날. 그날이었네요. 그 궁전에 그 악마가 그렇게 오래도록 살 줄은 그땐 몰랐어요. 죄송해요. 몰랐다는 말은 하지 않을게요. 내가 그날 태어난 게 아니었으면 좋았을 텐데. 내가 태어난 게 이렇게 부끄러운 적이 없네요. 죄송해요. 그러고 보니 미안하다는 말도 차마 못했네요. 그런데 미안하다는 말 대신 하고 싶은 말이 있어요. 고마워요. 잠깐이라도 내가 태어난 걸 고마워해줘서, 그렇게라도 버텨주어서, 고마워요. 정말 고마워요. 그런데 이 모든 말들을 해줄 수가 없네요.

계절이 몇번 바뀌는 동안 남자는 다시 오지 않았다. 레코드점과 신발가게가 있던 단층집들이 헐리고 새로운 건물이 생기면서 대형

마트가 들어섰다. 부드러운 음악이 흘러나오던 레코드점 스피커는 사라지고, 마트의 새로운 스피커에서 오늘의 특별할인과 마감 쎄일 안내방송이 끊이질 않는다. 남자와 처음으로 함께 밥을 먹었던 사거리 레스또랑은 스빠게띠 전문점이 되었다. 파스텔톤의 실내가 커다란 통유리창으로 훤히 보이는 곳이었다. 딱 한 번 그곳에 가서 창가 자리에 앉아 혼자 식사를 한 적이 있었다. 햇살이 너무 환해서 눈물이 날 것만 같았다. 그날은 외출에서 돌아온 아버지가 일년을 더 버티다가 드디어 다락방 생활을 마친 날이었다. 아버지 얼굴이 세상에 알려진 지 꼭 10년 11개월 만이었다. 열아홉살이었던 나는 이제 서른살이 되었다.

깨지고 더러운 플라스틱 간판을 떼어내고 새 간판을 단다. 나뭇결이 선명한 통나무로 만든 간판이다. 간판 상단에 선이라는 글자만 새겨넣었다. 하단에는 더 작은 글씨로 헤어숍이라고 새겼다. 미용실 내부도 새 단장을 했다. 곁방과 다락을 없애 공간을 넓히고 그 자리에 응접 쎄트를 들여놓았다. 곁방을 부수기 전에 나는 세면실에 가만히 서서 오래도록 위쪽을 올려다보았다. 천장의 가운데는 다락의 무게로 둥그렇게 휘어 있었고, 오래된 곰팡이와 얼룩들이 중심에서부터 가장자리로 도망치듯 퍼져나가고 있었다. 나의 천장은, 그리고 당신의 바닥은, 발끝만 세워도 닿을 만큼 낮았다.

인부들이 장비를 챙겨 떠난다. 개나리색 차양을 내리고 창 밑에 꽃화분들을 늘어놓는다. 멀리서 보니 작은 까페 같기도 하다. 미용실 앞에 티 테이블을 내놓아도 되겠다. 티 테이블 옆에는 예전의 레코드점처럼 스피커를 세워놓아야겠다. 마트의 시끄러운 안내방송에 묻히더라도 조용한 음악을 언제든지 틀어야지.

앞치마 주머니에서 두 손을 빼고 기지개를 켠다. 봄이다.

"면회 갔다 오면서, 뭐가 그렇게 좋아?"

"좋기는 뭐가. 느이 아빠, 잡범들하고 섞이기 싫다고 독방 쓰게 해달라고 했단다. 그런데 아빠가 아무 걱정 말라더라? 먹고살 궁리는 다 해놨다고. 걱정은 하지도 말래."

"무슨 궁리?"

"그건 나도 모르지. 암튼 다 해놨으니까 걱정을 말라고, 그 말만 백 번도 넘게 했다니까."

"그런데 또 어디 가? 안 힘들어? 다리 아프다며."

"으응, 세상 바꾸러."

"무슨 세상?"

"세상이 바뀌어야지. 이게 어디 정신 제대로 박힌 세상이니? 세금 걷어서 빨갱이 놈들한테 다 갖다바치는 세상이. 세상이 제대로 돌아가야 느이 아빠가 얼른 나오지. 좋은 세상 만들어야 우리가 잘 살지."

"그 사람이 그렇게 말해?"

"응."

"엄마가 세상을 어떻게 바꿀 건데?"

"할 수 있는 건 다 할 거야."

"엄마, 제발."

다락방 때문이었다. 내가 소설을 쓰게 된 것은. 내가 기억하는 모든 것들의 가장 처음인 다락방. 그곳에서 많은 일들이 있었다. 그곳에서 아기 울음소리가 멈췄고, 죽은 쥐가 있었고, 『쿼바디스』를 읽었다. 그곳에서 이야기들이 시작하고 멈추고 움직이고 끝을 맺었다. 그곳의 이야기를 들려주다보니 소설가가 되었다. 아마도 그랬을 것이다.

어느날, 다락방에서 십년을 숨어 지냈다는 한 고문기술자가 나를 끌어당겼다. 사람들은 그를 악마라고 부른다. 그 악마가 숨었던 곳이 꼭 내 다락방인 것만 같았다. 그의 이야기를 써야겠다고 생각했다.

누군가 내게 물었다. 왜냐고. 왜 꼭 그를 끌고 다락방으로 들어가야 하느냐고, 2011년 현재에 과거의 유령을 불러오는 이유가 뭐냐고, 그래서 만들어진 이야기가 무슨 의미를 갖느냐고, 그 이야기가 '지금' 나에 의해 소설로 씌어져서 '지금' 누군가에게 읽혀야 하는 이유가 뭐냐고. 그는 습작시절 선생님처럼 집요하게 묻고, 나는 습작생처럼 쩔쩔매며 대답했다. 결국, 써야 하니까,라고 소리를 꽥 지르고는 도망치듯 다락방으로 올라갔다.

그리 짧지 않은 시간 동안 다락방에서 그와 함께 지냈다. 아슬아슬한 동거였다. 그는 반성할 줄을 몰랐고, 포악했고, 곰 같았다. 그에게 잡아먹힐까봐, 그의 목을 졸라 죽여버릴까봐, 그를 대신해 변명을 늘어놓을까봐, 겁이 났다. 그리하여 지난한 다락방 세월을 끝내고 나왔을 때, 내가 알게 된 것은 그의 이야기가 아니었다.

나는 나를 조금, 아주 조금 더 알게 되었다. 내 속에 숨은 공포를 아주 조금 눈치채게 되었다. 내가 잘하는 것과 잘 못하는 것과 잘할 수 없는 것을 조금 알게 되었다. 내가 가진 것과 가지지 못한 것과 가질 수 없는 것을 조금 알게 되었다. 그래서 나를 조금 예뻐할 수 있게 되었다. 그래서 기뻤다. 그래서 기쁜 마음으로 조금 더 순정해졌다. 소설에게, 나에게. 그래서 아주 고마웠다.


처음으로 일일연재라는 것을 해보았다. 그 기간 동안 소설에 순정해지는 생활의 리듬을 익혔다. 연재를 시작하면서 이렇게 썼다.


김치를 먹다가 생강을 씹으면 기분이 나빠진다고 J가 말했습니다. 그래서 생강은 피하고 싶고 골라내고 싶어지는 음식이라고 했습니다. 생강차를 너무나 좋아하는 J는 생강이 향기로운 뿌리라고 말합니다. 언젠가 독감에 걸려 앓아누웠을 때, J는 생강과 도라지와 배를 푹 끓여 만든 물을 먹여주었습니다. 군산에 사는 J는 해마다 생강초절임을 직접 담근답니다. 그녀가 만든 생강초절임은 정말 황홀한 맛입니다. J가 좋아하는 카레는 생강을 듬뿍 넣은 매운 카레입니다. 언젠가 중국에서 맛본 생강국은 정말 달큰하고 맛있었습니다. 오래전에 돌아가신 내 할아버지는 생강 센베이를 무척이나 좋아하셨습니다. 생강 센베이의 하얀 설탕가루에 속아 덥석 입에 넣었다가 속에 숨은 쌈쌀한 맛에 기겁했던 어린시절 기억이 납니다. 그래서 나는 생강이 어른의 음식이라고 생각했었습니다. J는 생강이 주는 어감의 어여쁨에 대해 말합니다. 앵에서 앙으로 이어지는 둥글고 어진 촉감이 시옷과 기역의 음가를 가지면서 사각사각한 소리와 상큼한 향기를 갖게 된다고요. 이 어여쁜 생강의 이름으로 소설 한편을 꼭 쓰고 싶었습니다. 그것이 바로 이 이야기여서 다행입니다. 생강의 이름처럼 오감이 도는 소설이었으면 좋겠는데, 그래서 생강의 맛을 전해줄 수 있으면 좋겠는데.

『생강』이 꼭 내 첫소설인 것만 같다. 그리고 나는 이 다락방 생활을 아직 끝내고 싶지가 않다.

2011년 3월
천운영

# 생강

초판 1쇄 발행 • 2011년 3월 18일
초판 7쇄 발행 • 2022년 3월 28일

지은이/천운영
펴낸이/강일우
책임편집/이상술
펴낸곳/(주)창비
등록/1986년 8월 5일 제85호
주소/10881 경기도 파주시 회동길 184
전화/031-955-3333
팩시밀리/영업 031-955-3399 · 편집 031-955-3400
홈페이지/www.changbi.com
전자우편/lit@changbi.com

ⓒ 천운영 2011
ISBN 978-89-364-3381-9 03810